陷入我們的熱戀 中

耳東兔子——著
虫羊氏——繪

目錄
CONTENTS

第八章　分數

雨水滂沱，在窗外輕一下，重一下，斷斷續續地敲打著。

陳路周睡醒已經凌晨四點，雨停了。徐梔沒叫他，已經走了。客廳燈黑著，她幫他留了一盞地燈，可能怕他出來摔倒，走廊裡亮著一盞小地燈，連窗戶都幫他關得嚴絲合縫，桌上壓著一張小紙條。

「我煮了粥放在廚房，睡醒記得喝一點，我放了白糖，我以前感冒，我媽都煮這個給我。

PS：我留了卸甲水給你，你明天回家記得卸掉。

PPS：送你一句話，河流和山川都困不住我們，只要我們不做思想的囚徒。

——徐梔。」

陳路周捏著紙條，突然想到他們剛認識的第一晚在宵夜攤，他幫人占座，在那逗小孩，徐梔掏出手機說要幫他錄音，如果對方家長無理取鬧，就第一時間幫他交給警察叔叔申訴。她甚至都沒問他為什麼那麼做，就選擇相信他。

朱仰起其實問過他，為什麼是徐梔啊。他後來想了無數個令人心動的夜晚，但都不如第一晚的直白令他震撼。矯情說法就是，大概是他單槍匹馬這麼多年，徐梔是第一個不分青紅皂白就選擇站在他身邊的人。

還有今晚。

說她什麼都不懂，又什麼都懂。

陳路周拿起那瓶卸甲水，低頭看了看，她確實可靠啊，比他身邊任何一個人都可靠，跟她當朋友真不錯，他莫名有種，自己也有個不可說的堅強後盾，而不是永遠都是他在替別人擦屁股。

——河流和山川都困不住我們，只要我們不做思想的囚徒。

這句話是不是有點眼熟啊。陳路周認真思索兩秒，得出結論，靠，這不是我以前考試寫在作文裡的嗎？一中有個滿分作文集，會將歷屆以來的滿分作文全部訂在一起，那簡直是陳路周的個人作品集，誰讓他是陳大詩人呢，這事其實見怪不怪，因為經常會有人拿著他寫的金句誤打誤撞問到他本人。

他只是沒想到自己的作文影響如此深遠，居然連睿軍中學都有他的傳說，本來以為也就一中的人發發瘋就算了。

嘖嘖，看來陳大詩人這個夢想不能放棄啊。

陳路周一邊喝著徐梔煮的甜粥，一邊這麼想。心情好了些，於是深更半夜拍了張照片發動態。

徐梔是第二天下午滑到那則動態的，一鍋粥，他一個人全喝完了，他把鍋底整個都翻過來，拍了個底朝天。文字很簡單，只有言簡意賅的兩個字。

Cr：『謝了。』

徐梔想這則動態按讚數應該不少，只是因為他們共同好友太少，所以她只能看到零星幾個。底下一長串都是他和朱仰起的留言。

朱仰起：『難道這就是生命的參差嗎？昨晚我在吃人均一千、上廁所都有人幫你把風的尚房火鍋，你這個倒楣蛋居然只能在家裡喝粥。』

Cr回覆朱仰起：『土狗才吃尚房火鍋。』

朱仰起回覆Cr：『對，你最浪漫，你拉屎都要盪鞦韆。』

Cr回覆朱仰起：『……』

蔡瑩瑩也回了朱仰起一則：『……』

於是徐梔也跟著回了一則：『……』

大約半小時後，陳路周大概是看到她的回覆了，傳了一則訊息過來。

Cr：『在幹嘛？』

徐梔無所事事地靠在門上，看維修師傅修電錶，走廊裡昏暗，她嘴裡咬了個小手電筒，幫師傅照光，手上在傳訊息，直接傳了一言難盡的貼圖過去：『（我好無語.jpg）。』

那邊立刻又回覆過來。

Cr：『？？』

徐梔：『晚上不是公布成績嗎？我爸怕等等查成績的人太多，網路卡住，新買了個路由器準備修一下網路，結果現在整個電閘都跳掉了，等師傅先把電修回去。』

Cr：『來得及嗎？』

徐梔：『應該沒問題吧。你呢，你在幹嘛？』

Cr：『剛回了家一趟，等等準備去書店一趟，幫陳星齊找幾本書，晚點幾個朋友過來，要麼打球，要麼打一下遊戲吧。』

徐梔：『你生活好規律。』

Cr：『妳生活不也挺好？』

徐梔：『不是那個，你知道我表弟吧？』

Cr：『嗯。相機處理了嗎？』

徐梔：『你那個朋友好厲害，一拿到手就說這快門都快被人按爛了，然後拆了機器裡面有個什麼條碼，拍下來給對方看了，訊息上跟人聊了兩句，對方就同意退款了。但是對方說我弟刷的是信用卡，要什麼手續費啊，反正就挺麻煩，處理了好久才把錢要回來。』

Cr：『他爸是最早一批在慶宜做相機代理的，現在是全國最大的代理商，各地都有分店，妳當初如果別那麼彆扭直接找我，就沒這麼麻煩。』

徐梔：『不是彆扭，主要是我弟的事，就不想麻煩你，誰知道蔡瑩瑩表哥介紹的人居然也不可靠。』

Cr：『妳身邊就沒個可靠的。』

Cr：『除了妳自己。』

徐梔手電筒還叼在嘴裡，大概是越聊越投入，頭越埋越低，維修師傅看她拿手電筒照著自己的手機，應該是跟男朋友傳訊息聊天，於是出口調侃她：「怎麼了美女，妳手機不夠亮？要手電筒照著玩？」

哦哦，徐梔這才反應過來，昂首擴胸地將手電筒對準師傅，眼皮死命垂著、急急忙忙地在眼皮縫中看著手機螢幕，她手小，又是最大尺寸的手機，用的又是二十六鍵，她單手回不了訊息，她其實尤其佩服陳路周的手指，怎麼就那麼長，好幾次見他回訊息都是單手，打字飛快。明明他用的也是二十六鍵。

陳路周不知道她這邊的情況如此窘迫，徐梔幾乎是在夾縫中偷著和他聊天，時不時還要提防老徐過來查崗，也就一分鐘沒回，那邊又追了一則訊息過來。

Cr：『生氣了？』

徐梔忙回：『沒有，剛剛有事。』

Cr：『哦，還以為說妳身邊人不高興了。』

徐梔：『沒有啊。幹嘛生氣。先說我表弟，他一個國中生，作息好不規律，熬夜打遊戲，日夜都顛倒，還偷偷抽菸，一放假就基本上通宵不睡，昨天還去酒吧，被我姑丈抓了個現行。』

Cr：『那我就很好奇，究竟是什麼事才會讓妳生氣了。』

根本不關心表弟，徐梔只好回：『你可以試試氣我。』

Cr：『……妳真是閒的。』

徐梔腳上還幫師傅踩著延長線，手腳都忙碌，連嘴都沒空閒，手電筒還叼著，渾然不覺地回：『不閒誰跟你聊天。』

陳路周應該也開始忙了，有老半天沒回。

等他回過來，徐梔家裡的電已經修好了，但是網路還沒好，徐光霽又火急火燎地打電話給電信公司，不過可能是晚上要公布成績的緣故，暫時沒人能上門，要等。等得徐光霽焦慮症都犯了，一直拚命拿眼鏡布擦眼鏡，反反覆覆擦。

「爸，成績又跑不了，早查晚查都一樣。」她安慰道。

徐光霽一看時間，已經七點多，八點就可以查分數了，外面天色還很亮，但電信那邊還是沒有回信，「妳再打個電話過去問問，他們到底幾點下班。」

「爸，手機也能查，還有電話，我可以打電話，實在不行，我讓別人幫我查一下就行了。爸，你別走來走去。」

徐梔剛說完，陳路周的訊息就回過來了。

Cr：『嗯，我就是妳打發時間的工具。』

徐梔：『我可不煮粥給工具。』

Cr：『是嗎，那昨晚出於什麼心思？要不要寫個三千字的小論文跟我詳細剖析一下妳的內心想法？我還挺好奇的，真的，徐梔，大半夜在一個男人家裡煮粥妳怎麼想的。』

Cr：『嗯？徐田螺？』

他鍥而不捨。

徐梔看著訊息，嘆了口氣，男人都這麼敏感嗎？

這時，徐光霽手機正巧響了，是電信公司。他忙接起來，點頭哈腰地對那邊說：「欸欸欸，你們趕緊過來，我女兒晚上查升學考分數，對對對，五樓，就我們一戶人家，我申請的是百兆光纖，對吧，好好好，麻煩您了。」

徐梔低下頭，回覆：『你知道百兆光纖多少錢嗎？』

Cr：『一千多一年吧，記不太清楚。』

徐梔：『果然還是老徐最愛我，為了讓我查分，申請了一個百兆光纖，以前老太太門地主老是卡住掉線，他都捨不得換掉那十兆光纖。所以，陳工具，煮粥這件事寫不了三千字小論文，但如果哪天我在你身上花錢了，我一定會寫八千字小論文控訴你，你不用急。』

Cr：『最好是。』

電信師傅已經上門，搗鼓了一陣，問徐光霽還記不記得寬頻的原始密碼，徐光霽哪記得，絞盡腦汁也想不到還有什麼原始密碼和管理員密碼。徐梔看他焦頭爛額的樣子，回了一則訊息給陳路周，就過去幫忙了。

徐梔：『不聊了，先幫我爸把寬頻裝好。』

Cr：『嗯。』

徐梔放下手機，許是即將要揭幕今年夏天最矚目的一場考試結果，今天天色也黑得特別晚，七點半了，外面天光還是大亮。

所有人都翹首期盼著。情緒被堆積在最高點，彷彿被人架在高高的金字塔上，一個個都在等待著這十年寒窗正式落幕，渴望能給自己一個好的結局。

陳路周在書店咖啡廳坐了一下，找了外送把買好的書送回去給陳星齊。書店咖啡廳挺安靜，今天人少，除了幾個小孩在，一眼望過去，就沒個成年人，陳路周算一個，桌面上攤著一本筆記本和幾張信紙，和一杯喝了半杯的冰拿鐵。

書店咖啡廳有個寄存信件的服務，就是可以把想說的話寫在信紙上，像一個臨時備忘錄的本子，記錄當下的情緒，比如是一直藏於內心的告白，或者是難以啟齒的道歉。可以提前寫在信紙上，什麼時候想告訴對方，就把密碼告訴對方。信封會放在時光錦囊密碼箱裡，密碼一次一換，跟臨時寄存行李箱一樣。

人很多時候總愛胡思亂想，一個人的時候天馬行空、思緒紛飛，可到了關鍵時刻就詞不達意。就好像每次吵架過後都覺得自己發揮不好。所以書店咖啡廳這個時光錦囊就是提倡當代年輕人多動筆，當下的情緒就立刻宣洩出來，因為最深刻，也最有力量，然後可以寄存到他們這裡。

陳路周剛聽服務生介紹有點好奇，他就租了一個密碼箱。等到出國那天，一個個通知他們過來看也挺有趣。

陳路周仍是一身黑，個子高大，五官英俊，腦袋上戴著頂黑色的鴨舌帽，壓了半張臉，整個人線條清晰鋒利，看起來很冷峻。服務生老遠看著，覺得他好像電影裡那種將生死置之度外、少言寡語的冷面英俊殺手，在寫執行任務前的遺言呢。

陳路周在那坐了好久，也不知道該寫什麼，想不到陳大詩人也有詞窮的時候，最後坐了半天，他嘆著氣提筆寫下，他第一封信，寫給從小跟他穿一條褲子長大的朱仰起，就目前這情分來說。

朱仰起：

展信佳。

寫這封信是為了告訴你，人生是真的有參差，你看，大家都是男孩子，你是土狗，而我是帥哥。

但是沒關係，我也立刻體會到人生的參差，你是土狗你都談過戀愛，而我是帥哥我還沒談過戀愛。

我們男孩子都應該有一股氣，這股氣是風吹不滅，雨打不散，哪怕油盡燈枯，只要心中餘灰未燼，只要借一點光，就能讓自己永遠充滿希望。比如你，只要這世界上還有一口飯，你哪怕在重症病房昏迷三天，你說起來就起來，就怕吃不上熱乎的。

嗯，這股勁要保持啊。

——CLZ。

陳路周剛把信封封上，手機就響了，是徐梔。

他將信封塞進時光密碼箱裡，抽了張密碼紙出來，接起電話：「分數出來了？」

徐梔嘆了口氣，『網路沒修好，我爸連我們家寬頻帳號都不記得，他這時心態應該也崩了，我不敢催他。我現在手機網頁打不開，電話也打不進去，你現在在哪啊？你自己查了嗎？』

陳路周剛巧看見書店咖啡廳對面有間網咖，他二話不說拿上咖啡，推門出去，腳步很快，但聲音低沉不緊不慢：「沒，准考證號碼傳給我，我幫妳查。不介意吧？」

『當然不介意，』徐梔狗腿，『甚至良心不安，連夜過去幫你煮粥的程度。』

陳路周心情很爽地笑納了：「行啊，等等過來，不來是小狗。」

街上行人多，依稀有人在路上就查到分數了，陳路周一邊跟徐梔打電話，一邊穿過十字路口的時候，聽見轉角有兩個女生興奮難抑的尖叫聲：「好緊張好緊張好緊張好緊張——」

「妳有什麼好緊張的，是我的分數出來。」

「我替我們學校的學長們緊張啊，我們工科院的女生本來就不多，結果又有一大撥帥弟弟要來了。」

「滾！」

徐梔也聽見了，託人辦事矮人一截，繼續拍他馬屁說：『陳路周，說認真的，你要是在國內上學，去哪個學校大概哪個學校女生都得瘋一陣，太可惜了，你要出國，國外的女生都不一定吃你這類型。』

他走很快，這時已經用身分證付好錢開了臺電腦，懶洋洋的靠在椅子上，舉著電話，不以為意地笑了下，「用妳操心。」

在哪不是通殺。

好吧，這話太欠揍了，他多少給自己留了點臉。

『你到網咖了嗎？』徐梔聲音突然有些緊張。

「嗯，」他人靠在椅子上，舉著電話單手輸入網卡密碼，多少聽出來一點，忍不住調侃她：「看不出來，妳也會緊張？」

徐梔自己都索性放棄打電話了，嗓子眼都發緊：『說實話，我還是小時候更大膽一點，我記得小時候學校搞什麼文藝表演，大合唱都是我上去指揮的，老師臨時教了兩下就讓我上去指揮了，我是音癡，也不怕丟臉，上去就劈里啪啦一通亂指揮，他們還都唱對了，後來才知道，大家都不看我，只看後面的老師。』

陳路周覺得她應該是真的緊張了，連話都比平時多，「那還讓妳上去？」

徐梔說：『因為我長得漂亮，老師們都喜歡看我，別的不敢說，當花瓶我是一流。』

她倒是沒給自己留臉。

「行吧，我們半斤八兩，」陳路周進入網頁，直接先幫徐梔查，「准考證號碼報給我。」

徐梔倒背如流，『低於六百八就不要告訴我，我這屬於考砸了。』

「算不算自選啊。」他鬆散地問了句。

『算啊，我自選考的比三模好，我三模總分都有六百九呢。』

「三模那成績妳不能當參照目標，為了幫你們增加信心，試卷都往簡單了出——」陳路周輸入准考證後，等著網頁跳出來的頁面有一陣，漫不經心地靠在椅子上，本來還想安慰兩句，讓她對自己要求不要太高，但是當頁面跳出來後，他確實有點沒想到，他知道徐梔考得不錯，但是也沒想到會這麼高。

尤其是睿軍中學能出這個分數，大字報大概都要貼到市中心了。

漂亮啊，徐梔。

蟬鳴聲在分數出來的那幾分鐘，最為嘹亮和高亢，彷彿整座城市的蟬都被聚集起來唱這首慷慨激昂的開幕曲。因為其實誰都知道，升學考也是一場以前程未來做賭注的遊戲，是一場天時地利人和的較量。實力和運氣，混雜其中，但還是期盼著有人能以絕對的實力贏下這場遊戲。

這種分數，你如果說她是運氣，那就太牽強了。

「徐梔。」

『嗯？』

「等A大電話吧，」陳路周從她的頁面退出，輸入自己的准考證號碼，第一次真誠無比，收起那開玩笑的分寸，「確實風光，加上自選七百三十八，提前恭喜一下了，徐大建築師。」

徐梔那邊也拿腔拿調地回：『謝謝，陳大詩人。』

A大每年在S省的招生至少也有六七十人，分數其實看不出來什麼，加上S省這幾年的改革制度，又多出一門六十分自選，總分結構變成八百一十分的情況下，A大的分數線還真拿捏不準。就像二〇〇九年以前在S省能考到七百分基本上電話會被ABCD等大學打爆，畢竟S省考卷難度就這樣。但是二〇〇九年教改之後，加上六十分的自選模組，每年考七百分以上S省大概就有近千人。

所以光看分數沒用，得看省排名。徐梔全省排名在三十八，基本在A大範圍內。

但是，下一秒，頁面猝不及防地跳出來陳路周的成績。

陳路周，理組，總分七百一十三。自選科目：零。全省排名：三百六十二。

得，都三百名開外了。就算加上他的二十分競賽加分，說不定剛好卡在A大錄取線的門外，他本來覺得自己上A大應該沒問題，但看了徐梔的排名，大抵也清楚，今年的考生有多凶殘。還是高估了自己，行，這樣也好，沒有遺憾了。

『你查自己的了嗎？』徐梔在電話那邊猶豫著問。

「嗯，」陳路周舉著電話，已經從查分官網頁面退出來了，打算幫徐梔看看A大建築系的歷年分數線，「想知道嗎？」

『你想說嗎？』徐梔被他弄得心癢癢，但是又被談胥弄怕了，怕他考不好不想說，『不說也沒事，反正你都要出國了。』

「七百一十三。」他直接說了，不過沒說這是裸分。升學考只是一個階段的答案卷而已，無論他是這個階段的王或者寇，都不會影響他未來是個什麼樣的人，所以他覺得，很多東西，以後再看。一旦解釋太多，徒增一個人為你難受憐惜，又沒有任何意義。

所以，徐梔以為是加了自選，『那不是考得還不錯嗎？』

陳路周一邊瀏覽著A大的招生簡章，一邊懶散地對著電話那頭半開玩笑地說：「還行吧，不過對於我來說，低於七百五也是考砸了。」

徐梔沒想到他比自己還不要臉，『你們一中的人都這麼瘋嗎？而且，你講這話不怕被蔣常偉打嗎？』

蔣常偉是他們慶宜市出了名的市一中麻辣教師，因為是升學考命題的嫌疑人之一，所以本市的學生對他都挺聞風喪膽的。

陳路周笑笑，滑鼠慢悠悠地往下滾，「你們睿軍都直呼蔣老師大名？」

『反正他也沒教過我們，主要是每次市裡聯考看到是他命題我們就頭疼，』徐梔苦不堪言，『那分數考完都沒辦法看，欸，他教過你嗎？』

「教過，高一高二都是他教的。數學競賽也是他帶的。」

『所以，他真的是升學考命題人之一？』

陳路周想了想，滿足她的好奇心，「學校裡是這麼傳的，這兩年的每年五月吧，課都是別的老師代的，學校說派出去學習調研了，反正都猜他是去出升學考卷了。」

『他自己不知道是去命題嗎？』

「知道也不會告訴我們啊，不過據說是不知道，通常也是通知讓你去外地學習，然後到了那邊才知道是命題，通訊設備全部上交，不到升學考結束是不會放出來的，所以那一個多月大家都聯絡不上他，他應該是去命題了。反正妳問他本人，他都說不是自己幹的。」

『他是怕自己被打吧。』徐梔笑起來，停了大概有兩三秒，叫他：『陳路周。』

陳路周「嗯」了聲，本來打算幫她看看其他學校的建築系，聽這聲是有事相求，手上動作便不自覺地慢了下來，「說。」

那邊沉默片刻後問：『你能再幫我查一個人的分數嗎？』

陳路周滾滑鼠的手微微一頓，心裡多半猜到是誰了，「妳記得他的身分證號碼和准考證號碼？」

『記得，以前幫他買過車票，手機有存，准考證號碼記不太清楚，不過可以試試。』徐梔補充了一句：『他確實在課業上幫了我很多，我只是想知道他到底出了什麼問題——』

「不用解釋，」他打斷，語氣沒怎麼變，比剛才冷淡些，面無表情地關掉A大的招生簡章，重新替她打開查分入口，「號碼報給我。」

徐梔反倒沒說話了。

陳路周沒太有耐心了，「徐梔？」

『算了，擅自查別人的成績好像有點不太道德。』徐梔自己底線很低，但不能讓陳路周背這個鍋，『我晚點自己問他好了。』

「隨便妳。」陳路周關掉電腦，準備走了。

『嗯，先掛了，我先跟我爸說一下成績。』徐梔說。

網咖人也不少，陳路周旁邊有個哥們，查完成績，六百九十八，表情麻木地關掉頁面，戴上耳機繼續若無其事地跟人帶妹打遊戲，似乎有人問他剛站著不動幹嘛了，那哥們輕描淡寫地回了句，查分數。

學霸的世界都這麼參差，更別提學渣了。

「本來今年還想衝一次中央美術學院的，查完分數我就知道我徹底沒戲了，可惜了，我這次全省八十一呢。」

成績出來，朱仰起馮觀那撥人就在陳路周的高三出租房裡安營紮寨了。沙發客廳被弄得杯盤狼藉，吃剩的燒烤串和已經喝空的啤酒罐橫七豎八地堆著。

朱仰起潔癖發作了，一邊老保姆似的彎腰收拾，一邊念叨著陳路周你轉錢給我吧，現在請個鐘點工一小時都得五六十。

陳路周窮得也是理直氣壯，拿著遊戲手把坐在地毯上，跟馮觀在玩超級瑪利歐，懶懶散散地靠在茶几上，狗性頓現，「卡裡就五百，實在不行，哥美色伺候吧。」

朱仰起：「咦，你以前不是說死都不可能出賣你的美色嗎？」

「所以死都不可能給你錢。」

「就你這個摳法，遲早給你摳出一間大別墅來。」

姜成坐在單人沙發上，他女朋友坐在他腿上，兩人你儂我儂，空氣都變得格外黏膩，彷彿被人糊了一塊糍粑。看不慣也沒辦法，誰讓人家有女朋友。等朱仰起收拾完，客廳瞬間寬敞很多，窗明几淨。大概是覺得姜成那邊太不忍直視，拿枕頭隔著，姿態妖嬈地靠在陳路周肩上看他虐馮觀，嘴上叨叨不休：「手下留情了，看來你和馮觀還是不太熟，你虐我的時候可一個金幣都沒留給我過。」

「滾，」馮觀也不服，「是你自己菜。」

朱仰起沒理他，繼續招惹陳路周，「剛蔡瑩瑩跟我說，徐梔考了他們學校第一，你知道幾分嗎？」

「不知道。」陳路周沒被他套話，眼睛目不轉睛地盯著電視機，心無旁鶩地操縱著手上的遊戲手把。

「也是，」朱仰起沒套到話，繼續說：「睿軍就是個普通高中，我以前聽人說，他們學校第一，也就我們學校中游水準，要是進你們宗山可能還是吊車尾？」

電視機畫面裡左邊的小人突然停住不動了，旁邊的金幣全部被馮觀撿了漏，他乘勝追擊，毫不猶豫地直接越過剛剛一直堵在他前面陳路周操控的小人。

朱仰起轉頭，果然陳路周沒在玩了，他反而放下遊戲手把，一條腿膝蓋屈著坐在地上，有些不懷好意地把手肘掛在膝蓋上，甚至有些粘皮帶骨地看著他，慢慢吐出兩個字：「賭嗎？」

朱仰起一愣，何時見他這麼較真過，「賭什麼？」

「賭她即使進我們宗山也不是吊車尾，即使在宗山，她這樣的，也是屈指可數。」

朱仰起謔他：「我看你是情人眼裡出西施。」

話被馮觀聽到了，詫異地瞥他一眼：「啊，陳路周原來你喜歡徐梔啊？」

陳路周下意識回頭看了姜成一眼，還好他只顧著跟女朋友調情，沒聽到。姜成跟談胥關係好，陳路周不想讓談胥知道，他是後來者，他矮人一截，他們的情分總歸是比他深的。又怕的是，談胥一開始不珍惜，知道別人對徐梔有好感之後又回來纏徐梔。所以他白了朱仰起一眼，重新拿起遊戲手把，對馮觀不冷不淡地說：「沒有，談不上，就覺得比一般女孩漂亮點？」

馮觀哦哦兩聲，「確實漂亮，沒想到成績還這麼好，朱仰起說的我可不贊同，人好歹也是個第一啊，無論在哪，雞頭也是雞啊？」說完覺得這比喻不對勁，又改口：「鳳尾也是鳳啊。」也不對，索性放棄了，「唉，算了，我不會形容，反正我第一眼見到她我就覺得這女的好他媽漂亮，還以為是我這幾年美女見得少了，連你都這麼說，那我就放心了，我審美沒問題。」

陳路周和朱仰起對視一眼，陳路周咳了聲，「你不會也……喜歡她吧？」

馮觀笑起來：「我這種跟你一樣，純膚淺的欣賞，不對，你幹嘛要用也，誰喜歡她？」

這次姜成聽見了，一邊幫女朋友剝葡萄，一邊興致盎然地問，「誰，喜歡誰？」

陳路周看了朱仰起一眼──你給我把問題解決了。

朱仰起只好出來背鍋，「我我我，我喜歡蔡瑩瑩。」

馮觀一下就被帶跑了，有些不可置信，「朱仰起，你居然喜歡蔡瑩瑩？」

姜成根本不知道蔡瑩瑩是誰，所以也就沒再追問，把葡萄一口一口餵到女朋友嘴裡，又問她要不要吃橘子。

陳路周聽到也滿是震驚，笑著：「朱仰起，你說真的？」

「這他媽都是因為你。」朱仰起也不再瞞著了，面紅耳赤地在他耳邊小聲說：「一切都怪那天晚上我幫你約走蔡瑩瑩。」

「你這話說的，她強吻你了？聽起來你還挺被動的。」陳路周笑得不行。

「那倒沒有。」朱仰起不情不願地解釋說：「我們不是吃完尚房火鍋嗎，然後她吃太飽了，說要去消消食，我就陪她去壓馬路了，結果半路碰到翟霄和柴晶晶，你還記得吧。」

馮觀發現他們八卦真多，還挺精彩的，於是豎著耳朵仔細聽。

陳路周懶洋洋地靠在茶几上，點了下頭，「嗯」了聲，一臉了然地看著朱仰起，都不用他繼續說下去，直接把故事說圓了，「然後蔡瑩瑩就拉住了你的手，讓你假裝是她男朋友，你就很沒出息的心動了。」

朱仰起欲哭無淚：「陳狗狗，你果然閱片無數，這麼狗血的劇情你立刻就想到了，偏偏還被你說中了。欸，你說我是不是有病啊，就稍微漂亮一點的女孩子碰我一下，我連孩子的名字都想好了。」

主要是陳路周太了解朱仰起，小學的時候，班裡有個女孩子分糖的時候分到忘記了，多給了朱仰起一顆，朱仰起自此暗戀那個女孩一年。後來小學快畢業的時候有個女孩子寫畢業同學錄給朱仰起時不小心把寫給暗戀對象的同學錄夾到了朱仰起的同學錄上，朱仰起痛改前非要為了她好好念書考上升學國中。

馮觀這才說：「朱仰起，那你慘了，蔡瑩瑩好像有喜歡的男孩子。」

朱仰起：「我知道啊，不過你怎麼知道的，她也跟你單獨聊了？」

馮觀立刻解釋說：「這你別誤會，之前我們不是在臨市一起探店嗎，然後回來那天路上就我們兩個人挺無聊的，就聊了兩句。」

這時兩人已經換了個足球遊戲，聽到這，一大片綠油油的草坪上，陳路周的八號又沒動了，他狐疑地看了馮覲一眼，問他說：「臨市回來那天就你跟蔡瑩瑩？徐梔呢？」

馮覲點頭，「徐梔說等你啊。我們就先回來了，怎麼了，你們沒一起回來嗎？」

話到這。

陳路周還沒來得及細想，徐梔等我嗎？門鈴就響了。陳路周剛要說朱仰起你去開門，也幾乎是在電光石火之間，心裡閃過某種微小的可能性，於是又狠狠把剛要從地上站起來的朱仰起按回去了，一言不發地把遊戲手把扔朱仰起懷裡，自己去開門了。

「你好，你們點的外送。」

好吧，雖然知道她不會來，也知道那句連夜過去幫你煮粥是開玩笑的，但聽見門鈴聲的時候心裡還是會忍不住突突突控制不住地直跳。朱仰起說他跟馮覲不熟，晚上全程在放水，其實是他心不在焉。

走廊裡的燈壞掉了，窗戶盆栽林立，遮了半打的月光，整個走廊裡漆黑昏暗，幾乎伸手不見五指，陳路周幾乎連外送員的身形都看不清，聽聲音是個女低音。

「謝謝。」陳路周接過外送袋子，結果對方不放手。

他才下意識抬頭去看她的臉，因為實在太黑，所以徐梔怕陳路周認不出她，開了手機手電筒缺心眼地從下而上照著自己的臉，她本身皮膚就很白，勝在五官精緻，差點沒把陳路周嚇死。

「是我，陳路周。」

我他媽——

陳路周差點就罵出來了，剛剛還在想她，大概得有一陣子不敢想了。

「要是朱仰起來開門，妳現在腦袋就開花了。」陳路周說。

「要是他來開門，我就直接走了。」

「那妳現在來幹嘛啊，徐大建築師，」他接過徐梔手裡的外送，人往門框上一靠，抱著手臂居高臨下笑著看她，「大半夜來我這幫我看房子的風水？」

徐梔眼睛乾淨明亮地看著他，再坦蕩不過，「咦，不是你說，我不來是小狗嗎？」

他尾音拖拖拉地「哦」了聲。然後人直接走出來，順勢帶上門，後背抵在門上，外送還拎在手上，單手揣在口袋裡，因為走廊很黑，徐梔早就把手電筒關掉了，所以當陳路周把門一關上，最後的餘光都被阻擋了。他在黑天摸地的門口，低頭肆無忌憚地看她。

今晚他沒沾酒，一滴酒都沒沾，但他心滾燙，心跳聲撞在胸口。

陳路周低頭看她，聲音低下來，「就為了煮碗粥？」

「你感冒好了嗎？」徐梔這才正色說：「順便想問問你志願的事。」

「怎麼說？」他仰頭看了頂上的燈一眼，表情難得一絲不苟地聽她說。

「我不考慮慶大了，但是北京太遠了，我想去上海，上海的T大建築系僅次於A大。」

兩人並排靠在走廊上，高三複習公寓很安靜，自考完那天起，所有人都已經搬離了，除了幾個明年打算重考的，就剩下陳路周這層樓還一直住著，燈泡壞了也沒人修，徐梔靠在被汙水滲透的斑駁陸離牆壁上，似乎是拿不定主意，問他：「你覺得T大的建築系怎麼樣？」

陳路周剛在網咖就幫她查了，覺得太低，T大的歷年錄取分數線，七百一十左右，這麼巧啊，不是跟他的分數差不多嗎？

陳路周靠在門上，還拎著外送，單手插口袋，睨著她，喉結有些難耐地滾了滾，「妳什麼意思？」

妳到底是不是在釣我啊靠。

徐梔茫然：「……不是，我算了一下，去北京的高鐵要六百八，去上海的高鐵只要一百八——」

走廊裡太黑，陳路周怕她看不清自己的表情，想去摸手機，才想起沒帶出來，於是拿過徐梔手上的手機，開了手電筒，學她的樣子照自己的臉，側著身子湊到她面前，試圖讓她看清自己的表情，恨不得往她腦門彈一下，「朋友，這邊不建議妳因為車票問題擇校。」

徐梔笑笑，手機對著陳路周的臉，也沒收回來，在漆黑的走廊裡，這麼湊近，五官放大無數倍，看起來更精緻，稜角輪廓分明流暢，光源落進他那比星星還亮的眼睛裡，何其驚豔，她看著他，真誠無比地說：「你睫毛好長啊。」

兩人一個肩膀頂著牆，一個肩膀頂著門板，就這麼面對面看著彼此，儘管他手已經收回了，手臂環在胸口，徐梔的手電筒還是對著他臉旁，他也渾不在意地任由她照，只低著頭睨著她，「妳在這我跟扯什麼睫毛？」

徐梔嘆了口氣，「你能理解一個學渣的心嗎？」

「妳學渣？」陳路周眉吊了下，「過度謙虛就是虛偽了啊，朋友。」

「我們太晚遇見了，」徐梔說：「不信你問蔡瑩瑩吧，我高一在班裡都還是二十幾名。

那時候別說慶大，目標就是保證第二爭取第一。頂尖大學都沒想過，能上國立大學我爸都覺得祖墳著大火了。所以這次分數出來，我爸到現在都不信，他去找蔡叔喝酒了，我才溜出來找你的。」

徐光霽還問有沒有可能是同名同姓，徐栀又把准考證號碼和身分證字號給他對一遍他才恍恍惚惚地出門去找蔡賓鴻了。

徐栀接著說：「而且，我也查過了，A大可能沒問題，但A大的建築系，我擔心會有風險，我不想被分發到非第一志願的科系，剛剛有個學姐跟我講解這個志願分發，她說，比如A大的錄取門檻是七百二十分，那我的成績檔案就會被A大拿走。再進入系所分發，那萬一建築系的錄取門檻是七百四十分，後面的志願都不要的話，我就落榜了。她說雖然是五個志願，但是升學考遵從的是一次分發的原則，一旦第一次分發沒有錄取就代表第一批志願分發結束了。只能等第二批分發，就怕第二批分發T大建築系已經招滿了。所以學姐建議我T大更保守，但是A大可以衝。」

說了等於沒說。

今年的分數也有點偏高，照往常，徐栀這個分數在宗山也是前十。所以他當時恭喜完後看完省排名，心裡有點沒底，特地去A大官網幫她查了，他想了想說：「建築系和建築學類的科系還是有很大差別的，比如A大吧，建築學院底下除了建築系，還有很多其他建築學類的系，我剛幫妳查了，他們建築學類的所有系加起來在我們省每年的招生都有三十人以上。妳一定要建築系嗎？還是建築學類的系？」

「其實，我想學的是——」

話音未落，樓上突然響起一道輕微的關門聲。緊跟著是不緊不慢的腳步聲從他們頭頂上下來，伴著說話聲：「明天我去他學校看看，你說那個女孩叫什麼名字，徐梔對吧？我倒要去問問老師，她考了幾分！」

樓下兩人倏然對視，徐梔聽出來了，應該是談胥爸媽。

腳步聲越來越近，心跳聲如擂鼓在耳邊嗡嗡，窗外的樹葉沙沙聲在無畏的作響。因為有人下來，二樓聲控燈有光，徐梔看見兩道中年人的影子緩緩從樓梯上下來，眼見那影子越放越大，要從轉角處出現時，眼前視線驀然一滯，有了阻擋。

陳路周手撐在她身後的牆上，腦袋低下來，將她罩了個嚴嚴實實，徐梔覺得那陣熟悉又陌生的鼠尾草氣息再次從她鼻尖鑽進來，有小人在她心上跳舞，一腳一腳地踩在她的心頭。她仰頭看他的眼睛，和他對視，二樓聲控燈的光線昏昧地罩在他們身後，攪得視線模糊，輪廓模糊，可呼吸是清晰、有輕重緩急的，也是熱的。

陳路周分寸拿捏得極好，頭雖然低著，眼睛也是看著她的，可距離不近，然而從後方角度，看起來像一對小情侶在談戀愛、接吻。

談胥爸媽邊走邊嗤之以鼻地說：「這公寓裡住的都是什麼人呀，胥胥都是被這些人帶壞了，我當初就說不應該轉學的，現在的年輕人真不要臉！」

「我當初就不同意讓胥胥來的，是你非要說這邊教育好。」

「怪我了怪我了是吧！我辛辛苦苦把兒子養這麼大容易嗎……」

聲音漸漸小去，腳步聲也越來越遠，二樓的聲控燈再次熄滅，走廊又陷入靜謐無聲的黑暗，只餘寥寥的幾聲蟬鳴。

「說你不要臉呢。」徐梔靠在牆上說。

陳路周大約是好心被當作驢肝肺，渾然忘了自己還在壁咚，也沒走開，低頭看著她極其無語地笑了下，「我？不要臉？嗯？是誰欠下的風流債？好意思說我不要臉嗎？」

「談胥嗎？」徐梔一言難盡地表示：「不知道怎麼說，反正不是你想的那樣。」

「我怎麼想？」他眼神意味深長。

「他剛轉過來的時候，情況很不好。那時候我爸也嚴重憂鬱，我每天擔心他自殺擔心得焦頭爛額，本來在班裡二十幾名一下子就滑到四十名了。他跟我是隔壁桌，我們就聊得比較多，後來有一天我看著試卷發愁，他問我想不想考個好大學，我說當然想，傻子才不想呢，於是他就說他幫我。後來老曲，哦，就是我們班導師，看我的成績有進步，就讓他跟我組成念書小組，在某種精神意義上，他曾經是我的良師諍友，確實幫了我很多，但是後來，他發現自己考不過我之後，整個人就變得不對勁。」

陳路周眼神深沉地看著她，剛要問怎麼不對勁。

「嘎吱——」自家門打開了，朱仰起的腦袋探出來了，「我靠，你他媽拿個外送跟外送員跑了是吧——」

門一開，光從門縫裡泄出來，少年少女的臉頓時在黑暗中清晰起來。

陳路周一隻手撐在牆上，拎著外送袋子的那隻手臂下意識抬起來去遮徐梔的臉，剛要說吃不死你，朱仰起瞧著這畫面，火速關上門，依稀能聽見門縫裡飄著一句：「抱歉，二位，打擾了。」

朱仰起關上門整個人都在驚魂未定地拍著胸脯，不過滿腦子都在回味剛才那個畫面。

怎麼說，陳路周就是厲害啊，搞氣氛一流啊，他們那一片的空氣如果能收集起來的話，朱仰起覺得應該是甜的。

走廊裡，徐梔開著手機手電筒，空氣清冷了些，陳路周已經靠回門上，一手懶散地撐著按在門板上怕再被人莽撞地打開，一手拎著外送，他正在猶豫要不要請她進去，又怕朱仰起亂說話，「想進去玩嗎？」

徐梔問：「都有誰啊。」

陳路周想了想，「妳認識的，馮覲，朱仰起，還有一對情侶。妳忽視他們就行。」這多不好，徐梔說：「算了，要不然我還是回去。」

他不勉強，笑了下，態度也散漫，「隨妳啊，本來想進去用電腦幫妳查一下科系的。」

「那還是進去吧。」

陳路周起身，用指紋開門，開門的時候一直看著她，都沒看指紋鎖，慢悠悠地問了她一句：「臨市那天，妳是不是等我了？」

徐梔沒想到他會突然問這個，不過也沒藏著掖著，直接說了：「嗯，你騙我去拜送子觀音，我不得找你算帳？」

「那怎麼沒等我？」

「前臺說你被派出所帶走了，我就去派出所找你了，然後看到你和一個穿古裝的美女在一起，我以為你還有其他拍攝安排，就先走了。」

「滴」一聲，門彈開了。陳路周二話不說又關回去，手撐在門板上，輕吸了一口氣，大概是覺得無語，上下唇抿著，淡淡睨她一下又噗哧笑出來，「服了。」

算了。

下一秒，再次把門打開，聲音都變了，沒好氣，下巴冷淡地朝裡面一點，「進去。」

徐梔「哦」了聲。

裡面場面一度很熱鬧，他們在打牌。陳路周說的那對情侶他們好像連體嬰，長在對方身上一樣，女生要麼坐在男生腿上，要麼趴在男生肩上，一下餵個葡萄，餵口香蕉，時不時還得親嘴。

姜成都沒發現屋子裡多出一個女人。陳路周一進去就讓徐梔去臥室等他，客廳和玄關剛好隔了一道格柵，徐梔走過去的時候沒人發現，朱仰起倒是有察覺，不過一看是徐梔，下意識也幫陳路周金屋藏嬌了，畢竟姜成最近跟談胥走得太近，朱仰起有預感，照這樣下去，姜成遲早倒戈，陳路周可能都得跟他鬧翻。

「你跟談胥最近怎麼樣啊。」朱仰起試探性問了句。

姜成專心致志地抓牌，卡進去，「談胥？不知道，他爸媽最近來了，叫他打球都叫不動。」

「你防著點吧——」朱仰起想提醒他，下一秒，腦袋被人猝不及防地砸了個瓶蓋，一抬頭，陳路周雙手插口袋，靠著餐桌邊沿在等熱水燒開，眼神冷淡地看著他，似乎讓他閉嘴。瓶蓋砸得又準又狠，下一秒直接無聲地彈到沙發上，便隱沒在抱枕裡，絲毫沒驚動其他人。

朱仰起覺得也確實，談胥最近也沒怎麼惹他們，這麼莽撞開口有挑撥離間的嫌疑，要是為了徐梔，顯得這女孩倒是有多紅顏禍水似的，對人家名聲也不好，他覺得自己又多管閒事了，行，我不管。

姜成狐疑看他，「防著點什麼啊。」

「防著點馮覲吧，他手上四個二。」

馮覲氣得哇哇大叫，「我靠，朱仰起，你偷看牌的技術又見長啊。」

朱仰起笑得很輕蔑：「你我還用偷看，就你那拿牌的手藝，跟我奶奶插花似的，東一疊，西一戳，你看看這四個擺得齊齊整整不是炸彈是什麼。」

「……」洞若觀火，明察秋毫啊，氣得馮覲直接把牌全混了。

朱仰起難得威風一次，殊不知，這些都是陳路周告訴他的。他哪有這麼心細如髮啊，跟馮覲認識這麼久，都不知道他吃飯和打牌都是用左手，陳路周跟他打一次牌就摸清楚他的路子了。還說馮覲是左撇子。

這麼聰明又細心的一個人，唉。

陳路周拿著水一進去，徐梔就問他，「熱戀期啊？」

說姜成，陳路周把水遞給她，去開電腦，想了想說：「一年了吧？去年暑假打球見他帶過來。」

「那還這麼你儂我儂的。」

陳路周拖了張椅子過來，放在旁邊，瞥她一眼，「什麼意思，談一年就該分手了？」

「不知道，我沒談過，但是根據我身邊一些學姐給的經驗是說，如果戀愛談了一年以上，就很難會有心動的感覺了。」

「是嗎？」陳路周懷疑地看著她。

她頭頭是道：「嗯，有些乾脆的就分手了，不乾脆的就拖著不說分手，等著對方提分手，這樣罪惡感就少一點，可以心安理得的找下一個。」

陳路周「哦」了聲，他沒談過，不太知道感情是不是這麼短暫，沒發表意見，於是隨手撈過滑鼠，點開網頁，結果發現點進搜尋欄會自動跳出曾經搜尋過的紀錄。

打球被人傷了，晨勃沒以前硬——

徐梔坐在他旁邊的椅子上，她幾乎是下意識就往他下面看。

陳路周從床上扯了一條毛毯過來，蓋在身上，分金掰兩的模樣，是一點便宜都不肯給她占，冷冷瞥她一眼，「妳往哪看？」

要換作以前，徐梔肯定立刻道歉，對不起啊，不是故意的。現在大概是熟了，所以她用一臉你可真錙銖必較的表情對陳路周說了一句：「小氣。」

陳路周：「……」

這他媽能用小氣來形容？

他咳了聲，言歸正傳，把電腦推到她面前，示意她看電腦，「建築學類底下的系很多，我覺得妳如果不是非要上建築系其他系相對來說可能——不過，我覺得妳這人怎麼老是這樣。」他不知道為什麼話鋒又突然一轉。

徐梔聽得很認真，沒想他話頭又折回去，也是一臉愣地看他。

徐梔：「？」

「第一次見面，在走廊，」陳路周一隻手肘吊兒郎當地掛在桌沿，兩腿敞著，另隻手撐在大腿上，冷森森地瞥她一眼，有點秋後算帳的意思，「妳當時盯著哪看呢？」

徐梔想起來第一次見他，就在那個狹窄逼仄的走廊，他媽當時在厲聲厲色的訓話，他還懶洋洋地靠在門口自己點豬腳飯。

「豬腳飯好吃嗎？」徐梔笑咪咪地反問。

「眼睛挺尖啊。」他冷笑。

這話裡帶水帶漿的諷刺，徐梔後知後覺，忙解釋說：「我當時真的沒盯著你下面看，而且，我也不知道你裡面沒穿內褲啊。」

陳路周：「……？」

月光傾灑著銀白色的餘暉，落在牆外，不知是誰種了一院子的玫瑰，火紅豔麗，像一簇熊熊燃燒的火焰，引人衝動，那紅似火光映在蠢蠢欲動的少年人眼底。屋內靜謐，透著一種詭異的沉默。

陳路周見她眼神似乎馬上又要往下面掃，用指節警告似的狠狠戳著她的腦門，把她推回去，「還看！妳就這麼好奇！我今天穿了！」

「我沒好奇你有沒有穿啊，」徐梔哭笑不得，也急了，看著他說：「我沒看你，我剛剛就一直想說，你的毛毯蹭到我的腿了啊，好癢，能不能拿開。」

陳路周：「……」

陳路周無力地靠在椅子上，不想跟她說話了，幫她下載了兩份A大歷年建築學類各系的分數線，讓她自己看，他則窩在椅子上一副病骨支離的模樣，一言不發地用手機看電影。

「生氣了啊？」徐梔手肘撐在桌上，托著後腦勺，看著他問。

他冷眼旁觀地靠在椅子上，裝模作樣咳了聲，「沒有。」

「我講個笑話給你聽吧？」

她又來。

毯子往下滑，陳路周無語地勾了下嘴角，輕微抬腳把毯子扯回來，「妳哄人除了講笑話，還有別的嗎？」

「別人我才不哄呢。」

淨他媽在這徒亂人意。但陳路周心情難得爽了下，剛要說妳還看不看分數了？快看，看完了帶妳出去吃宵夜。

但是徐梔又說：「別人沒你這麼愛生氣啊。」

陳路周：「……」

院子的玫瑰都黯然失色，月光依舊清冷，臥室門關著，隔音其實不太好，他們說話聲音都很低，門對面就是廁所，那對小情侶大概蜜裡調油夠了突然開始在廁所裡吵架。

「到底是誰啊，妳給我看一下。」男生說。

「就一個學弟，學校前幾天不是弄了個跳蚤市場，我們把書都留給這個學弟了。」

「賣個書用得著加好友嗎？那學弟長得不一般吧。」男生陰陽怪氣。

「欸，姜成你別無理取鬧啊，你加那個女的好友，我也沒問啊。」

「你們女生真厲害，說妳自己的問題，妳他媽總能扯上我，行，反正總歸都是我錯行了吧。」

「姜成你真沒意思。不行就分手吧。」

「妳再說一遍。」

「分手。」女生聲音很冷靜。

「分啊。有本事，妳以後都別找我。」

「……」

「……」

臥室內，兩人面面相覷，一時之間相顧無言。徐梔說實話沒見過這種場面，怎麼說，一中的人好像都挺神奇的。她撐著後腦勺，看著陳路周，乾巴巴地眨了下眼睛，說：「呃……你不出去勸一下嗎？」

陳路周其實已經很習慣了，他們就這德行，這一年分了不知道多少次。無論當著他們的面吵多凶，他們都分不了。陳路周根本用不著去勸，因為他們的事就是屎裡裹糖，旁邊的人都看得清楚明白，只有姜成在自欺欺人。朱仰起和姜成算不上多熟，但是這麼鬧過兩次他都知道杭穗怎麼回事了。

「我覺得你這次不要再去找她了，真的，這樣沒意思，你當初拋下她跟前女友復合，現在她跟你在一起就是單純的報復你啊，你自己受著吧，別再跟她這樣下去了，她難受你自己也難受。」朱仰起在門外真情實感地勸。

陳路周半天聽不見滑鼠點擊和滾動聲，抬頭看她，發現徐梔聽牆角聽得挺起勁，哪還有心思研究科系，不耐地嘖了聲，「看妳自己的，跟妳沒關係。」

但徐梔覺得耳目一新，聽得好刺激，看著他感慨說：「我突然好羨慕朱仰起和馮覲的女朋友。」

陳路周：「？」

徐梔：「她們肯定知道很多八卦。」

陳路周：「你怎麼不羨慕我女朋友。」

徐梔：「你好像沒他們那麼八卦，感覺是不太會跟女朋友八卦的人。」

陳路周笑了下，下巴煞有介事地指了指電腦螢幕，「先別研究別人的感情線了，研究研究妳的分數線吧。」

徐梔「哦」了聲，慢悠悠地收回神，不過看分數線兩眼，就看看陳路周的髮際線。因為他一直低著頭專注地看手機，另隻手百無聊賴之餘偶爾會抓下髮際線，結果前面瀏海都被他在無意間撥上去了，他如果剃光頭的話，頭型應該會很像一顆桃子，因為髮際線有很標準的美人尖。

徐梔在打量他的餘光中，發現了一架掛在牆壁上的小提琴，「陳路周，你會拉小提琴啊？」

他茫然地抬頭順著她的視線看過去，才不經心地回過神，「嗯，小時候學的。」

「有考檢定嗎？」

「考了。」

徐梔「哦」了聲，陳路周都做好準備說十級了，她不問了，算了，她向來不按牌理出牌。

「我爺爺也有一把小提琴，但他不會拉，」徐梔看著那把掛在牆上的小提琴說：「但我奶奶生病那幾年，我爺爺就每天坐在院子裡拉小提琴給她聽，特別擾民，我那個時候特別不理解，為什麼爺爺拉得那麼難聽，奶奶還非讓他拉。」

「為什麼？」陳路周好奇地看她一眼。

「不告訴你啊。」徐梔想了想說：「要不然等我八十歲的時候，我們要是都還活著，你拉一首給我聽，然後我就告訴你答案。」

「想得美，八十歲誰還拉小提琴。」陳路周靠在椅子上，收回視線，繼續看手機裡的電影，男女主角已經快親上了，他這時並不想看這種戲份，於是一邊滑手機快轉，一邊頗有遠見、沒臉沒皮地說：「八十歲我要坐在公園裡拉二胡，那時候誰知道我單身還是有老伴，有老伴就拉給老伴聽，沒老伴就拉給別人的老伴聽。」

「行吧，也是種活法。」

徐栀就喜歡陳路周身上這種「少年人的情緒，就像春日裡茂密生長的樹林，就算是綠，也他媽要綠得理直氣壯」的勁。

「看完了？」陳路周問她。

徐栀「嗯」了聲：「差不多。」

陳路周也把手機關掉了，隨手丟在桌上，「怎麼想？」

徐栀想了想說：「你覺得園林與景觀設計怎麼樣？其實我最開始想學的就是這兩個系，園林設計也很有意思，我小時候就想著以後一定要買間大別墅，帶花園的那種，然後我自己設計。」

花園裡種什麼呢？他本來想問，「妳自己想好就行。」

「你呢？」徐栀問他。

「我？」陳路周瞥她一眼，有些自嘲地扯了下嘴角，低頭又去撈手機，「我出國啊。」

徐栀說：「分數對照表還沒出來，不過我猜你的省排名也在三百左右？在國內也能上個頂尖大學了啊，北京除了A大就沒有別的學校想上了嗎？」

陳路周低頭看手機，電影畫面已經退出來，這時也就漫無目的點開通訊軟體看看個人頁面，低低「嗯」了聲：「我家裡有安排。」

徐栀「哦」了聲：「那好可惜，本來還想以後能在同一個城市上學，也挺好的，週末沒事還能去你們學校玩。」

陳路周靠在椅子上，笑了下，滿臉不信，「等妳去了北京，認識了新朋友，妳就樂不思蜀了，還能想到我。」

「也不一定是北京，萬一A大沒錄取，我有很大機率就去上海了，F大、T大都有可能，或者回慶大。」徐梔說：「到時候我也不告訴你我在哪，你也別告訴我你出國去哪。」

也就三四個地方，他要找還不容易？幼稚。

陳路周看了她好一陣子，才點點頭說：「好。」

屋內開了空調，大概是溫度開得高，徐梔還是一腦門大汗涔涔，陳路周看她嘴唇乾巴巴的，問了句：「要不要吃哈根達斯？冰箱有。」

陳路周昨天買的，被姜成女朋友吃了一個，剛朱仰起要吃，他沒讓，總覺得徐梔今天不來明天也會來。果然，還真留給她了。

徐梔早就口乾舌燥，點頭，「吃！」

陳路周剛把東西從冰箱裡拿出來，順手把下午買的櫻桃一起洗了拿進去給她。然而朱仰起從後面不懷好意地走過來，將他堵在廚房，「陳大少爺金屋藏嬌玩得真好啊，看來以前沒少玩？是不是以前聚會都帶女的回來了？」

「對，我跟你玩。」陳路周懶得理他。

朱仰起也不鬧了，「徐梔還在裡面啊？你們幹嘛呢，帶出來玩一下啊？」

「幫她選科系。」陳路周關上水，將櫻桃瀝乾，想了下，「算了吧，免得姜成和談胥亂說，剛在門口碰見談胥爸媽，大概還要找她麻煩。」

之前蔡瑩瑩也提過，這事還真是，談胥爸媽心裡大概嘔死徐梔了，自己兒子一幫一，把人幫成了全校第一，自己兒子還考砸了，「這樣，我爸認識睿軍的校長，要不要我去幫你求求我爸，你放心，我跪著求他，他肯定能答應。你給我吃一口櫻桃。」

陳路周莫名其妙地看他一眼，「求你爸幹嘛？」

朱仰起說：「讓校長別找徐梔麻煩啊，談胥爸媽要是找她麻煩，多少還能罩著好嗎。」

陳路周覺得朱仰起那點腦迴路應該都被櫻桃塞滿了，「你用腦子想想，現在考第一的是徐梔，校長會為難她嗎？談胥爸媽再想找麻煩，現在都畢業了，校長能找她什麼麻煩，寫檢討啊？寫唄，檢討你不是最有經驗了。」

「也是。」朱仰起說：「看來還是兄弟我多慮了。」

陳路周隨口問了句：「你打算報哪？」

「北京戲曲，他們學校的舞臺美術設計系，老子以後就是朱藝謀。」

「嗯，徐梔打算報A大的園林景觀設計，」陳路周說：「以後應該也在北京，你幫我看著點。」

「你讓我看什麼，不准她交男朋友？這我可看不住，女孩子談起戀愛攔都攔不住。」朱仰起滿心唏噓。

陳路周下意識回頭看了虛掩著的臥室門一眼，有昏昧的光線從門縫裡泄出來，好像藏了一顆月亮在房間裡，只有他知道。

「男朋友隨便她交了，反正你別讓她被人欺負就行。」他說。

「真假？男朋友都隨便她交嗎？」朱仰起「善」意滿滿地說：「那我到時候傳他們在海邊十指緊扣、接吻的照片給你。」

陳路周本來剩了半袋櫻桃給他，直接全拿走了，「嗯，你要是想死就儘管傳。」

徐梔第一志願填了A大三個系，建築系，景觀與園林設計系，城市規劃。

填完志願那幾天，徐梔和老徐吵了一架，因為老徐要幫她換個新手機，徐梔覺得沒必要，有這錢還不如留著還下個月的房貸，老徐覺得自己這爹當得也太不威風，二話不說撂下正在洗的碗筷，訓了她一通：「我知道妳在想什麼，妳就覺得這獎勵特別勢利是不是，但不瞞妳說，本來妳考完我就打算買給妳的，妳表弟說這幾月有新款，那我想等新款出了再買給妳，再說，我女兒考進了全市前三十，我獎勵個新手機怎麼了，這怎麼就成物質了。我不光幫妳換手機，我還買一臺筆記型電腦給妳，妳不要我就送給妳表弟了，妳別在那矯情吧啦的。」

徐梔還真不是矯情，她手機本來就不差，也還能用，幹嘛要換。不過，她是想要一臺電腦，於是說：「買電腦給我吧，手機我今年還能用，明年再換也行。」

徐光霽聽了也覺得行，於是把碗一個個瀝乾，放回碗櫃裡，想起早上班導師打給他的電話，「你們老曲說了，妳這個成績也就是在我們市，要是放在我們省裡其他幾個市，都是市榜首的成績。」說到這，徐光霽回頭頗為震撼地瞥她一眼，「我也是今天才知道，原來我們慶宜市的學生都這麼厲害，省裡前一百名，居然有八十一個都是我們市的學生，我看家長群組裡，還有個家長說，居然有個班三十五個人，聽說三十四個人都報了AB大。」

「嗯，市一中的，全省前一百基本上都在那兩個實驗班。」徐梔靠在廚房的門框上，低著頭在回蔡瑩瑩訊息，她的成績還挺出乎意料的，從來沒破過四百大關，升學考成績居然上了四百分。而且剛好卡在私立大學分數線上，老蔡高興壞了，是個大學就行，至少以後還有機會考公務員。但蔡瑩瑩自己不那麼想，她覺得讀個吊車尾的私立大學，還不如讀個好的專科，她想去上海海事職業技術學院，老蔡死活不同意。蔡瑩瑩正在跟她抱怨——

小菜一碟：『真羨慕朱仰起啊，同樣是四百分，他能上北京戲曲，妳敢信嗎，他居然能上這麼好的大學，我查了北京戲曲我們至少要考六百分。』

徐梔回：『美術生的痛苦我們也想像不到啊，我聽陳路周說，朱仰起畫一張畫，要抽一包菸。』

小菜一碟：『難怪他菸癮那麼大，吃火鍋吃一下就要出去抽根菸。』

徐梔：『你們還單獨吃火鍋了？』

不等蔡瑩瑩回覆，老徐洗完碗，從她身旁經過，一邊在圍裙上擦手，把吃剩的菜端進廚房，一邊狀似無意地問了句：「妳之前說那個男孩——陳路周，他是一中的吧，他哪個班啊？考了幾分啊？」

徐梔還真不知道他是幾班的，她一開始是不好奇，後來知道他沒考好之後，也不敢多問。談胥剛轉過來時身上就有一種一中學生的優越感，但陳路周身上沒有，朱仰起身上偶爾還能感覺到，所以徐梔一開始以為他是學美術的，成績應該比朱仰起還差，後來陳路周說自己不是藝術生，所以她也沒多想，聽到他的成績之後，應該也是普通班裡的學霸之一，但應該不是那兩個實驗班的大神。

「他考了七百一十三。」徐梔吸取了上次買相機的教訓，說著點開陳路周的聊天畫面，想問問他，有沒有CP值高的電腦推薦。

要換作往常，聽到這個分數，老徐多少也得刮目相看，但是聽過自己女兒的分數之後，覺得這個七百一十三多少也是差點意思，在他看來，畢竟這個人跟徐梔的關係多少有點「不清白」。他當然希望陳路周的分數能比自己女兒的更高。

所以，徐光霽下意識說了句：「這麼低啊。」

徐梔頓時從手機裡抬頭看他，心有餘悸地勸了句：「爸，你在外面可別這麼說，你這麼說，別人以為我考了省榜首呢。」

徐光霽關上冰箱門，多少有點飄了，志驕意滿地看她一眼，「你們老曲說了，省榜首也就七百五十多，我們這分數結構跟別的省不一樣，但是哪怕是八百一十分的總分結構，也沒多少人能考上七百五十分呢，妳這個成績很優秀了，爸爸為妳驕傲。」

徐梔笑了笑，剛要說，承讓承讓。徐光霽緊跟著趁熱打鐵地提醒她：「所以，爸爸建議妳，有些朋友，我們不是一定要急著現在交，以後去了大學，妳會發現自己可能會遇見更優秀的。」

徐梔也不知道有沒有聽明白，一邊手機滑著陳路周最近的動態，一邊囫圇吞棗地點點頭，「那必須。」

陳路周接了個拍攝的活，幫她選完志願的第二天就去了上海，徐梔怕影響他工作，這幾天也不敢跟他多聯絡。陳路周就昨天發了一則動態也就沒動靜了。

照片應該在公園拍的，一位風姿綽約的老頭站在空曠的白鴿廣場拉著小提琴，一個老太太坐在噴泉邊沿的石板凳上，手裡拿著一束新鮮的玫瑰花，一邊鼓著掌一邊愛意滿滿地看著閉著眼睛、沉浸在小提琴演奏裡的老頭，不知道是陳路周太會拿捏氣氛，還是這世界上真的有這種相濡以沫的愛情，竟也能從一個八十歲老太太的眼裡，看出了十八歲少女的羞怯感。

底下已經有兩則留言，分別是朱仰起和蔡瑩瑩。

蔡瑩瑩跟她感受一樣，『嗚嗚嗚，我竟然在老太太眼裡看出了嬌羞感，我大概只有剛出生那時，才能笑得這麼嬌羞。』

朱仰起直接回覆蔡瑩瑩：『沒有啊，那天吃火鍋妳挺嬌羞的，吃牛肉都得包生菜，生菜不行，妳就包白菜，怎麼了，不幫它穿件衣服妳下不去嘴啊？』

蔡瑩瑩一本正經回覆：『那叫胃覺欺騙，包上青菜就是趁腸胃不注意，誤以為我只是吃了一片青菜，這樣就不會引起身上脂肪的注意，好讓它們心裡有點數，不該長的肉別亂長。你懂個屁，徐梔教我的。』

朱仰起回覆蔡瑩瑩：『妳怎麼不直接吃屎呢，這樣，新陳代謝都免了。』

陳路周也難得回了一則。

Cr回覆蔡瑩瑩：『她的話，妳也信？』

徐梔看了底下的回覆時間一眼，一分鐘之前。

徐梔回覆Cr：『我騙過你？來，舉個例子，我看看能不能狡辯一下。』

陳路周應該在忙，一時片刻沒回，徐梔都沒著急，朱仰起唯恐天下不亂地在陳路周的動態回覆：『快快快，你們打起來！』

很可惜，陳路周拒絕這場辯論，一個字都沒回。

徐光霽見徐梔點頭，於是也心滿意足地點點頭，從冰箱裡拿出昨天吃剩的半顆西瓜，把她從廚房趕出去，「我打杯西瓜汁給妳，要不要混點木瓜？」

「不要。」徐梔時不時看兩眼個人頁面，還是沒回覆。

徐光霽「哢嚓」一聲，把西瓜切開，突然想起來，「對了，你們老曲早上打電話給我說，過幾天電視臺好像要採訪妳，妳下午要不要跟蔡蔡出去逛逛，買兩件新衣服？」

徐梔一愣，從手機抬頭，一頭霧水：「採訪？」

徐光霽這才想起來自己忘記跟她說了，連忙從褲子口袋裡掏出錢包，給了她五百塊錢，說：「對，採訪，我剛忘記告訴妳了，說是今年電視臺做了個節目，想採訪一下全市前三十名的同學，做個升學考特輯，妳拿著錢，下午去商場逛逛。」

徐梔卡裡的五千還沒動過，但也不敢不要，怕老徐知道她飆車贏了五千，把錢收了揣進口袋裡，低聲喃喃說：「確實要去商場一趟。」

徐梔和蔡瑩瑩在商場挑鏡頭時，徐梔接到了電視臺採訪的電話預約，讓她週四下午三點去廣播電視臺報到。等她掛掉電話，蔡瑩瑩已經跟服務生真情實感的聊上了，整個人被震驚得目瞪口呆，「所以，你說，光這麼一個鏡頭就要三四萬是嗎？」

服務生也是一臉遺憾、禮貌地對她點頭，他也覺得很貴，「是的，哈蘇很多鏡頭都比相機貴。」

蔡瑩瑩算了下，也就是說，陳路周一個相機加鏡頭就得十萬了？他家裡是多有錢啊，蔡瑩瑩知道陳路周一看就是富二代，但也沒想到這麼有錢。

「沒有稍微便宜點的嗎？」蔡瑩瑩還是不死心，追著服務生問。

服務生很無奈，也很抱歉，「沒有，最便宜也得兩萬。」

兩人問遍了其他牌子，都沒有哈蘇能適用的鏡頭，徐梔也絕望，第一次覺得有錢人的世界那麼遙不可及。蔡瑩瑩累得兩腿發軟，下手扶梯時靠在徐梔肩上有氣無力地說了句：「妳乾脆把自己賠給他吧，我可不想再逛下去了，累死了。陳路周真的厲害了。第一次見到這麼厲害的男生。」

徐梔想問哪厲害了？

至今都沒回她訊息，也不知道在忙什麼。

蔡瑩瑩找了個飲料店門口的小凳子坐著，一邊捶腿一邊撒嬌說：「梔總，我想喝飲料。」

徐梔：「我去買給妳，我順便去買個行動電源給陳路周，妳就坐在這等我。」

徐梔走出沒兩步，就碰見一個熟人，也是在那刻突然想起來，商場就在夷豐巷附近，樓上有個網紅圖書館，談胥有陣子特別愛在這裡看書。而且，這個圖書館裡有個特別服務，叫時光錦囊，網路上曾經風靡一時，無數人都分享過自己寄存在這個時光蜂巢裡的信。她跟蔡瑩瑩有陣子吵架鬧彆扭，好久沒說話，最後也是不約而同走進這家店，在門口大眼瞪小眼瞪了好一陣子，都沒忍住笑出聲，直接破冰了。

談胥應該剛看完書從樓上下來，手上還抱著一疊試卷，整個人枯瘦如柴，眼神也是暗淡無光，白色襯衫讓他穿得皺巴巴，完全沒了剛從一中轉學過來那意氣風發的樣子，灰撲撲隱沒在人群中，完全不起眼了。所以，談胥沒開口叫她，徐梔都沒認出來，徑直從他身邊繞過去了。

談胥本來也沒想要叫她，可徐梔這態度，令他心裡多少有點不舒服，冷著臉開口：「這麼快就裝不認識了？」

徐梔這才看到他，定睛確認了一下，才嘆口氣，「沒有，我沒戴眼鏡，沒認出你。」

今天是週末，商場有親子活動，人格外多，小孩滿場亂蹦亂跳，還有不怕生的小孩子經過的時候時不時扒拉一下徐梔的大腿，想叫她一起玩，歡聲笑語充斥整個商場，徐梔覺得挺神奇的，自己從來不招孩子喜歡，以前跟談胥出來複習也是，沒有小孩子會往他們附近靠，無論多麼熱鬧的場合，他們永遠是孤零零的坐在一旁。

人的氣場好像會變，或者說容易被影響。她想起來，上次來商場還是和陳路周一起吃牛蛙的時候，他就特別吸引小孩，或者說他誰都吸引，看他每次逗小孩也挺有一套，那些小孩明明都被氣得哇哇大叫，但還是想跟他玩，徐梔一開始以為是他有童心，後來發現完全不是，是他尖銳裡帶著教養，冷淡卻始終留著一分溫柔。哪怕一開始逗人逗得尖酸刻薄，逗得不亦樂乎，可最後永遠都是笑著說，給你給你，都給你。所以從他身上感受到的永遠是甜。

蔡瑩瑩剛拿到飲料，看著徐梔和談胥在旁邊找了個位子坐下，朱仰起就傳了一則訊息給她。

朱仰起：『妳們在哪逛？陳路周要後天才回來，要不然晚上叫上徐梔，哥請妳們吃飯再去玩？』

小菜一碟：『夷豐大廈這邊啊，要不然你現在過來，還能趕上看八卦。』

朱仰起：『好啊，不過看什麼八卦？』

蔡瑩瑩直接偷偷拍了照片傳過去，徐梔正巧低著頭在喝飲料，後脖頸白淨纖瘦。對面談胥的臉就暴露在鏡頭前，他大約是發現蔡瑩瑩在拍，眼神正巧看著這邊。

蔡瑩瑩假裝自拍的樣子，在臉頰邊比了個「耶」，然後把照片傳給朱仰起，朱仰起收到立刻回覆過來。

朱仰起：『等著。』

商場鬧哄哄，談胥幽邃地將目光從蔡瑩瑩那邊收回來，他的臉一直都蒼白無力，臉部線條雖然流暢，大概是熬夜熬多了，肌肉有些鬆垮，整個人看起來不太有精神，他看著徐梔說：「我爸媽昨天去學校了，問了曲老師妳的分數。確實很高，如果我沒有發揮失常，也考不出這種分數，加上自選我最高也就考過七百一。妳放心，我爸媽不會找妳麻煩的，我跟他們解釋清楚了，當初是我主動提出要幫妳的，考砸了也是我自己的問題，這一年，我心態上確實出了問題。」

徐梔覺得談胥很多時候其實也算是個溫柔的人，不然，剛轉來那一年他們其實也沒有那麼多共同話題，如果不是心態失衡，他的前途會更明朗，「你打算怎麼辦？留級重考？」

談胥沒回答她，而是自顧自地說：「曲老師給我看了妳這一年的分數曲線，我才發現，妳的心態確實好，幾乎每次都能提升二十分到三十分，三模試卷本來就簡單，妳還能在那個基礎上，升學考多了四十分。不管怎麼說，恭喜妳考第一吧，妳這個成績，在市一中都能進實驗班了。妳應該去A大了吧？」

「嗯，報了建築。」

「對不起。」談胥突然說，他眼神絲毫沒有躲避，直勾勾地看著她，「那次不該扔妳媽的項鍊，也不該跟妳發脾氣，我一直以為妳是我帶出來的，妳就應該跟著我——」

徐梔忍不住打斷，「談胥——」

「妳聽我說完，」談胥面前的飲料，一口都沒喝，眼神始終在徐梔身上，「不能到現在，我們連朋友都不是了吧？高三，妳只要打電話給我，我不管夜裡幾點都從床上爬起來幫妳講題，我沒別的意思，就想問問，我們還是不是朋友？」

朱仰起一到門口，就在蔡瑩瑩對面火急火燎地坐下，眼神直愣愣地盯著徐梔那邊，讓蔡瑩瑩不得不懷疑且警惕地看著他，小心翼翼地問了句：「你不會喜歡我們梔總吧？」

朱仰起滿腦子妳個傻子，嘴上只問：「什麼情況啊，說說唄。」

蔡瑩瑩戳著杯子底下的蘆薈粒，心不在焉地說：「我不知道，應該在聊志願的事情吧。」

朱仰起腦中瞬間警鈴大作，「怎麼，談胥還想跟她報同個學校啊？不能吧，我不是聽陳路周說徐梔報A大嗎？談胥不是考砸了嗎？」

下一秒，手機藏在桌子底下，把圖片傳過去，又嫻熟地盲打了一則訊息過去。

朱仰起：『你要不要問問姜成，談胥到底考了幾分，別他媽讓他報去徐梔的學校了。』

那邊很快回過來一則訊息。

Cr：『你以為A大是菜市場？誰都能進去？』

朱仰起：『那萬一他知道徐梔去了北京，報個北京的院校，也夠你受的。』

這則傳出去半天都沒回，朱仰起以為他又開始忙了，於是等了一下，結果好一陣子那邊也沒回覆，他又急不可耐地傳了一個問號過去。

結果顯示，您傳出的訊息被對方拒收。

狗東西沒出息，這點心理承受能力都沒有。

徐梔沒辦法說不是，畢竟過去並肩作戰的畫面歷歷在目，她比誰都希望談胥升學考能發揮好，考上好學校。就算現在大家都知道談胥的失誤大部分是出於自己的心態問題，可十年二十年後，所有人都模糊記憶，同學們之間再聊起來，恐怕就不會這麼簡單了，茶餘飯後的閒談八卦會不會就變成了「當初班裡有個男同學為了幫助某個女同學提升成績，最後自己沒考上名校，這可不是紅顏禍水嗎」，這樣的事，不是沒有聽說過。

她不想背這個鍋，也不想聽到誰的前途跟她有關，於是徐梔沉默了一下，對談胥說：「你本來的目標是什麼？A大嗎？」

談胥笑了下，嘴角很無力、蒼白：「怎麼，妳要反過來幫我嗎？」

「你應該不需要我幫吧？談胥，你的實力考哪都不是問題，這一年，出了什麼問題，只有你自己清楚。」徐梔從坐下開始就一直低著頭在喝飲料，聽他說話一直都是沉思狀，這時，終於第一次認真對上他的眼睛，乾淨也執著，「如果你本來的目標就是A大，那我希望你明年能考上A大。」

談胥愣住，看著她沒說話。

「有個人跟我說，如果他心裡的牆塌了，他就會建一座更堅固的城堡，如果太陽不再升起，他就去嘗試點亮所有的燈。雖然中二，但我覺得人還是得有這種不服輸的精神，無論你父母說什麼，做決定的永遠是你自己，你想重考就重考。」

他們從下午坐到晚上，商場外下起了淅淅瀝瀝的小雨，路燈把雨水染黃，霓虹閃爍著樓宇的輪廓。

等談胥走了，徐梔回去找蔡瑩瑩，才發現朱仰起也在，「你什麼時候來的？」

他呢？

朱仰起哼哼唧唧，斜眼看她：「聊什麼呢，聊這麼久。」

「勸他留級重考。」

「……？」朱仰起作為重考生，「勸人重考，小心下輩子當豬，姐姐。」

徐梔嘆了口氣，把杯子裡的最後幾口飲料吸完，說：「也不算勸吧，他自己也想重考，只是他父母擔心費用問題，說那棟高三公寓再租一年就要三四萬，加上其他亂七八糟的因素，就讓他找個普通大學上算了。你們還要去玩嗎？那我回家了。」

蔡瑩瑩下意識看了朱仰起一眼，他們單獨不好吧，開口：「不要啊，妳這麼早回去幹嘛？」

徐梔也很無奈，晃了晃手機說：「採訪稿，剛傳給我了。」

說完就走了。

徒留蔡瑩瑩和朱仰起大眼瞪小眼，蔡瑩瑩一臉嫌棄，朱仰起倒是有些不自在地撥了撥瀏海，假裝低頭喝飲料。

蔡瑩瑩更來氣，一把奪回，「我的！」

「……」

採訪在週四，徐梔週一跟外婆回了趟老家，在村子裡待了幾天。

徐梔那幾天坐在水波躍動的河邊，潺潺水聲在耳邊，看金烏緩緩從西邊升起，轉頭又從山峰間悠然而下。一天時間過得相當快，山裡清淨，山風鑿鑿地撲向大地，帶著一股使人清醒的勁。她從馬克思主義哲學背到魯迅先生的《狂人日記》，還是沒能將那道影子從腦海中抹去。

她長長地嘆了口氣，看著紅日裡挺拔清朗的山脊，想起陳路周蹲在她面前繫鞋帶的樣子，寬敞橫闊的肩膀，只露了一個毛茸茸的蓬鬆頭頂。

這幾天大概在上海玩嗨了吧，認識了很多新朋友了吧，不然怎麼一則訊息都沒有呢。

於是她發了一則動態。

徐梔：『渣男語錄：月亮圓或者不圓，都沒關係，我會永遠陪在妳身邊。』

第九章　占上風

其實當時徐梔本來沒多想，兩則訊息傳過來，她下意識先看下面那則，但他很快撤回，徐梔也只好當作沒看見，後來試探性地問了句，陳路周說是隨便扯的，跟她沒關係。徐梔也就沒追問。

大概在動態發出去的半小時後，某人的電話如約而至。

金烏西沉，玉米地裡有幾個少年在肆意追逐，野狗狂吠，徐梔走在野草起伏的山間小路上，夕陽的金光染黃了麥穗，畫面鮮豔飽滿得像梵谷手下沛然運轉的油畫。

電話裡是那道熟悉冷淡的嗓音——

『罵誰渣男呢？』

徐梔沿著明快的麥浪線條漫不經心地往外婆家走，她拿著電話，開著擴音，試圖讓旁邊悠悠在田間漫步的雞鴨鵝都聽聽這渣男的聲音。

釣嗎，誰不會。

而且，讓徐梔覺得不對勁的是，這種感覺跟對談胥的不同，談胥無論怎麼對她，她都無所謂，不生氣不抗拒，沒有絲毫想跟他較勁的意思，純感恩，是一種等價交換，你幫我複習，你發脾氣我受著。

但陳路周不同，她想扳回一城，她必須要占上風。

於是她迎著山野間倏忽而過的風，看著湛藍的天空，大腦不緊不慢地轉了一圈，才慢騰騰地回了句：「嗯？什麼？」

陳路周剛收工，這次接的活特殊，算是半公益性質，是連惠女士電視臺裡一個關於癌症紀錄片的欄目拍攝，找了全國幾組家庭做抗癌紀錄，正巧上海這組家庭的攝影師臨時請了假，連惠就問他有沒有興趣，陳路周便答應了。此時他剛坐上回程的高鐵，說實話，他情緒不太高，因為整個拍攝過程都很壓抑，死亡陰影就像一把達摩克利斯之劍高高地懸在這個家庭每個人的頭頂。

患者年紀跟他差不多，叫章馮鑫，家裡人都叫他小金。今年高二，聽說成績很好，數學競賽拿過全國一等獎，還沒來得及參加升學考，是一個性格挺陽光的男孩子，笑起來的嘴角兩邊各有一顆小虎牙，他說他的目標是A大的建築系。陳路周那時候挺無奈地扯了扯嘴角，他第一次想把徐梔介紹給一個男生認識，或許他們會有共同話題。

小金是一個不喜歡給人添麻煩的人，每次陳路周拿著設備在門口等他做各種檢查，小金就特別不好意思的搔著耳朵說，不好意思啊，哥，讓你久等了。陳路周從沒見過那麼愛道歉的人，除了徐梔之外，他是第二個，也不想說太多煽情的話引人難過，只好撇開眼說，沒事，我拿了錢，應該的。

小金也喜歡籃球，他們都喜歡看比賽，有時候說比賽就能說一天。陳路周說等他病好了，可以一起打球。小金笑咪咪的滿口答應，可誰都知道他沒有以後了。沉默片刻後，陳路周覺得自己這話可能不太妥，結果正巧，小金父母第二天突然不讓陳路周再幫小金拍攝了，態度很強硬，如果陳路周不走，他們就終止所有拍攝，陳路周表示很理解，所以他打了通電話給連惠女士，提前收工了。

走時，他去看小金。小金躺在床上艱難地一口一口吃飯，那時還不知道他要走，問他下午的拍攝什麼時候進行，他想洗個頭，說好幾天沒洗頭了。

陳路周只說他下午的高鐵回S省，家裡臨時有點事，可能要提前回去。小金倍感遺憾，啊，晚上還想跟你一起看比賽呢，沒關係，你有事就回去忙吧，哦對，你們最近是不是要填志願了。

陳路周只「嗯」了聲，沒再多解釋。

小金又說，路周哥，你能留個電話號碼給我嗎，我以後有機會想去S省找你玩。

陳路周給了號碼後，把昨晚熬了一晚列出來的電影清單和一些書籍清單給他，大多都是科幻的，小金之前說在醫院太無聊了，想找幾部電影看，都跟大海撈針似的，找不到幾部好看的，有些評分很高的，他看進去也不過如此。陳路周就隨口問了句，你喜歡看什麼電影，小金說科幻的，類似星際穿越的，或者災難末日片。

陳路周科幻小說看得不多，電影幾乎全看過，所以他手上列出來的清單幾乎是最全的。小金簡直如獲至寶，震驚不已地問，這些你全都看過？陳路周「嗯」了聲，平時沒什麼正經愛好，除了打球就看看電影什麼的。

大概是從沒見小金那麼高興過，所以陳路周走時，小金的父母從病房裡緊跟著追出來說，小陳，我們也沒有別的意思，你很優秀，只是你跟小金的年齡太過相近，我們怕他難過。如果你以後能來看看小金，我們很歡迎，小金很喜歡你，我們從沒見他跟別人這麼交心過。

陳路周答應下來，所以在回程的高鐵上，他突然發現自己有了答案——這個世界既是勇敢者與勇敢者的遊戲場，也是真心與真心的置換地。

陳路周買商務座，因為是臨時決定回來，他只買到商務座，還特地打電話問了連惠，但連惠說正式員工電視臺都不讓報銷商務座費用，更別說他這個沒名沒分的編外人員臨時工了，即使是製片人親兒子都不好用，於是掛了電話立刻查了下，嗯，最近天蠍水逆，不宜出門。

這時高鐵剛出上海虹橋站，陳路周靠在座椅上看著列車窗外一根根電線桿和訊號塔懶洋洋地提醒她說：『裝什麼，當我沒看到動態？』

「咦？」徐梔真情實感地表示困惑，「我還真以為你看不到呢，是吧？」多少有點陰陽怪氣。

陳路周戴著藍牙耳機大剌剌地靠在座椅上，他正在翻自己昨天跟朱仰起的聊天紀錄，聽她這口氣，低著頭沒忍住噗哧笑了下，『故意的是吧？就因為我沒回妳的留言？』

大約是在高鐵上，他聲音很輕，刻意壓低，所以很啞，徐梔聽了有種別樣的溫柔勁。

徐梔剛踏進家門口，院子裡兩隻小黃狗一見到她就跟上了發條似的狂吠，吵得要命，「我試試某人的眼睛瞎不瞎啊。」

『我發現妳倒是不瞎，那麼兩秒鐘也記得一字不差。』陳路周說完，聽見那撕心裂肺的狗叫聲，把朱仰起從黑名單裡拖出來後，低頭笑著忍不住漫不經心地調侃了句：『妳進狗窩搶骨頭了？』

徐梔嘆了口氣，她手裡拿著一根沒點的菸，是外婆早上去喝喜酒帶回來的，想著不浪費，直接抽了，所以這時正在滿櫃子找打火機，就順著他的話往下接，「沒辦法，餓急了。」

陳路周也沒理她的不正經，笑了下，『所以那天看到了，跟我裝沒看到是嗎？』

「你不是說跟我無關嗎？」她關上抽屜。

他『嗯』了聲，聽她在那邊開開關關抽屜，『找什麼？』

徐梔說：「打火機。」

『抽菸？』

「嗯。」

陳路周擰了下眉，把手機鎖起，看著車窗外的風景問：『有癮？』

「沒有。」徐梔翻出一盒發霉的火柴，嘗試點了一根，說：「沒抽過幾次，外婆喝喜酒帶回來的，不抽也是浪費了。」

『妳帶出來，給朱仰起吧。』陳路周嘆了口氣說：『一次兩次不上癮，我怕妳這次就上癮了，別抽了。』

「也行。」

他『嗯』了聲，到底是在高鐵上，說話終歸不太方便，沉默半晌，最後還是問了句：

『那，先掛了？』

徐梔說了聲「好」，把菸放桌上，幾乎都能猜到接下去的一個半小時他要幹嘛，「你是不是準備看電影了？」

『不然，坐著發呆？』他笑了下，『我想起來一件事，上次跟朱仰起坐高鐵去海邊玩，我就睡了一下，他拍了我三百張照片，以此勒索我，讓我花錢買斷，不然以後給我女朋友看，我有心理陰影了。』

徐梔來了興趣，好奇他睡相到底有多難看，「真的嗎？朱仰起那還有嗎，不是女朋友能不能便宜點？」

陳路周腦袋懶散地仰在座椅上，喉結突起輕滾，側臉看著列車窗外黃澄澄的麥田，嘖了聲，『這筆帳算不過來？女朋友還用買嗎？我睡覺什麼時候看不到？』

「睡那麼醜，應該很少見，不然朱仰起也不會心生發財大計。」她說。

『帥得要死，』陳路周活生生被氣到，『妳是沒機會欣賞了，掛了。』

陳路周的照片是上過熱門的，徐梔大概是真的沒搜尋過他，仙草的綽號其實就是那時候給的，還有幾個經紀公司的大牌經紀人問他有沒有興趣當藝人，那時候有錢，現在倒是有點後悔，應該留個聯絡方式的，誰還沒點困難的時候呢？唉。

採訪在週四，徐梔從外婆家回來後，背了兩天稿子，但一對上老徐的鏡頭，說話還是磕磕絆絆，她頓時發現人越長大越要臉，她小時候競選班級幹部，到底是怎麼能夠當著這麼多人的面說出「我的美貌毫無保留，你們有目共睹」這種話的。

徐光霽坐在沙發上，關掉相機鏡頭，語重心長地對她說：「囡囡，人一旦有了在乎的東西，就會在乎臉皮，妳小時候所向披靡，是因為妳根本沒有在乎的東西。」

徐梔站在電視機前，不是很贊同，「那不是，我小時候很在乎你和媽媽，還有我的小金魚。」

徐梔小時候養了一條小金魚，不過沒幾天就翻白肚了，因為她太喜歡那條小魚了，也是第一次養魚，不知道金魚不能每天餵，更何況她還是照著一日三餐餵。

徐光霽告訴她：「那是因為，妳知道我跟媽媽，無論妳做什麼，我們都會喜歡妳，愛護妳。小金魚也是一樣。但有些感情不一樣了，妳做不好，對方可能就不喜歡妳了。」

「爸，你怎麼話裡有話。」

「妳心裡要是沒鬼，怎麼覺得我話裡有話呢？」

徐梔：「……你繞口令呢。」

徐光霽點到為止，搓搓腿站起來準備去煮晚飯，說：「欸，反正我女兒長得漂亮，成績又這麼好，我覺得妳只要什麼都不用做，光是往哪一站，鏡頭自然就會對準妳，妳只要別摳鼻屎就行了。」

徐梔愣了，滿口無語：「……我什麼時候——」

「我有照片的，」徐光霽把眼鏡夾在腦門上，起身走進廚房，打開排風扇說：「等妳以後找了男朋友，我得先給他看看，能不能接受這樣的妳，如果只能接受光鮮亮麗的妳，那這人我們就不能要，感情最後都會趨於平淡和柴米油鹽，所以這是重要一環，當然妳要是願意花重金銷毀照片，我也是可以考慮一下的。」

「……」徐梔沒想到報應來得這麼快。

週四下午，徐梔早早到了廣播電視臺門口，到了現場才知道，這次採訪的三十名考生裡，二十八名都烏壓壓地來自同一個班——市一中宗山實驗班一班，只有她和另外一個男生不是這個班的，一個來自睿軍中學，一個來自附中，附中還是升學高中，睿軍連升學高中都算不上，能出這個成績，確實有點跌破所有人的眼鏡，所以大家一到現場，自然就湊在一起了。

附中男生叫楊一景，戴著一副黑框眼鏡很靦腆。徐梔剛化完妝，聽從工作人員的安排在指定的位子上坐下，剛好就在楊一景旁邊，徐梔一眼就認出了，他應該就是另外那個幸運兒，一臉茫然、羨慕地看著一群大神在聊天，沒插話，也不敢插話，主要是那群大神顯然也沒打算帶他們玩。所以他們只能孤零零、有點尷尬地坐在一邊。

楊一景緊張地一直在抖腿，他們凳子是連著的，所以連帶著徐梔也跟著一起抖，徐梔真的很煩男生抖腿，但是面對這種環境的焦慮，她能理解，「朋友，別抖了，我髮夾被你抖掉了。」

楊一景自己都沒發現，忙跟她道歉，「對不起啊，我不是故意的，就……就是有點緊張。」都結巴了。

「沒事。」

化妝間氣氛割裂成兩塊，他們尷尬地坐在一個小角落，剩下就是宗山那群大神或站或坐擠著化妝間的另一個角落，聊天聊得熱火朝天，好像同學聚會一樣，熟得不行。

楊一景的眼睛就沒從他們身上移開過，好像很了解他們，跟徐梔介紹說：「他們都是同個班的同學，妳知道吧，戴無框眼鏡、穿白襯衫那個聽說就是今年的省榜首，七百四十六分，聽說還有十分的競賽，總分破七百五了。那個穿校服的，是去年數學競賽的金牌得主，要不是現在取消保送了，我猜這些人應該都是直接保送了。還有個更厲害的，競賽獎狀直接糊城牆的程度，聽說裸分考了七百一十三。」

那不是跟陳路周一樣嗎，不過她沒多想，一分都有十幾個人，市一中同分的肯定也很多，她還是好奇地問了句：「裸分？」

楊一景格外鄭重地點點頭，拿出十二分的敬意，說：「沒考自選，直接考了七百分，不過這次好像沒來，我剛看了名單一下，沒他的名字，有點遺憾，還想見見能考出這種分的神人到底長什麼樣子。我們老師還特地算過他的分數，加上自選，應該能破七百七大關了，肯定比七百五高。」

「那確實厲害。」徐梔心不在焉地點點頭，環顧了一圈，她記得陳路周那位母親好像就是廣播電視臺的製片人。

化妝間很大，兩撥人距離隔得並不近，徐梔其實好幾次依稀聽見陳路周這個名字，她也覺得是自己最近有點魔怔了，並沒往別的方向想，漫不經心地打量著電視臺環境，然後坐在另一邊跟楊一景有一搭沒一搭地聊著。

楊一景突然想起來說：「等等錄製完說要去聚餐，妳去嗎？」

「跟他們？」徐梔不敢相信地問了句。

不太想吧。又不熟，去了也沒話題能聊，而且這幫大神顯然沒打算帶他們，她覺得楊一景是不是自作多情了，人家可能是同學聚餐。

「這個女生過來通知我的，她說是電視臺給的經費，錄製完讓大家去吃一頓，他們工作人員就不跟了，怕我們不自在，所以把我們也算上了。」

楊一景指了指站在化妝臺旁邊，正在背稿子的女生，綁著高高的馬尾，來回走著背稿的時候，馬尾一甩一甩，長得很漂亮，氣質也獨特，聽說是他們班的班長，這次省排名十二，也報了A大建築系。不過這次分數差距可能並不大，徐梔剛看到她的總分也是七百四十二，中間同分的應該很多。

「給了多少經費？」徐梔問了句。

「一萬。」楊一景還比了個手勢。

「吃，不吃是傻子。」

楊一景嘿嘿一笑，「我也說，反正來都來了，我們就心安理得的，反正他們如果不理我們，我們互相做個伴嘛，不然妳不去我真的好尷尬，對了，我們加個好友吧。」

徐梔說了聲「好」：「你報哪個系？」

「A大，」他掏出手機調出 Qr code 給徐梔掃，「我報金融系，不過我的分數也緊張，不知道會把我分發到哪個系，聽說今年同分段咬得很緊，比如妳七百三十八對吧，其實妳前面可能就直接是七百四了，七百四好幾個同分。」

話音剛落，工作人員就火急火燎地過來拍板子了，大聲說：「好了好了，同學們先別聊了，錄製馬上開始了，所有人收拾一下，跟我走，麻煩手機關靜音或者飛航模式，上交給工作人員。」

化妝間所有人瞬間稀稀拉拉地開始站起來往門口走，徐梔和楊一景夾在一堆學霸中，順著人流往攝影棚走，於是有些話就越漸清晰地穿進她的耳朵裡，震著她的耳膜，血液彷彿衝進她的腦海裡，引她頭皮發麻。

「欸，你們打電話給陳路周他們沒啊？等等吃飯讓他一起過來唄。我們班就少他們幾個了。」

「我群組裡說了啊，許遜他們說等等過來，就陳路周沒回，我讓班長打電話給他了。」

「我打了啊，他沒接，他這幾天是不是在外地拍攝啊，我問朱仰起是這麼說，好像是在上海，幫電視臺拍紀錄片。」

「妳還能聯絡到朱仰起，厲害啊，班長，看來跟我們跩王關係不一般啊。」

「胡說什麼，上次詩歌朗誦，朱仰起自己加我的。」

整個節目錄製過程很順利，顯然這幫學霸們平時應該沒少接受採訪，跟主持人的互動應對自如，官腔打的得心應手，其實跟徐梔以為的實驗班學霸好像有些出入，她莫名在他們身上多少看出了一些陳路周的影子，包括說話的口氣都有一股說不出的相似。

尤其是那個戴著無框眼鏡、穿著白襯衫的省榜首。

主持人笑咪咪問：「取得這樣的好成績，請問李科同學有什麼好建議給未來的學弟學妹們嗎？」

李科長相斯文，彬彬有禮，本以為他會說官腔，沒想到他半開玩笑跟主持人說了一句：「首先，得有一個神一樣的競爭對手，有了這樣的對手，等於成功了一半，因為這個神一樣的競爭對手在每一次考試中總能刷新出神一樣的成績，這樣的人會不斷激勵著自己前行，最後，他因為某些不可抗力的因素考試失利，你就是榜首。」

主持人剛剛在後臺跟他們閒聊的時候就聽好幾個同學提起過，可惜那位神一樣的對手沒來，這樣的場合少了他，確實少了點味道——

楊一景和徐梔對視一眼，楊一景用嘴型說，就是我說的那個裸分大神。

主持人說：「看來你跟這個神一樣的對手關係還不錯？」

李科笑笑：「當然。我們是好朋友，說實話，有這一個勁敵在班裡，惺惺相惜都來不及，關係不會不好的。畢竟我跟他都挺寂寞的，而且他本身就是一個挺有趣的人，大男孩，他心態比我好，高三其實沒幾次考過他，有一次考過他了，我還跟他吐槽哪裡不該丟分，要換作別人早打我了，但他從來不會覺得我在炫耀什麼，或許這就是跟內心強大的人當朋友的好處。是對手，也是良師諍友，從他身上我學到很多。」

旁邊有同學忍不住跟主持人爆料：「他們也經常玩脫，有次大考前晚上還逃了晚自習溜出去看電影，結果正巧遇到我們教務主任跟老婆在那過結婚十週年的紀念日，被抓個正著，煤氣罐當場就炸了——」

因為教務主任姓梅，脾氣一點就著，綽號煤氣罐。大概是氣氛太輕鬆，爆料的同學瞬間忘了這是節目錄製現場，直接叫出了教務主任的綽號。但這是要播出的，一中的學生瞬間哄堂大笑，那學生立刻反應過來，誠惶誠恐、戰戰兢兢地問：「導演，能剪掉嗎？」

場下的副導演笑咪咪地比了個OK的手勢，讓他繼續說。

「梅老師吧，人特別好，長得也帥，尤其是脾氣，那是一點都沒有。你說說一個這麼溫柔歲月靜好的好老師，被他們氣得衝進我們班當場表演了個徒手掰核桃，你說，他們得有多可恨。」

現場又是一陣哄堂大笑。

氣氛逐漸進入到白熱化的程度，同學們之間說不完的話題和趣事，徐梔和楊一景頻頻對視，因為主持人極少cue他們，或者說這幫學霸話太密，他們根本插不上話。

楊一景是失落的，感覺被電視臺騙來給人當背景板。

場外副導演也察覺到，徐梔他們被冷落了，他提醒主持人無數次別忘了還有兩個，但現場氣氛堪比脫口秀，主持人也很無奈地看著場外導演，你看我有辦法嗎？我都快插不上話了。

「我們梅老師以前是當兵的，他不僅能徒手掰核桃，還能徒手把大鐵門捶進去一個洞。

聽說每個藝術班的門都是他花錢換了一扇新的，因為每次去那邊巡檢的時候，發現跟菜市場一樣鬧哄哄的，就氣得不行，他都是一拳下去，那個門就直接凹了。有一次特別搞笑，正好遇到教育局的人來檢查，校長還在跟人信誓旦旦地介紹，我們學校的師資力量絕對是一流水準，結果老遠聽見梅老師把藝術班的門捶穿了。也就那一年，我們學校好像沒評上先進。」

「你們不知道，李科那位神一樣的對手多缺德，有次過去藝術班找人，眼見梅老師又在訓話，手剛抬起來，他立刻好言相勸說，梅老師，這都是錢啊，您那點薪水全用在換門上了，跟師母的日子還過不過了，不能結婚二十週年紀念日還只帶人耗在電影院吧？建議您下次出門戴個拳擊手套，捶門至少門不壞啊，直接捶人也行。梅老師一聽覺得還挺有道理，採納了，還真買了兩副拳擊手套，藝術班的人都嚇得自動躲避視線，也從此記住那位的大名，我們走在路上都聽到有人罵他。」

這樣的對話只是冰山一角，他們大多時候還是在背滾瓜爛熟的稿子和聊一些有的沒的官腔，比如，保持平常心，只要平時不要敷衍自己，結果就不會敷衍你之類的。然而在李科提起這位神一樣的對手時，現場的氣氛異常熱烈，這段大概都會被導演剪掉。但徐梔也能想像到，有這位神一樣的對手的校園生活會多有趣。在這種場合都能被人這麼侃侃而談，現實生活中，那得多風光。

被省榜首稱為是神一樣的競爭對手。

有這樣的頭銜，已經很風光了，他的未來，該是什麼樣？

錄完節目，徐梔跟楊一景上了巴士，學霸們意猶未盡，還在熱火朝天聊東聊西，李科打完電話，過來跟徐梔他們道歉，直接坐在徐梔和楊一景前面，他長得白淨斯文，確實很難讓人有脾氣，楊一景這人也是牆頭草，頻頻搖手，「沒事沒事，你們能聊就行，我還擔心鏡頭對著我我不知道該說什麼呢。看你們聊天也挺有趣的，我本來以為你們一中念書氣氛應該挺緊張的，沒想到你們宗山校區的實驗班，氣氛還這麼好。」

李科笑起來，眼神在徐梔和楊一景身上來回掃，他可真是個端水大師，眼神在他們身上的停留時間大概都計算過，很平均：「也不是，我們班還行，其他班競爭得比較厲害，我們班情況比較特殊，因為高一到高三我們就沒分過班。」

徐梔問：「你們不分文理組嗎？」

李科解釋說：「我們是宗山一班，其實我們全名是叫，宗山實驗一期。班裡都是各個縣市的國中升學考榜首，市一中當時跟我們簽了個協議，國中升學考榜首直接進這個小班，因為人數最少，其他實驗班大概都有五六十人。這個班有獎學金補貼，就是每年都要出去參加各大競賽，也就是幫學校刷獎狀的。」

「那不就是給人耕地嗎。」

「還好，我們高一就開始上高二高三的內容了，高二上半學期基本上就全部學完了，剩下的就是複習、出去比賽這樣，如果跟不上強度的話，大概高二就可以退出去普通的實驗班。我們班也走了幾個，但大部分都留下了。所以大家感情深，你們別見怪。」

「各個縣市的國中升學考榜首這麼多人嗎？我們也就十一個縣市啊。」楊一景疑惑。

「還有一些外省的，我那個神一樣的對手，他就是另一個教育大省招進來的。」

「他不是在地人？」徐梔心裡一緊。

李科斯斯文文地推了下眼鏡，「是在地人，只不過國中跟著父母做生意在外省讀書，也是我們班唯一一個直接保送過來的。等等他也會過來吃飯，你們不介意吧？」

他只是隨口一問，楊一景很沒骨氣地說：「不介意不介意，我恨不得多見幾個大神。」

李科笑著看徐梔，似乎在徵求她的意見。

徐梔心口一下一下撞著，很熱。腦子裡想的都是那張臉，於是問：「介意你們就不讓他來了？」

「那不行，沒了他，今晚這頓飯就沒意義了。」李科昂昂不動地看著徐梔，眼神裡對他的對手，很是驕傲和維護，「或者這麼說吧，徐梔，如果我沒記錯，妳剛好全市第三十名，如果他沒錯過自選，今晚，妳應該不會出現在這裡。」

這他媽也太傷人了。

楊一景覺得李科很適合去做外交官，說話不陰不陽，彬彬有禮，卻很扎心。

徐梔「哦」了聲，不鹹不淡地一刀扎回去：「你也不是省榜首了。」

李科：「……」

他們顯然經常聚餐，定的位置也是老地方，一進門就聽幾個女生在討論這家飯店的燒烤好吃，他們定的是戶外餐廳，在草坪上擺了一張長桌，能容納二十人，旁邊還擺了一個琳琅滿目的甜品臺，堪比婚禮現場。

楊一景連連感嘆大手筆啊。

「來了嗎？」

「他跟許遜在路上了，另外兩個應該不來了，我讓班長把原先有靠背的椅子撤了，然後讓服務生拿凳子過來，這樣大家擠一擠還能坐一起。」

「沒關係，那邊還有個BBQ，讓一撥人先去那邊吃燒烤，等等大家再換過來。」

他們默契確實夠高，全程安排得有條不紊，徐梔想想要是他們班這時大概已經炸開鍋了，大概滿場都有人班長班長這個放在哪啊班長班長那邊要不要掛個橫幅啊，反正魔音繞耳，每次搞這種活動她就頭疼。

燈光音樂都調好了，旁邊還擺了幾個小帳篷，樹上掛的小彩燈都亮了，桌上擺一排整齊齊的白蠟燭，現場氣氛相當浪漫了，這看來是一群重情調的學霸，楊一景說這幫學霸就是談戀愛應該也比別人浪漫。

不知道是誰喊了一句：「有人要喝酒嗎？」

徐梔忙舉手，「我。」

她和楊一景剛好坐在整張長桌的桌尾位子，或許是位子太偏，那男孩大概沒看到，轉了一圈後又把剩下酒放回籃子裡準備拎回去。

月光那時清冷地灑在草坪上，有人一根根點上蠟燭，現場的浪漫氣氛越見濃郁，悠揚的音樂聲也緩緩從一旁的音響裡流淌出來，身後突然傳來一陣小小的起鬨聲，徐梔以為他們在玩遊戲所以沒太在意，她一心撲在酒上，剛要站起來，就聽見耳邊響起啤酒瓶輕輕的碰撞聲，叮噹一響，眼前有了遮擋，一雙乾淨修長的手出現在面前。

於是徐梔在搖曳的昏黃燭火裡，看見一瓶百威啤酒放在自己眼前。

頭頂上是他熟悉冷淡的嗓音對那男生說：「是她要酒。」

徐梔也沒回頭，看著那瓶剛被他拿過的百威，因為剛從冰櫃裡拿出來，瓶身起了霜霧，有幾個清晰修長的指印，是他的。

那個被省榜首稱為神一樣對手的人，是他。

不加自選，裸分考上七百一的人，也是他。

難怪他能那麼輕鬆就說出「我們的前程我們自己說了算，各有各的風光」這種話。

她多少有點被打擊到了，她還以為誰都能風光呢。

徐梔上完廁所出來，結果發現自己的位子被人坐了。

原本一個相當冷清的角落，因為那人疏疏懶懶地往那一坐，沒多久，就圍了一圈人，眾星捧月地自動以他為中心圓形散開。

也許是他們在一起時，總是兩個人居多，所以徐梔有點忽略了他在人群中的吸引力。

他難得穿了一身白，腦袋上一頂黑色鴨舌帽，懶洋洋地靠在她的椅子上，純白色的運動服拉鍊被他拉到頂，只露出流暢的臉部輪廓，拉鍊頭被他鬆鬆垮垮地叼在嘴裡，一隻手肘搭在旁邊的椅子上，正在漫不經心地聽李科說話。

大約是李科邀請他一起去旅行嘰哩呱啦說了一大堆，陳路周靠在椅子上笑得肩膀都顫，喉結一滾一滾地，側臉看著他，一臉你饒了我吧的表情，「真的不去啊，你別算上我，新疆我去年剛去過。我頂多借你無人機拍，人你就別想了。」

「我們只要人，」旁邊一個小胖哥說：「說實話，風景我們用眼睛看看就行了，畢業旅行少了你就沒什麼意思了啊。」

「別，我真的不去，或者你們在附近找個地方玩，我頂多陪你們兩天。」他一邊低頭傳訊息，一邊說。

下一秒，徐梔的手機在口袋裡震，她看見陳路周傳完訊息把手機丟在桌上，回頭看了她一眼。

Cr：『妳不過來，我過去了啊。』

Cr：『數十下。』

Cr：『十。』

Cr：『九。』

Cr：『八。』

Cr：『七。』

Cr：『三。』

Cr：『二。』

徐梔：『你少數了六五四。』

Cr：『陳路周從小數數就這麼數。來不來？』

徐梔：『徐梔從小也不是別人隨便喊兩下就會過去的人。』

這則訊息傳過去之後，徐梔站老遠看著陳路周靠在椅子上，微微仰了下頭，活動了一下脖子，他大概是覺得有點無奈，旁邊有人問他吃不吃燒烤，他搖搖頭，冷淡低頭看著手機，一邊飛快地打字，一邊疲塌地活動著頸骨。

Cr：『妳這要生氣的話，今晚這帳我們先欠著，過來，我介紹人給妳。』

徐梔：『你應該欠了不少女生這種風流債吧？』

Cr：『我發現看人第一印象是不是特別重要？自從我們第一次見面，我媽說我那些話，妳是不是刻進骨子裡了？還是妳以為我對誰都這樣，這裡都是我同學，妳但凡能問出一個桃花債，我跟妳姓。』

徐梔：『別這麼自信啊，別人喜歡你算不算？兩點鐘方向就有個疑似的。』

陳路周順著抬頭看了眼。

Cr：『那不是我們班同學，那妳要求太嚴格，這事我能控制？』

徐梔：『那你就別扯什麼潔身自好。』

Cr：『妳能保證從小到大沒人喜歡妳？』

徐梔：『有啊，但我老實。』

Cr：『嗯，妳多老實啊，妳老實勸人考A大，妳是A大招生處的呢，明年A大在我們省的招生任務妳提前完成了七十分之一。』

徐梔氣得直接把陳路周的備註改成——裸男七一三。

人散了，就剩陳路周坐在位子上。

「喝酒嗎？不喝我拿走了。」

酒水不夠，有人過來看陳路周桌上還有一瓶沒開的酒，想拿走。

沒等他說話，小胖哥在一旁剝著開心果，粗枝大葉地插了句：「這酒好像是睿軍那個女生的，她還沒喝，你們先拿走吧。」

「行，等等你跟她說一聲。」態度也虛與委蛇，於是那人轉身要走。

「等一下，放著。」陳路周頭也沒抬地說。他低著頭在手機上回訊息，鴨舌帽檐壓得低，過來拿酒的同學沒第一時間認出他，只覺得這人穿衣風格像陳路周，但他今天好像沒來，所以悄無聲息地打量他好一陣子，小胖哥神態自若，悠悠地出言提醒：「別看了，是你哥。」

陳路周占了身分證的便宜，比班裡大多數同學都大，加上成績又好。所以有些同學直接叫他哥。但同學都知道陳路周不喝酒，大帥哥自律、要臉，不抽菸不喝酒，還挺紳士，於是開始耍無賴說：「不是我要啊，是女生她們酒不夠分。老闆說我們人太多，庫存都喝完了。他現在派人出去買，得加錢。」

陳路周這才從手機上抬頭，露出帽檐下那雙無謂的眼睛，黑夜裡像被水裡浸過黑亮黑亮，無動於衷地看著他說：「這邊也有女生，你讓班長自己想辦法，她的酒，你還是別動。」

「我要去找班長控訴你，你這個手肘往外拐的傢伙。」那人氣尥尥走了。

陳路周日常被罵，他都習慣了。自從建議教務主任以後巡邏戴上拳擊手套之後，他走哪都能聽到藝術班的人變著花樣罵他。反正他天天不做人，不在乎這最後一天。

一旁小胖哥突然幽幽地開口，叫他綽號，「草，我真替你擔心，你不是最怕傳緋聞嗎？」陳路周確實在學校就挺會跟女生保持距離的，因為他這種長相，只要和稍微長得漂亮一點的女生走在一起，立刻就有人傳他們在一起了。陳路周國中就領教過不管校風多嚴謹的學校，傳八卦的速度照舊驚人。

同學都知道，不然剛才班長聽到別人打趣也不會下意識澄清，因為陳路周這人跩，要是傳到他耳朵裡，他絕對絕對會主動跟她保持距離。所以小胖也領教過陳路周的闢謠速度堪比火箭發射。

陳路周「嗯」了聲，低著頭還在傳訊息給徐梔，「然後？」

Cr：『還不過來？人都散了。』

小胖哥四下環顧一圈，看徐梔有沒有回來，湊過去在陳路周耳邊耐人尋味地說：「你剛來可能沒看見，睿軍這女生吧，長得跟我們學校藝術班的女生一樣，超級漂亮，而且腰細腿長，胸還特別大。」

「你看人家了？」

「就……瞄了兩眼，」小胖哥嘖嘖地說，滿眼的意猶未盡，「長太漂亮了，不敢細看——」話音未落，也許是電光石火間，也許有那麼一兩秒的空餘，他感覺自己整個人猛然一抖，連人帶凳子，被人猝不及防地橫踢出半公尺，「……陳路周，你踹我幹嘛？」

他側坐回去，低頭看著手機，將運動服的拉鍊敞開來，露出裡面的T恤和寬闊橫直的胸膛。壓低了帽檐，半張臉全擋住，依稀能看見下顎線冷淡地繃著，不著邊際地慢悠悠回了一句：「——哦，有隻老鼠，剛從你凳子底下竄過去。」

「是嗎？」小胖哥將信將疑。

「……我從來不騙人。」陳路周臉皮挺厚地說。

「對，你通常能坑都直接坑。」

突然，手機一震一震。那邊回覆。

徐梔：『不能你過來？』

Cr：『不是我不過去，是妳信不信，我現在一站起來，妳這瓶酒就保不住了。』

這則訊息一出去，陳路周就看見徐梔收了手機準備過來了，於是挺不是滋味地又傳了一則過去。

Cr：『我還不如一瓶百威是吧？徐大建築師。』

徐梔一邊走一邊回。

徐梔：『我去看看燒烤好了沒，要不然你就乾脆找把鎖，把自己鎖在椅子上。陳大詩人。』

陳路周看完訊息下一秒，看見徐梔直接腳步一轉，去了帳篷那邊，他無可奈何地嘆了口氣。

Cr：『玩不過妳。』

不過陳路周也不敢站起來，怕自己一走，徐梔的酒就被人拿走了。他們班的人他太了解，都是各縣市榜首招進來的，參加過數也數不清的競賽，見過的大神沒一籮筐，也有一打。所以從來不會把誰放在眼裡，徐梔要是早點說她今天參加錄製，他多少也能交代兩句，哪能讓人這麼對待。

身邊人來了又走，流水似的換了一撥又一撥，也沒人能叫動他。陳路周真的鎖在這把椅子上了，後來李科過來叫他去玩狼人殺，他也沒答應，四平八穩地靠在椅子上，抱著手臂仰著腦袋看李科，帽檐下那雙眼睛裡不知道哪來的脾氣，「你們不叫那兩位朋友一起玩嗎？你現在外交能力好像不行啊，科科。」

陳路周很少這樣叫他，他們之間一般都是科神或者路草稱呼。這種親暱的疊字，有種說不出的陰陽怪氣。

徐梔和楊一景坐在BBQ的帳篷旁邊，BBQ這邊都是女生，幾個女生已經開始玩起了遊戲，徐梔和楊一景很榮幸沒被遺棄，女生很熱情，無論做什麼都把他們算上，烤東西都會問一下他們要不要，甚至還有女生主動過來加徐梔好友，說過幾天就可以查錄取情況了，如果被錄取了，可以互相通知一下，開學大家一起訂票過去，他們還有個A大的校友群組，都提前拉好了，讓徐梔接到錄取通知書的時候通知她一聲，到時候拉她進群組。還有女生誇她長得真漂亮，好看得像個洋娃娃一樣，以後去了A大，追她的男生肯定從宿舍樓下排到校門口了。讓她千萬別急著交男朋友，一定要擦亮眼睛好好挑一挑。

楊一景還在一旁懵懵懂懂的搭腔，「妳們上大學一定會談戀愛嗎？」

「不一定，但是遇到喜歡的，肯定會談吧，不會像高中一樣，只能搞搞暗戀。」

「你們班就沒有人談過戀愛嗎？」徐梔好奇問。

「那肯定有。」女生小聲地跟他們八卦，「其實我們科神就談過，那個女生一開始也是我們班的，後來因為我們班的課程強度太強，她沒跟上，高二就退出了，去了普通實驗班，兩個人就分手了，所以說異國戀、異地戀，這些都不可靠。」

楊一景：「你們班暗戀陳路周的應該很多吧？」

「還好啦哈哈哈。」女生開始打哈哈，補了句：「別班比較多，反正一下課就屬我們班的走廊最壅塞，都是藉著來找人看他的。他其實平時還算低調，尤其是高一剛入學的時候，大家都不知道他是保送進來的，沒參加升學考也沒成績，後來聽說他爸爸很有錢，還以為他是花錢買進來的，花錢進我們這個班不是找虐嗎，所以第一次期中考試，大家都特別期待，他到底是什麼水準。」

楊一景聽得好入神，時不時看一眼那個哪裡都挑不出毛病的人正靠在椅子上跟李科聊天，兩人不知道在說什麼，李科的眼神也時不時若有所思的朝他們這邊瞄過來。能被省榜首這麼深沉的凝視，弄得楊一景以為自己臉上沾東西，時不時茫然地拿手搓一下臉。

徐梔想的是，她國中好好讀書不知道有沒有機會進這個班，可能性很小，縣市榜首還真的不好考。

「然後呢？」

「然後就是斷層第一，第二名也就是我們科神差了近二十分。科神就興奮了，說這麼多年沒遇到過一個像樣的。陳路周算一個。」

楊一景啃著雞爪，心裡也挺不是滋味，「這就是學神的世界。我要是被人拉了二十分，我就直接備受打擊，當鴕鳥了。」

話音剛落，玩遊戲那邊的女生突然開始起鬨，幾人看過去，才發現是李科和陳路周過來了，陳路周手上還拎著一罐酒，也沒開，也不喝，走哪都帶著。

兩人從草坪餐桌那邊走過來，似乎還在聊著，有一搭沒一搭，陳路周單手揣在口袋裡，他大概是怕踩到狗屎，所以走過來的時候，一直低著頭，在看草坪。這樣看，李科比他還瘦，骨頭架子披著皮的感覺，是那種風一吹，襯衫吹在身上都能清晰看見肋骨印的排骨身材。陳路周個子高，肩寬腰瘦，後背挺闊，敞著的運動服下應該鋪著一層薄薄的肌理，有力而勁瘦，勻稱到沒有一絲多餘的線條，被他抱在懷裡應該很有安全感。

帳篷這邊有人點燃了篝火，徐梔剛巧和楊一景還有一個女生坐在篝火旁邊，搖曳的火光似乎要將那人暈化了，他身影變得柔軟而炙熱，宛如一片被太陽炙烤過的雲，遙不可及，卻讓人想觸摸。

見他朝自己走過來，但徐梔跟陳路周的想法可能有出入。陳路周想介紹這些人給她認識，徐梔懂他什麼意思，以後上了A大都是同學，但徐梔說白了，這個學霸圈對她可有可無的，真去了北京，也不見得會聯絡。她不想把自己跟他的關係變得這麼複雜，一旦牽扯到朋友圈，情況就完全不一樣了。

難道以後還真的時不時跟他們出來聚餐，然後聽他們華亭鶴唳地懷念過去那些跟他有關的校園時光嗎？他存在感這麼強，同學們之間的閒談能少得了他嗎？

這不就是招人想他嗎，然後呢？他在國外混得風生水起，說不定還如沐春風的交起了女朋友，根本都忘了高三暑假這一段了吧。光是這樣想想，徐梔都覺得自己大學四年被渣男套牢了。

於是，在陳路周即將越過篝火旁走向她時，徐梔不緊不慢地從椅子上站起來，低頭問楊一景：「我去烤香菇，你還吃嗎？」

陳路周腳步一頓，拎著啤酒的手指節微微緊了下，看著昏黃的篝火裡那道影子，纖瘦高挑，腰確實很細，從旁邊他們班女生身邊走過去的時候，那女生還摸了下，發出一聲餘味無窮的感嘆：「徐梔，妳怎麼這麼瘦啊。」

她站在燒烤架旁，低著頭心無旁騖地在刷辣椒醬和孜然，表情很誠懇：「我每天都跳繩，妳可以試試，堅持一週就有效果，我國三的時候大概五十五公斤，堅持一年就瘦到四十五公斤。」

「妳現在幾公斤？」

「就剛好四十五左右。」

「哇，體重不過百，不是平胸就是矮啊，妳居然一樣都沒有，羨慕。」

「跳繩吧，比起跑步，跳繩更快。」

ＢＢＱ結束之後，有一場小煙火，是他們班為李科這個省榜首放的。李科直言受之有愧，說陳路周才是當之無愧的省榜首，畢竟裸分全省他最高。陳路周都懶得理他，老神在在地靠在椅子上找了部電影看，他此時坐在李科旁邊，整張桌子的正中間，跟徐梔隔了四五個人。

李科是全場唯一一個知道他們的關係的人了，突然站起來走到徐梔身邊，對她彬彬有禮地說：「我跟妳換個位子，剛剛楊一景同學問我一個量子力學的問題我還沒跟他解釋完。」

陳路周聽見，電影都沒心思看了，直接鎖螢幕扔在桌上，無語地白了自作主張的李科一眼。

用你在那撮合。

聽見那邊挪動椅子的聲音，陳路周也同時站起來，往外走。但沒想到，徐梔也是往外走，根本也沒往他那邊去，大概都不知道該往哪去，於是在情急之下，不約而同地選擇了同一條且唯一能去的路——廁所。

身後的同學目瞪口呆，紛紛開始肆無忌憚的想像和討論，最後總結結論——

「說實話，陳路周這避嫌避得有點明顯了，他真的是潔身自好的典範啊！」

「徐梔這種確實應該避嫌，長得比藝術班的都好看了，弄不好就是下一個谷妍。」

「我要是陳路周因為谷妍那事，我都PTSD了，看見美女轉頭就跑，我們學校的人都知道怎麼回事，谷妍單戀啊，但是當時因為谷妍藝考第一，熱度很大嘛，網友都不信，我們還在文章底下跟他們吵起來了，非說陳路周長得就是一張渣男臉。主要是我們跟他每天朝夕相處的，他那麼潔身自好的人，怎麼可能跟別人不清不楚的。」

廁所在飯店後山，因為他們沒有住宿，飯店讓他們繞行去後山的公廁。徐梔跟在陳路周後面走，見他大步流星地穿過飯店大廳，又重新融入夜色裡，月光將前面那人的身影拉得老長，他越走越慢，徐梔慢吞吞地盯著地面走，那抹斜長俐落的黑影一寸寸地離她越來越近，好像潮漲潮落的海浪，馬上就要沒過她的腳踝，最後，他乾脆停下來，徐梔來不及收腳，直接一腳踩在他的影子上。彷彿心裡那浪啪一下打在她的腳上，溫潤的海水細膩地刮過她每一寸鮮活的肌膚。

「妳踩我影子了。」他站著沒動，回頭說。

徐梔嘆口氣，讓著他，「那我走前面，」半晌，想了想，回頭認真說：「那你別踩我影子。」

「……」

徐梔上完廁所出來，陳路周還是剛進去的那個姿勢靠在對面的路燈下，整個人彷彿被黑夜拉長，顯得格外清瘦俐落。徐梔懷疑他根本沒進去，於是走過去問他：「你還回去嗎？」

「妳有地方去？」陳路周抱著手臂，低頭看她。

「我剛看後山有個小坡可以看煙火，」徐梔看了手機的時間一眼，「八點半不是有煙火嗎？」

後山的小坡上除了有煙火，還有數不清的蚊蠅，兩人剛坐下沒多久，徐梔發現陳路周手上就被叮了好幾個包，她突然想起第一次見他那天，在高三複習公寓的走廊裡，丟著各種牌子、用過沒用過的電蚊香，當時她就覺得這男生不太好伺候，性格挑剔得很。

徐梔看他手上蚊子包越來越多，忍不住說：「要不然還是回去吧？這麼叮下去，我怕你的手腫成豬蹄了。」

剛要站起來，陳路周把她拖回來，「就在這看吧，人少，安靜。」

「真沒事？」

「嗯，」陳路周沒太當回事，兩人並排坐在草坪上，陳路周伸著一條腿，一條腿屈著，兩手撐在身後，仰頭看著星空，然後漫不經心地問了句：「像不像看流星那晚？」

「有點，不過那晚的星空比現在好看，我真得建議傅叔多開放幾個觀星點，肯定能賺錢。」

陳路周冷冷地瞥她一眼，「妳乾脆報金融系吧？啊？多會算啊。」

破壞氣氛一把好手。

「倒也是個主意，」徐梔反唇相譏：「你要不要念個國防電子科技？保密工作一流。」

陳路周噗哧笑出聲，懶洋洋地說：「我媽說我以前陰陽怪氣第一名，我現在發現，妳才是第一名。」

「不，我爸說我從小就是陽奉陰違第一名。」徐梔糾正。

陳路周沒理她，抬起一隻手看了手錶時間一眼，神情鬆散，「還有五分鐘煙火就開始了，妳想先聽我解釋，還是想先看煙火？」

「解釋就不用了，我們也不是什麼特別的關係，我只是現在反應過來，為什麼你能這麼自信，確實，陳路周，你應該的。」

「行吧，那妳解釋一下。」

徐梔：「？」

陳路周冷笑著說，他把手從後面收回來，弓著背盤腿坐在草坪上，視線轉而側落在她的臉上，「剛繞開是什麼意思，我這麼見不得人？」

「我只是不想我們之間的社交太複雜，你懂吧？」徐梔老實說。

「什麼叫不想我們之間的社交複雜？」

徐梔記得那晚的夜空很乾淨，沒幾顆星星。她覺得陳路周的手機應該出問題了，煙火並不是在五分鐘之後炸開的，而是她說完的下一秒，就突然在天邊轟然炸開一道光，無數絢爛的星火從頭頂攜風帶雨的降落，勢如破竹，滿目火光，耳邊接二連三的響起「砰砰砰」，令人振聾發聵，胸腔微微一熱。

人群的尖叫聲和歡呼聲，很雀躍，此起彼伏的揚起，她隱約聽見有人喊陳路周和李科的名字，這場煙火本身就是為他們放的。

徐梔看著他的眼睛，眼裡都是煙火映著熱烈的光，她輕聲說：「因為小狗在搖尾巴。」

聽見了嗎，因為小狗在搖尾巴，為你響起的歡呼聲永遠都不會停，慶宜的雨或許常年還會下，而我在沸騰的人海裡——

說喜歡你。

「砰砰砰——」

夜空上，畫面絢爛得像是星星被無數從黑夜裡衝出的子彈打碎，那火光磷磷四散，在空中蓬勃燃燒，也燒到了這幫少年們的心裡，他們彷彿提前窺見天明，窺見前程萬錦，他們藏起膽怯，所以整個黑夜全被年少不知天高地厚的熱血占據。

他們試圖掀翻黑夜，掀翻這光——

「科神，路草，一個省榜首，一個裸分榜首，真他媽厲害！」

「我們都是孤獨行走的鐘，但我們也要做敲響希望的鐘！」有人喊。

「朋友，注意一下版權，這是你們路草的作文。」有人記憶深刻的提醒。

徐梔只是仰頭看著，心裡茫茫然地想，我們都是樹葉藤架下那將熟未熟的蘋果。

而陳路周則眼神平靜的看著那煙火，心裡想的是——「昨日種種，譬如昨日死；今日種種，譬如今日生」[1]。

不消片刻，那火光漸漸冷卻下來，隨之慢慢消散，在黑夜中銷聲匿跡，四周再次陷入寧靜。

這邊離他們聚餐的地方並不遠，講話大聲點似乎還能對話，但因為小山坡在公廁後面，所以幾乎沒人會過來，偶爾聽見窸窸窣窣的腳步聲，也是有人匆匆上個廁所就回去了。全然沒想到，隔著一道牆，躲著兩個人。

煙火炸開的瞬間，陳路周耳邊就聽不見徐梔說什麼了，但他看見徐梔的嘴型，多少拼湊

1「昨日種種，譬如昨日死，今日種種，譬如今日生」出自於《了凡四訓》。

組合了一下，得出一個合乎情理的答案。

「因為校董就是我媽？」陳路周一隻手撐在背後，空氣裡都是炮仗的硝煙味，他潔癖犯了，拿袖子塞了下鼻子，偏著頭，整個下半張臉都看不見了，只露出一雙清明乾淨的黑眼，蕩著一絲獨屬於他的「不好糊弄」勁，盯著她問：「什麼意思？」

「……沒聽到就算了，」徐梔嘆了口氣，岔開話題：「全省裸分真的是你最高？」

陳路周慢悠悠收回視線，等味道散了些，這才放下袖子，撐在身後心不在焉地說：「不太清楚，李科說是蔣老師說的。」

「那個命題嫌疑人啊？」

他笑，挺為蔣常偉叫屈的，「妳考得不是挺好？老這麼叫他幹嘛。蔣老師人挺好的，他上課挺有意思的，不是那種古板老師。」

「好，對不起。」徐梔立刻毫無誠意地道歉。

陳路周扯了扯嘴角，「得了吧，我終於知道妳爸為什麼說妳陽奉陰違第一名了，妳這人就是表面看起來老實。」

後來陳路周發現自己大錯特錯，有些人，表面也不老實。

煙火過後的星空難免顯得有些淒涼，陳路周看她一眼，一隻手撐著，另隻手從運動服口袋裡拿出剛剛那罐百威，到她跟前晃了晃，「喝嗎？」

徐梔瞬間眼睛發直，側過身，「還在啊？」

兩人便猝不及防地面對面，陳路周那雙澄黑的眼睛，此刻淡淡地看著她說：「我看了一整晚，能弄丟？」

他後來就直接放在運動服的口袋裡，因為拉上拉鍊鼓鼓囊囊太明顯，肯定會有人過來要，所以他一整晚都敞著拉鍊穿，這樣鬆鬆垮垮地垂在兩邊也看不出來。不過他有點失算是這酒有點重，壓得他半邊肩膀發疼，手肘都有點抬不起來，而且整件運動服直接壓變形了，加上這罐酒是從冰櫃裡拿出來，口袋裡也濕漉漉的，這時還散著冷氣，他這件衣服算是直接廢了。

月色許是被煙火燙過，灑下的光輝帶著殘存的餘溫，落在兩人的頭頂，是熱的。

他們當時面對面盤腿坐著，徐梔手剛一伸出去，被他巧妙避開，陳路周本就人高手還長，稍微抬下手，徐梔就徹底搆不到了，只能眼巴巴看著。正想著要不要出其不意站起來搶。但顯然陳路周這隻狗的眼神很警惕，她動一下，那眼神緊跟著掃過來，絲毫不給她偷襲的機會。

「想喝？」陳路周手舉得很高，寬鬆的運動服袖子往下掉，露出一小截清白有力的手臂，青筋突起，像蒼青起伏的山脊，有種駭人的清勁。帽檐下那雙黑眼，直白而銳利，「剛剛那話是什麼？」

那雙眼睛裡有鉤子，心裡像有海浪撲稜著，徐梔心說，確實挺不好糊弄。

她嘆了口氣說：「我說，因為陳路周你是條狗。」

他何其精明，挾持著一罐百威，一副「挾天子以令諸侯」的架勢，腦子轉得很快，根本不用細數，老僧入定似的高舉著手，定定看著她冷淡說：「九個字了，妳剛剛只說了八個字。」

徐梔算盤打歪了，本來想趁他掰指頭數字數時，出其不意地過去搶，但是他腦子好像……有點好用。

「十個字。你怎麼數的。」

煙火味徹底消散後，空氣中漸漸飄來一股茉莉花香，陳路周鼻子從小就很靈，香味鑽入鼻尖的頃刻間，他下意識往旁邊掃了眼，才發現這邊有棵茉莉花樹，就在他們頭頂，一簇簇白色的花瓣隱沒在層層疊疊的樹叢間。偶爾還有幾瓣花葉從頭頂飄落，一抹抹沒入碧綠的青草地。

陳路周看著不少花瓣落在徐梔頭頂，自己腦袋上應該也都是了，所以他下意識用手抓了下頭髮，「要跟我比心算？」

「比，我小時候也是珠心算冠軍好嗎？」徐梔爽快地說，想法突如其來，「這樣，我說一句話，你有本事就別掰指頭，直接說幾個字。」

「行。」

「五局三勝，輸了，把酒給我。」

「行。」他更爽快。

「那你把酒放中間，舉著累不累。」

陳路周其實都想到了，徐梔肯定會拿走，但還是出於對她那點微薄的信任放下了，所以徐梔拿走的瞬間他也沒有多餘的驚訝。他直接被氣笑，冷淡無語的眼神直直看著她，「要賴是嗎，珠心算冠軍？」

徐梔：「我先喝一口行嗎？」

陳路周嘲諷她：「妳乾脆喝完，我們比個友誼賽？」

徐梔擰開，一邊喝眼神一邊骨碌碌地看著他說：「也行。」

「那菸抽了沒？」他突然問。

徐梔將酒嚥下去，咂咂嘴，搖頭，「在家呢，你不是說留給朱仰起嗎？我那天就是怕浪費。」

還挺聽話。就著蘊熱的光，看著滿地的淡白色茉莉花瓣，陳路周漫不經心地換了個姿勢，手肘掛在屈起的膝蓋上，掰了根草在手裡，有些得寸進尺地看著她隨口問：「以後去了北京，會跟人出去喝酒嗎？」

「不知道，應該會吧，」她說：「不然多無聊。」

他手上抓著把草，低頭懶懶「嗯」了聲，沒看她，目光撇開看著別處裝模作樣地清咳了聲，帽子底下那張臉，冷峻清瘦，第一次挺真誠，直白地跟她說：「注意保護自己，男的腦子裡想的就那點事。」

徐梔喝著酒，那雙眼睛從沒離開過他，哪怕仰頭灌酒也從瓶縫裡去看他，骨碌碌地盯著，也挺好奇且直白地問他：「你呢？」

這話題其實不太適合深入展開。但是徐梔那種好奇冒著精光的眼神，陳路周拔了手上的草，朝她腦袋上扔了一根過去，「妳好奇心為什麼這麼重。」

「其實我還有更好奇的，」徐梔喝了口酒，老老實實把那股衝動壓回去，「問了怕你打我。」

陳路周幾乎下意識都能猜到她想問什麼了：「……」

他岔開話題：「還玩嗎？」

「玩。」徐梔把酒放下。

「說。」

「今天我爸買了一件裙子給我，我很喜歡，但我外婆說顏色不適合我。幾個字？」

「二十七個字。什麼顏色？」

兩人還一問一答問上了，徐梔也老實回答了：「紫色。」

「今晚的煙火很好看，恭喜你考了裸分榜首。祝你未來前途無量。以後記得穿內褲。幾個字？」

「……三十二，謝謝。」陳路周還是格外禮貌和有教養。

「我以前跟你說過吧，我爸爸是男性專科醫生，你要是真的有什麼難以啟齒的毛病去他那掛個號，別自己亂上網。幾個字。」

陳路周：「……」

他不玩了，跟滿地飄落的茉莉花一起表演沉默是金。

徐梔在寧靜的夜色裡靜靜看著他，嘆了口氣，最終認輸，道歉：「好好好，我錯了。認真玩。」

「最後一次，妳再說些亂七八糟的，我就走了。」

「好。因為小狗在搖尾巴，幾個字？」

「八個。」陳路周說完，反應過來：「是這個？」

「嗯。」

「什麼意思？」

「字面意思啊。」她懶洋洋的。

徐梔說完，剛要伸手去拿酒喝，被陳路周率先一把奪過，揚手便劈頭蓋臉地問她：「妳說不說？」

陳路周以為她喝了不少，拿酒角度有些鬆，但徐梔其實沒喝多少，擔心他把酒灑了，主要是就他那個角度，下一秒就要澆在他自己的腦袋上，所以徐梔想也沒想就直接撲過去，幫他提下角度。

「欸，你別給我灑了。」

陳路周拎起酒的重度也立刻感受到了，所以馬上就改了拿酒的傾斜角度，穩穩托在手裡，結果徐梔一撲過去，直接一個趔趄撲了個滿懷。百威猝不及防被撞飛，酒水洋洋灑灑，從頭頂毫無徵兆地澆落，兩人都被濺了一身，陳路周更慘一點，那罐百威幾乎是連滾帶爬地一邊吐著液體一邊從他身上從頭滾到腳，他下意識拎開徐梔，所以徐梔身上只濺了一些零零散散的酒漬。

陳路周都沒來得及站起來，直接被徐梔重重按在地上，徐梔半跪著，整個人驚魂未定地伏在他肩上，也沒反應過來兩人這時離得到底有多近，滿心滿眼看著地上撲簌簌滾落的啤酒瓶，哪怕陳路周的呼吸近在咫尺，熱烘烘的噴在她耳邊，她只以為是酒意上來，耳廓發熱，眼睛也模糊，全然沒想到，他們這姿勢要是被人拍下來，大概會有人以為兩人在接吻。

「陳路周，我都沒喝兩口啊，你說話就說話動什麼手啊。」

徐梔吼完，一低頭，對上那張臉，因為陳路周坐著，她伏著他的肩，所以這時陳路周是手虛虛地繞在她身上，仰著頭看她，兩隻手非常客氣地抬在半空中，根本沒碰到她。

鼻息間都繚繞令人昏頭的酒氣，徐梔第一次近距離看這張臉，等比例如此放大無數倍，清晰到可以數清他每一根睫毛，反而更精緻。但這張臉吧，確實看一眼少一眼，以後應該也很難見到比他好看的？可能有，不過絕對沒他這麼有趣了。

他的眼睛不知道是不是被酒浸潤了，亮得像浸過水一樣濕漉漉的，整個空氣的溫度似乎騰然上升，彷彿剛剛的煙火餘韻又死灰復燃，廁所那邊又響起窸窸窣窣的聲音，聚餐的同學們已經開始熱火朝天的狼人殺。

「預言家這波節奏帶得好啊，六號九號鐵狼，實在不行，你們投六號，晚上女巫毒了九號。」

「你們狼人晚上到底在幹嘛，親嘴嗎？到現在刀不準一個神。」

「……」

徐梔抱著他，眼熱，心也熱，她知道他的手一直僵在半空中，可莫名也有股電流一直從後脊背竄上來，心裡有個聲音，一不做二不休。親一下吧，之後就不見了，反正他馬上要走了。

今晚明月高懸，煙火騰飛，她見過最好的。

於是，她低下頭，尋著那酒味找下去，慢慢朝他湊過去，那股熟悉的鼠尾草氣息前所未有的濃烈，從她鼻尖鑽進去，是陳路周的味道，包括他身上的外套，永遠都是這股淡淡的清冽氣息。

酒氣、熱氣，混雜在一起，年少的隱祕和試探都夾雜在這些未明的情緒裡，彼此之間的呼吸越來越近，兩人的眼神熱得一塌糊塗，似乎還唯恐天下不亂地在空氣裡糾纏著，兩人最後的視線，順著汗涔涔的鼻梁漸漸往下挪，都有些躍躍欲試、好奇地定格在彼此的嘴上。

如果不是他耳朵紅得要滴血，當時徐梔低頭看著這張冷淡清白的臉，和他黑白分明的雙眼，跟平時並沒有兩樣，還是那副恃帥行凶、百無禁忌的狗樣子。

「有茉莉花瓣落在你嘴上。」徐梔湊下去的時候，捧著他的臉，這麼說。

陳路周沒有回應她，視線有些淡淡地撩吊著，落在她的嘴唇上，她唇形小巧而精緻，輪廓分明，像飽滿豔麗的玫瑰花瓣，都不用親上去，想想應該很軟。怎麼說呢，他想起高二朱仰起跟一個藝術班的女生談戀愛，當天晚上就接吻了，放學路上，朱仰起喋喋不休興奮地說了一路，說女孩子的心有多硬嘴巴就有多軟，跟棉花糖一樣，親起來軟軟甜甜的。他問朱仰起是不是很喜歡那個女孩，朱仰起說也算不上，就是好奇，好奇接吻是什麼感覺。

他覺得徐梔也是好奇，說不定私下也跟蔡瑩瑩討論過，跟男孩子接吻的感覺。她好奇心一向過剩。

陳路周沒跟人接過吻。所以只有他知道自己此刻的心跳有多瘋狂，一下又一下，猛烈而又刺激地撞擊著他空蕩蕩宛如曠野的胸腔，回音是前所未有的熱烈。

他也想過半推半就，渾渾噩噩，哪怕順水推舟蜻蜓點水地碰一下。他一直以為自己是浪漫主義派的，講究氣氛，現在看，還是理想主義旗幟占了上風。於是，他微微偏了下頭，避開了。

陳路周沒看她，也沒推開她，手還虛虛地扶在她腰後，任由她拱著熱哄哄的氣息，伏在自己身上，眼神不自在地望向一旁，「下雨了。」

徐梔抬頭一看，還真的下雨了，豆大的雨珠撲面而來，一滴雨水猝不及防地落在她嘴唇上，突如其來的冰冷觸感令她下意識低頭，飽滿圓潤的雨珠便在她唇上猝然濺開，帶著她皮膚的溫度，彈到他冷白乾淨的臉頰上。

好吧。

這也算親過了。

徐梔「哦」一了聲，忙從他身上起來，廁所那邊人漸漸多起來，應該是大家都準備走了。徐梔默不作聲往回走，陳路周一直看著她高挑纖瘦的背影，慢悠悠地插著口袋跟在後面走，迎頭碰見楊一景，直奔著陳路周過來。

「路草，可以加個好友嗎？」

陳路周「嗯」一了聲，只得停下腳步，拿出手機讓楊一景掃，再往那邊看，徐梔已經跟著人上了巴士。

當天晚上，楊一景發了一則九宮格動態感謝電視臺的款待——

楊一景：『今天很高興認識了很多朋友，也感謝工作人員小姐姐和小哥哥們的照顧，整個錄製過程很愉快，看學霸們聊天真有意思，另外，還認識了一個人很好的超級大帥哥——陳路周，其實一直久仰大名，裸分考上七百一十三，市一中仙草確實名不虛傳。』

徐梔大概是看也沒看就按了個讚，結果看到最後按到陳路周，她又把讚收回了。陳路周那時剛巧在滑動態，就看見那個讚按了，又被人收回。

陳路周嘆了口氣，他還是把人得罪了。

自那晚之後兩人有陣子沒見，後來陳路周想想，他跟徐梔交集不多，如果不主動去找對方，應該是很難偶遇了。

所以，有天跟朱仰起打球的時候，整個籃球場全是大汗淋漓、不太顧及形象的裸男，只有陳路周紅色球衣裡面還套一件白T恤，碎髮和額頭中間綁著一條黑色髮帶，露出肌理清瘦的臂膀，坐在籃球架下的墊子上心不在焉地換球鞋，低著頭隨口問了句朱仰起：「你最近不跟蔡瑩瑩聯絡嗎？」

朱仰起在做熱身活動，「邦邦邦」拍著球，在空場上跑了個三步上籃才悠悠對他說：「徐梔沒跟你說嗎？蔡瑩瑩跟她出去旅遊了啊。」

陳路周穿好球鞋，站起來漫不經心地蹬了兩下，「去哪？」

朱仰起奇怪地看了他一眼，「長白山，說是去看天池了，不過你也不能吧，徐梔就算沒告訴你她出去玩了，總能看到動態吧，她昨天不是剛發天池的照片嗎？那東西可不是誰去都能看到的。」

陳路周彎腰隨手撈過丟在墊子上的手機打開通訊軟體看了眼，什麼都沒有，空空蕩蕩——朋友僅展示最近三天的動態。

好吧，他又被拖出來了。

朱仰起剛湊過來，就看見空落落的動態，說了聲奇怪，難道刪掉了？然後立刻掏出自己的手機看了眼，明明還在啊，有些吃驚地對陳路周說：「我靠，她把你遮蔽了啊？你們吵架了？」

陳路周懶得跟他解釋，這事也沒辦法解釋，難道說他不讓她親，她就生氣了？於是只能含糊地「嗯」了聲，然後拿過他的手機滑了徐梔發的九宮格照片一遍，結果發現談胥也去了，難怪這幾天都沒聽見樓上有動靜，朱仰起見他臉色寡淡，嘴角冷冷地繃著，於是解釋說：「我問了，是他們班的畢業旅行。」

陳路周「哦」了聲：「馮覲也混進她們班了？」

「那狗是自己正巧想去，一聽他們班要去長白山，立刻就舔著臉說給他們當免費攝影師，蔡瑩瑩二話不說把他拉進群組裡了，現在攝影師到哪都搶手好嗎，你要是不跟她吵架，這次帶的大概就是你了。」

「得了吧，你當這是什麼美差呢，我還要洗乾淨跟人競爭上崗？」陳路周語帶漿帶水地將手機重重拍回朱仰起的胸口。

我說要洗乾淨嗎，朱仰起狐疑了一陣，然後忙托住胸口的手機，「我怎麼聞到一股酸味呢。」

「滾。」

陳路周懶懶散散地丟下個字，走上場去熱身，撿起地上的球，隨手拍了兩下，就扔了個三分球，「嘭」一聲，輕輕鬆鬆進了，他沒動，冷眼旁觀地站在三分線外，料定會進似的，就等靠近籃框的朱仰起撿球，有點隔岸觀火的意思，說了句——

「攝影師而已，我說了，男朋友都隨便她交。」

話是這麼說，球場上陳大少爺還是帶了點脾氣的，後半場才匆匆趕過來的姜成看陳路周今天這球打得前所未有的凶。他以前雖然跩歸跩，也就因為這長相和氣場跩，人格外好說話，被人撞到根本不會說什麼，今天其實也沒說什麼，就不陰不陽地諷刺了對方兩句：「兄弟，眼神不好要不要送你去醫院配個眼鏡？第三腳了啊，踩上癮了是嗎？」

這人他們也不認識，但經常在這打球，男生打球就是這樣，叫不齊人就在球場上隨便找，找到聊得來的還能成為朋友，聊不來的大概打一次以後也不會叫了，加上又是一幫年輕氣盛的男孩子，所以在球場起衝突是家常便飯。但陳路周從來都不是那個主動挑事的人。

所以姜成聽他說完，有些出乎意料地看著朱仰起，無聲地問了句：「他嗑火藥了啊？」

朱仰起搖搖頭，想了個委婉的解釋，無可奈何地表示，大概是吃泡麵的時候，發現自己的麵被人拿走了，就剩下調料包了。

那可真夠倒楣的，姜成同情地說。

但陳路周也是真倒楣，碰上個問題人物，對方這兄弟也不是什麼好說話的人，在場上大約是見他們這邊人多，沒說什麼，打完球之後，突然叫了幾個人過來，二話不說把陳路周圍住了。

陳路周但凡遇上這種場面，也是被人問題目，或者別人找他對答案。所以他剛開始還沒反應過來，但瞧那幾個社會哥長得操之過急的樣子，他才後知後覺地反應過來——哦，要打架。

打架這事朱仰起和姜成熟啊，這邊球場相對來說比較亂，來的不只是學生，還有挺多愛鍛鍊、挺養生的社會老哥，魚龍混雜得很，幾乎天天有人打架，派出所有時候隔幾天就得往這跑一趟，反正一句話有矛盾就拳腳相向。要不是一中球場這幾天閉館，陳路周他們也很少來。

看他們陣勢訓練有素、壁壘森嚴，眼神裡都藏著一股森然的寒氣，社會哥此刻正一邊朝他過來，一字一句地跟他秋後算帳，「兄弟，是你要送我去醫院看眼科是嗎？」

通常這種球場上的小糾紛，就見過一面的人，下了球場都找不到人了，因為一換掉球衣泯然眾人，基本上就認不出誰是誰了。

但陳路周幽幽嘆口氣，長得帥就這點不好，套上外套還是被人一眼認出來了。

他心想，這事大概用嘴解決不了了，以後得去刺個青，下次遇到這種人直接亮出他的刺青，我是龍哥的人。但這頓揍好像逃不了了。

要是直接告訴他們，打人別打臉，下手會不會輕點？

朱仰起知道他在想什麼，陳路周這人其實最怕麻煩，能動嘴的一定不會動手，而且還怕疼，小時候跟他一起去打疫苗，他能嗷嗷叫喚半天。

「是吧，」陳路周不疾不徐地說：「這時候關門了吧？你只能掛個急診。」

「少他媽瞎扯，打球碰你兩下碰不得是吧？真他媽嬌貴。看你穿得人模鬼樣，家裡很有錢是吧？真以為我們不敢打你？」

朱仰起和姜成剛說要不然別廢話，要打就一起上。陳路周最後還是出於不想有後續一連串的麻煩，半心半意地試圖勸了一下——

「要不然這樣，我跟你口頭走一下流程，你要是打我，我媽肯定會報警，並且還會做一個新聞專題，跟別的也沒什麼關係，主要她是電視臺製片人，這種能製造新聞的機會她一定不會放過，因為我畢竟也是今年的升學考榜首。」

挺不要臉啊，說自己是升學考榜首。

朱仰起：「……」

姜成：「……」

裸分榜首也算個頭銜吧。陳路周這麼想，反正蔣老師給的高帽，他就戴著。

對方顯然有些猶豫，氣氛瞬間鬆垮下來，幾個人眼神面面相覷，頻頻互相試探，如果不是朱仰起得意忘形還在那自以為很上道地跟對方說：「你們要是不嫌麻煩，要我打通電話給你們龍哥嗎？」

「龍哥」這個人物朱仰起之前用過一次，曾經喝退過幾個小流氓，從此百試不爽，但是這次就不靈了，因為姜成忘了告訴朱仰起，自從上次他用龍哥這個人物被拆穿之後，龍哥在江湖上就沒有地位了。

所以，龍哥這兩字一出來，對方瞬間恍然大悟，原來最近一直用他們龍哥的名號招搖撞騙的幾個傻子就是他們啊，這下好了，新仇舊帳一起算，說不定這個升學考榜首也是糊弄他們的，於是，眼神一通氣，二話不說直接左右開弓地衝上去。

場面一度混亂，陳路周沒來得及躲，下巴硬生生挨了對方結實的一拳，他疼地嘶了聲，剛要說一句，這他媽打架都不用說預備開始的嗎？

結果後背驀然一緊，有人猝不及防從後面攔腰抱住他，企圖反箍住他的雙手，讓同伴襲擊他的肚子，還好他有腹肌。不過他反應快，人又高，一身輕薄的小肌肉，很結實，身後那個小混混根本鉗制不住他，對方也沒想到他比想像中難搞，看起來瘦，還他媽挺有力，這就是年輕的好處，不抽菸不喝酒，即使這麼大高個，身輕如燕，拳腳乾淨俐落，血液是新鮮乾淨的沸騰，而不是掛著一身白花花的贅肉以及器官裡不知名的腫瘤，出一拳，有一拳的心酸。

這就是大叔和少年的區別。

陳路周都不敢下太重的手，怕把人脂肪肝打出來，當小混混當得也沒有一點職業道德，怎麼能有啤酒肚呢。

當晚，徐梔在回程的高鐵上，滑個人頁面滑到朱仰起一則幸災樂禍的動態。

朱仰起：『恭喜，陳大少爺長大第一步，達成第一次打架成就。』

底下還有配圖，不知道是誰的手，手臂清瘦，大約是因為剛打過架，青筋格外暴戾，一條條冷淡而有力地突起，手指骨節修長而分明。

徐梔一眼認出來了，這是陳路周的手，因為左手無名指上是她畫的戒指。

她幾天前還見過這雙手，乾淨清白，宛如蒼青清高的山脊，是碰都不讓碰一下。

底下陳路周留言。

裸男七一三：『發你自己的手不行？別蹭我的熱度。』

朱仰起回覆裸男七一三：『急個屁，我還沒發你腹肌照呢。』

徐梔回覆朱仰起：『八塊以下不叫腹肌。』

沒過多久，車廂內聲音嘈雜，徐梔看見自己手機訊息通知亮了下，有人傳訊息過來，她還沒來得及點開，旁邊蔡瑩瑩以為是自己的手機亮了，用手點了下，訊息瞬間亮出來——

裸男七一三：『八塊腹肌，看照片也行，兩百五一張。』

蔡瑩瑩才反應過來不是自己的手機，她有些震驚地看著徐梔，然後，悄悄問了一句：「現在都是這個行情嗎？腹肌照這麼賺錢嗎？但是找鴨子是不是不好呀？要不然妳也介紹給我？」

徐梔：「這隻不行，這隻嬌貴得很，碰都不讓碰。」

第十章　電影

徐梔沒回他，陳路周也沒再傳，他當時在藥店買紅花油，因為整條手臂都是瘀青和破皮，等櫃員拿藥的時候，本來外套脫了鬆鬆掛在肩上，旁邊有個小孩在量體溫，他怕嚇到小孩，又把外套穿上了。

藥店櫃員看他臉上也有傷，長得又這麼帥，應該也是個要臉的，就拿了一盒抗生素給他，司空見慣地叮囑：「配合著吃，這幾天先忍忍不要洗臉，不然傷口沾水，很容易爛的，破相就麻煩了。」

陳路周嘆了口氣。所以他就不願意幹這麼麻煩的事，其實陳路周不是第一次打架了，小時候在育幼院就隔三差五的跟人幹上，那個時候老是有人動他東西，也不知道怎麼回事，有些人大概就是覺得別人的東西特別香，也可能還是懶，每次吃飯都拿他的餐盒。但是他這人吧，占有欲太強，又有點潔癖，死活都不願意讓人碰自己的東西，那時候嘴沒現在會說，說不過人家就只能動用武力。所以，後來他自己的東西都會刻上名字。

他拎著一袋藥出去的時候，朱仰起和姜成站在門口一邊抽菸一邊聊天，他們打架雖然不是家常便飯，但是打球打多了，總能碰見那麼幾個找事的，身上掛彩也沒太在意，抽兩根菸就能緩解。見陳路周終於出來，兩人站在昏黃的路燈下，半開玩笑調侃他的金貴：「怎麼樣，藥店的人是不是說你再晚兩分鐘來傷口就癒合了啊？」

「滾啊。」陳路周笑罵了句，他是明月入懷，所以也沒計較，只從袋子裡拿出一盒紅花油丟給他們，「擦擦吧，你們臉上的疤已經多得快趕上龍哥了。」

說到這，朱仰起才猛然想起來，怎麼龍哥這事就突然不靈了呢，姜成愧怍地咳了聲，不著痕跡地掐了菸，準備腳底抹油立刻開溜，「那什麼，我去找杭穗了。」

藥店就在夷豐巷外的小路上，這區有點類似城中村，一座座拔地而起的高樓商廈無聲地包裹著一片破舊瀰隘的低矮平樓，隔條街就是繁華喧囂的商業街，人流密集，而這邊因為是老住宅區，路人零星，沿路小店倒是開得琳琅滿目，能住在這的都是老在地人，所以偶爾能看見幾輛頂級跑車從空蕩安靜的馬路上囂張跋扈地疾馳而過。

兩人沿著亮得有一盞沒一盞的路燈往巷子裡走，陳路周外套敞開，拎著一袋藥，慢悠悠走，偶爾掏出手機看一眼，也沒訊息。朱仰起渾然不覺他的心不在焉，還在興致勃勃地跟他八卦姜成和杭穗的事情。

「……」

「姜成遇上杭穗算他倒楣，杭穗這人心狠，說起來不知道為什麼，我覺得杭穗跟徐梔有一點像，或者這就是大美女的相似性？」

晚風徐徐，早先下過雨，空氣裡夾雜雨水的冷意，陳路周忍不住把呼吸放輕，現在只想喝杯熱的，填補心裡的空落落。他煩心倦目地單手插在口袋裡，沿路聽他扯一堆都沒接話，就一言不發地聽著。聽到後面這句，才自然而然地接話，懶散的口氣：「是嗎？哪裡像了，我沒看出來。」

朱仰起說不知道，就感覺而已。

陳路周沿路看到一隻小黃狗，趴在八〇九〇福利社門口，十分愜意自在地搖著尾巴，他定睛看了一下，頭也沒轉地問朱仰起：「你知道小狗在搖尾巴是什麼意思嗎？」

朱仰起說：「不知道，想拉屎了吧。」

陳路周斜睨他一眼：「……」

當天晚上，陳路周的手機仍舊沒有任何回覆，他覺得徐梔可能不會再主動找他了。期間，他傳過一則訊息給蔡瑩瑩，蔡瑩瑩也沒回，大概是徐梔跟她說了那天晚上的事情，姐妹倆總是一個鼻孔出氣。陳路周倒覺得這樣挺好，蔡瑩瑩確實應該無條件站在她那邊。

朱仰起睡了一覺起來看他一言不發地坐在客廳玩手機，以為是跟人聊天，結果神不知鬼不覺地湊近一看，發現他居然在滑蔡瑩瑩的個人頁面，一下子急火攻心狠狠抽了他一下，「你幹嘛！轉移目標了啊！」

陳路周反應很快，下意識抬手一擋，正好打在他的前臂上，他本來就滿手瘀青，被他這突如其來的一下，直接疼抽過去，仰面倒在沙發上，極其無語地看著天花板，氣得要命，可這時候也只能嘶著聲疼得直抽氣。

「你可別勾引蔡瑩瑩，她對帥哥沒有抵抗力的，她可跟我說過好多次說你這種長相進娛樂圈當明星都能分分鐘混成一線，隨便跟你談個戀愛都覺得很拉風，而且，你一向都很避嫌，尤其是我喜歡的女生——」

寂靜的客廳裡都是陳路周急促而均勻的喘息聲，聽起來怪讓人心熱的，要是換個人在這，畫面就很難以言喻了。他仰靠在沙發上，想踹他，但是對他的豬腦子已經心灰意冷，不想浪費那點精力抬腳，等緩過勁來，那股劇烈的痛感慢慢從他神經裡剝離，呼吸恢復平靜，那雙清澈乾淨的眼睛此刻就只能冷淡無語地看著他，清心寡欲得有點行將就木的意思——

「我們從小到大，哪次你喜歡的女生我不是主動避開，你別拿谷妍說事，我跟她高中三年一句話都沒說過。還有，我要是想跟人瓜田李下，搞點什麼，我也不會找蔡瑩瑩，你腦子給我搞清楚，不是因為你喜歡她，是因為她是徐梔的朋友。」

「那你——」朱仰起發覺自己最近真的是太敏感了，撩開肚皮上的T恤，拍了拍，「要不然，你打回來。」

「走開，」陳路周煩得不行，隨手去撈茶几上的手機，冷聲說：「我在找徐梔生日，傅老闆說她七月上旬，我不知道是哪天。」

那時是七月上旬，大概就在那幾天附近，但徐梔的動態變成三天可見，他只能去看蔡瑩瑩的，好在她大剌剌，動態全開放，不過內容繁多，一天幾乎要發七八則，陳路周花了兩個小時才看完她一年的動態，因為怕錯過資訊。

所以朱仰起當時好奇的問了句：「為什麼是徐梔啊？這麼多年喜歡你的不少吧，比她漂亮的也有，成績比她好的你應該也見過不少，為什麼是她啊？」

陳路周沉默了半晌，髮梢在黑夜裡擋住他的眼睛，輪廓清俊，他簡單地把第一次吃燒烤那晚的情景娓娓道來：「還記得那晚吃宵夜嗎？我跟她第一次見面，我當時幫一個身心障礙人士占座，跟小孩吵嘴，小孩過去找大人來理論，她走過來說要幫我錄音，不會讓人冤枉我。這種無條件被人站邊的滋味還挺爽的。這應該是開始吧，後來我自己也不知道了。」

「到什麼程度了？出國能忘掉嗎？」朱仰起提問三連：「回來還喜歡嗎？」

「你覺得呢？」陳路周冷不防掃他一眼，心說，無奈朝來寒雨晚來風。

他傾身過去拿起茶几上的棉花棒，沾了沾紅花油，一邊抹一邊挺坦誠地說：「說白了我跟她認識也就幾天，能到什麼程度，我不是開玩笑的，哪怕她在北京跟人談戀愛，我就希望那男的可靠點，徐梔那性格真的不會保護自己，我就怕那男的可能還沒進入感情狀態，她就猴急得要跟人發生點什麼。」

朱仰起若有所思地眯縫起眼睛，說到底陳大少爺還是個保守的人啊，他拖著長音說：「哦——談戀愛沒關係，怕她跟人上床，懂了，你是個潔癖。」

陳路周想起徐光霽問他是不是有處女情結，但哪是這個意思，上完藥，袖子還捲在手肘處，哪怕受著傷，手臂線條也是勁瘦流暢，在昏黃的光線下，蘊藏著說不出的力道。

隨後他不屑一顧地把棉花棒丟進垃圾桶裡，不鹹不淡地自我解嘲說：「你可能想多了，我沒這個潔癖，我不是怕她跟人上床，我是怕她跟不可靠的人上床，懂了嗎？我們都是男的，有些話還要我說的那麼直白嗎？所以我讓你幫我看著點，我認識你這麼多年，你看人眼光沒出過錯，她的男朋友，你至少得按照我這個標準找吧。」說完，突然想起來上次徐梔來他家烤地薯還剩下幾個，於是隨口問了句：「吃烤地薯嗎？」

照你這個標準，大概整個A大也找不出幾個，朱仰起心說，還你這個標準，嘴上忙應：「吃，那你們——」

陳路周起身去燒水，「她要是想跟我就這樣斷了，那就斷了吧，我接了個航拍活，過幾天可能要去趟西北。回來準備準備應該也差不多該走了。」

朱仰起心裡頓時彷彿被人扔進一塊大石頭，沉甸甸地壓在他心底，雖然一直都知道他要走，但他這人從小情緒反應就遲鈍，只要時間還沒到，就覺得這事還遠得很。這時候是切切實實感覺到離別前的依依不捨。

雖然陳路周老說朱仰起外面有小三小四小五，但是朱仰起一直以來確實都很黏他，在一中只要跟人說我是陳路周的兄弟，大家都會多看他兩眼，他是行走的話題製造機。他跟馮覲說過，為什麼他通訊軟體裡女生那麼多，基本上都是因為陳路周。這個人要出國，朱仰起內心的感受就是，他的太陽走了，他的太陽要去照別人了。簡直可以垂淚到天明的程度。

但陳路周覺得他假惺惺的，燒完開水回來坐下，一邊打開電視，一邊毫不領情地戳穿說：「得了吧，你就是覺得以後加人好友沒那麼方便了是吧？」

朱仰起當然也不否認：「這也是原因之一。」

陳路周笑笑，漫無目的地挑著臺，話說得很隨意自在，也輕鬆，好像真不是什麼難事，要換作別人這麼說，朱仰起鐵定是一萬個不信的。

「兩年吧，我看了下那邊的課程，大學也就三年，我打算兩年把學分修滿，順便看看這兩年能不能賺點錢，經濟獨立了我就回來，就當還了這十幾年的養育之恩，以後也不會靠他們了。」陳路周挺誠懇地用眼神指了下，簡直是識時務為俊傑的典範，「主要我現在身上穿的內褲都還是連惠女士買的。」

朱仰起知道他只穿某個牌子，他們都是，但那牌子貴，真不是打幾份工就能穿上的。朱仰起知道他只是開玩笑，他也曾問過他你為什麼不反抗，為什麼不脫離這個家庭呢？或許對於別人來說這很容易，但對陳路周來說，他本身就沒有歸屬感，怎麼說呢，這種歸屬感是誰都沒辦法給他的，哪怕現在他對徐梔，怎麼可能會有歸屬感呢，而他生活了十幾年的家庭，連惠和陳計伸一直很疼愛他，說這是糖衣炮彈和虛情假意都好，但這十幾年的陪伴和「家人」這個身分就已經不可磨滅了。要是他連這點要求都不答應，大概得有不少人戳著他的脊梁骨說他白眼狼吧。

他既然裝了這麼久的仁義道德，也不可能在這個節骨眼上，讓自己晚節不保，所以朱仰起覺得他說兩年，那就是兩年了。

可也覺得兩年還是太久了，要真等他回來，這他媽別人都生米煮成熟飯了。

徐梔發現人的情緒還是挺容易傳染的，比如蔡瑩瑩現在不太高興，是因為老蔡有工作上的調動，可能要平調到外省待上一年半載的，連帶著她想到自己九月就要去外地上學，雖然錄取結果還不能查，不管被哪所學校錄取，都離慶宜挺遠的，她就開始擔心老徐。

「反正從小到大，我永遠都是被放在最後的，媽媽在的時候，他就只管媽媽，媽媽不在，就是工作，好不容易這幾年能關注到我，好了，又要去外地了。」

徐梔也說不上來，一方面她羨慕蔡院長的能力，一方面又覺得老徐這樣也挺好的，庸庸碌碌，不用太優秀，陪家人的時間很多。

兩人閒著沒事，在家畫指甲，徐梔也在無名指畫了個戒指圖樣，於是嘆了口氣說：「至少像老蔡這樣，以後老了不會被人騙走退休金吧。」

蔡瑩瑩托著下巴看她把手放進美甲燈裡，也是愛莫能助地說：「老徐真的把錢全都轉過去了？」

徐梔說：「也沒全部，另外一張卡他忘了密碼，被銀行的工作人員及時攔住了，但是前面的八萬已經追不回來了。」

老徐知道真相的時候整個人都失魂落魄，所以這兩天她都在警局錄筆錄。

蔡瑩瑩也是沒想到，現在騙子的技術推陳出新，根本防不勝防，她想起來一件事，撈起一旁的手機，翻出手機簡訊對徐梔說：「我前幾天也遇到個騙子，說要送我兩張電影票，是博匯影城的，還是什麼私人包廂，笑死，博匯影城什麼時候送過免費的電影票，喏，妳看，一個陌生號碼傳的，讓我兌換 Qr code——」

蔡瑩瑩本來想給徐梔看，結果不小心就點進網址了，頁面直接跳出來的是博匯影城的電影票座位號碼，「靠，兌換成功了？！」

徐梔問：「哪？」

「博匯影城，三樓VIP包廂——」

博匯影城位於整座城市的市中心，寸土寸金，每天有上萬人進出電影院，徐梔和蔡瑩瑩就在這個絡繹不絕的人流中，碰到了翟霄和他的女朋友。他女朋友燙著她們這個年紀相對來說成熟的大波浪捲，繃著一件小短裙，長腿細腰，這個柴晶晶，比照片上還漂亮。

柴晶晶抱著兩桶爆米花，從翟霄手裡接過電影票，兩人相視一笑從檢票口進去，翟霄確實也帥，不然蔡瑩瑩也不會這麼念念不忘，所以前任的棺材板一定要按牢了，但凡留有一點縫隙給他喘息，都能捲土重來。

原本好不容易蓋棺定論的東西又被反覆撈出來咀嚼，此刻蔡瑩瑩心裡也是一頓翻江倒海，於是她瞧著那對俊男美女的背影咬牙切齒地對徐梔說：「徐梔，我想好了，我要重讀考慶大。」

兩人檢完票進去，徐梔手裡也抱著兩桶爆米花，不過已經吃得差不多了，看那兩人一眼說：「他們報了慶大？」

「慶大建築系，柴晶晶不知道，聽說是特招進去的，她好像還是少數民族，有降分還是加分什麼的。」

「加不了幾分吧。」徐梔也是一愣，像陳路周那種人應該不多，於是問她：「不過，妳要考建築？慶大分數不低，聽說明年教育改革，可能就沒有自選模組了，總分還是七百五十，我估算慶大最少也得六百二，建築系大概還得高點。」

蔡瑩瑩：「什麼概念？」

VIP包廂在三樓，她們順著工作人員的指引一路找上去，徐梔邊走邊跟她解釋：「這麼說，我們現在還是四科對吧，妳最多只能扣一百三十分，就平均每科只能扣三十分左右？國數英還好，理綜兩百七十什麼概念妳知道嗎？」

「這樣相當於生物物理化學都得九十分？我靠，這是人考的分數嗎？」蔡瑩瑩瞬間覺得徐梔高大起來了，內心震撼無以復加，「天吶，那梔總妳好厲害啊，理綜還能考兩百七十三。」

徐梔主要還是自選拖了後腿，自選其實就是送分的，一般能考七百以上的學霸自選都是拿滿六十分，她只有五十六分，不然七百四十二上A大建築系更穩妥，不用像現在這樣每天還提心吊膽自己會被分發到其他科系。

因為聊得挺投入，她們這時候都沒意識到，這個VIP廳其實離得有點遠，還得上電梯。徐梔聽她這麼說，搖搖頭，她本來覺得自己挺厲害，後來發現人外有人山外有山，她覺得陳路周的理綜肯定比她高，他那個分數，理綜應該能有兩百八十，「反正就是這個概念，我是挺支持妳考慶大的。」

「唉，算了吧，我從小學開始重讀也考不出這個成績，行吧，翟霄還是厲害，談戀愛還能考這麼好。」蔡瑩瑩瞬間偃旗息鼓了，正巧，兩人這時走進影廳，她四下環顧一圈，「沒人嗎？不過怎麼不是我想像中的包廂，我還以為是私人的呢。」

徐梔也跟著環顧四周，瞧了眼，跟樓下影廳差不多，只不過這個廳更小，更精緻，大概也就能容納二十人，有情侶座，也有單人座，身後的投影機上散著一束幽幽而寂靜的白光，好像一切鋪陳已久。

她們的位子在正中間，最佳觀影區。徐梔每次在軟體上買電影票時，系統都會自動推薦剩下空餘位子裡的最佳觀影區，空場的電影都是這兩個位子。

「我怎麼感覺被人包場了。」蔡瑩瑩一坐下，看著整個影廳富麗堂皇的裝修——太空座椅，以及手邊的熱咖啡，頓時覺察出一絲不對勁的端倪，眼神極不安分的四處張望著，試圖尋找蛛絲馬跡，「我運氣真的這麼好？中頭獎了？」

徐梔看了眼時間，電影馬上開場，整個影廳還是空空蕩蕩，茫然問她：「是不是老蔡又買什麼奢侈品套組了？之前妳爸買的那個沙發，不是還送了你們一次高級ＳＰＡ？」

「別提那個高級ＳＰＡ了。」整個影廳燈光一暗，螢幕的光照在兩人的臉上，正在放別的電影預告，蔡瑩瑩這才一言難盡地告訴她：「我是沒好意思告訴妳，就是盲人推拿，但別說，還挺舒服的，老蔡去了一次就在那辦卡了，所以這就是無商不奸，連環消費，一環套一環呢，再說，這世界上哪有免費的午餐。」說完，蔡瑩瑩又掏出手機看了眼，警惕地說：「別是讓我看完再付錢吧。」

話音剛落，熟悉經典的電影片頭曲「噔噔噔」響起，徐梔嘆了口氣，將視線懶洋洋地轉向銀幕，說：「算了，來都來了，就當陪我過生日吧。」

徐梔是典型的人，秉承著崇尚和平、佛系的美好傳統——「來都來了，大過年的，人都死了，還是個孩子，今天我生日」。

主要還是這部電影她非常想看，是一部美國電影，講的是一個因為面容缺陷的男孩，從小被父母遺棄送到孤兒院，他可以說是整個孤兒院最聽話的小孩，但因為容貌醜陋，沒有家庭願意收養他，孤兒院院長其實最喜歡他，也很心疼他。可每次有家庭過來詢問領養事宜時，他的資料永遠被放在最後一張，後來好不容易有個單身漢提出願意收養他，可卻不知，命運所饋贈的禮物早就標好了價格……

因為電影充斥著人性陰暗和卑劣，這個導演的作品一向都肆無忌憚地挑戰社會熱門議題，口碑兩極分化，輿論熱潮早已淹沒過一輪。所以在國內排片很少，整個慶宜市只有一兩家影院有排片，而且都還是卡在人丁零星的午夜場。但她很喜歡這個導演，總覺得卡爾圖這個導演身上充滿了人性的挑戰，應該是個非常有故事的人。

所以她知道送蔡瑩瑩的電影票居然是這場時，可以說是相當驚喜，她甚至都沒想，為什麼會如此巧合，只覺得年初去爬山算命的時候，算命的沒說錯，她今年運氣真的不錯。

「早上老徐的筆電，和這場電影，哪個更驚喜？」蔡瑩瑩問她。

徐梔難得笑了下，銀幕的光落進她眼裡，眼神盈盈像是漾著水光，「他那筆電老早就買了，東藏西藏，我心裡有底啊，但這個就完全沒想到，卡爾圖在我心裡的地位僅次於老徐。我還以為今年都沒機會看這部電影了，他的片很容易被禁的。」

蔡瑩瑩說：「我總覺得哪裡不對勁。」

徐梔餵她吃了一顆爆米花，好似定心丸，「安啦，如果真要付錢，我請妳行了吧，就當陪我過生日了。」

蔡瑩瑩嘟囔了兩句：「妳的錢不是錢啊，妳的錢也不是大風颳來的呀，再說老徐這陣子被人騙了這麼多錢——誰，他那麼鑽牛角尖的人，不會想不開吧。」

「所以，妳別廢話，專心看電影吧，看完我得回去陪他。」徐梔收神說。

蔡瑩瑩電影看到一半才發現，這個高級豪華的VIP影廳裡其實不只她們兩個人，還有一個人形單影隻孤零零地坐在最後一排。不知道這人是什麼時候來的，她們進來那時肯定不在，當時燈光敞亮，這麼大個活人肯定不能沒看見。應該是電影開場才進來的。

因為身形看起來是個不可多見的帥哥，蔡瑩瑩忍不住回頭往那個方向多看了兩眼，因為距離有點遠，她又沒戴眼鏡，加上電影銀幕畫面忽明忽暗的光將那人影照得影影綽綽，他又恰好穿了一身俐落乾淨的單調黑，腦袋上戴著一頂黑色棒球帽，帽檐幾乎可以說壓得很低，都不知道能不能看到電影銀幕，隱隱只能瞧見流暢漂亮的下顎線，下半身子被前排椅子擋住，只能看見半截寬闊結實的胸膛和棒球帽檐下的半張冷淡臉。

蔡瑩瑩模模糊糊瞧著個形，也沒仔細想，只是很有戒備心地提醒了徐梔一句：「我去上個廁所，後面有個男的，妳注意一下。」

徐梔全神貫注地盯著電影銀幕，頭也沒回，只「嗯」了聲。約莫蔡瑩瑩說話有些打斷她的情緒，有半分鐘情緒從電影裡抽離，一下子沒進去劇情，於是鬼使神差地回頭瞧了眼。

因為整部電影的故事背景發生在孤兒院，導演的拍攝手法有點像隱祕的窺探鏡頭，所以整個畫面很暗淡昏沉，連同整個ＶＩＰ廳都是黑漆漆的。

那道高大清瘦的身影隱沒在黑暗中，冷清孤寂得好像整個人已經與放映廳的昏天暗地融為一體。

徐梔收回視線，繼續盯著電影銀幕，讓自己安安靜靜看電影。

畫面裡，又有一個小孩被一對夫妻領養走，小男孩失落地看著他們離開的背影，院長安慰他——

『奇蹟每天都在發生，或許哪天就會降臨在你頭上，前提是，你得時刻做好準備，別氣餒，每個蘋果派都有它誕生的理由。』

畫面一切，院長又對副院長說——

『雖然每個蘋果派都有它誕生的理由，但我親愛的老夥計，你還是得允許有人不喜歡蘋果派。』

一名領養人一邊翻著資料，一邊直言不諱地說——

『長得醜不犯法，同樣，我討厭長得醜的傢伙，也不犯法。』

小男孩和單身漢相遇，單身漢剛結束不得已的應酬，喝得酩酊大醉，衣衫不整地躺在公園的長椅上呼呼大睡，臉上掉了顆鳥屎，小男孩拿紙巾替他擦去——

『看來長得醜的人，小時候過得不好，長大了也沒見得有多好。』

畫面一幕幕，劇情推進至高潮部分，小男孩戀愛了，畫面才稍微亮一些——

『我想跟她做愛，我可以戴安全帽。』

忽明忽暗的光影在放映廳晃動著，好像碧波蕩漾的潮水，擁著春水和星河在兩人故作鎮定的臉上曖昧朦朧的來回掃蕩，彷彿月亮在悄悄地眨眼睛。

「陳路周。」徐梔頭也沒回，仍一瞬不瞬地盯著電影畫面，平靜地叫了聲。

「嗯。」他應了聲，聲音是低沉懶散的。

「過來。」

身後有片刻沒動靜，徐梔從始至終都沒回頭看他，一直專注地盯著電影看，半晌後，她聽見身後有人站起來，腳步聲拖沓而散漫，一步步從旁邊走道的臺階上慢騰騰下來。

他剛坐下，徐梔不出意外聞到那股熟悉鼠尾草沐浴露的清淡氣息，沒再開口說話，也沒理他，這時手機響了，是蔡瑩瑩的訊息——

小菜一碟：『我有事出去一趟，等等回來找妳。』

徐梔：『去哪？』

小菜一碟：『沒事，妳看電影，我去見個朋友。』

徐梔把手機鎖上扔進包裡，沒理他，也沒再主動跟他說話，但他這人存在感太強，光是安安靜靜坐在那，也很難讓人忽略他。或許他也刻意降低自己的存在感，坐下後，動都沒動一下，一隻手環在胸前，另隻手手肘撐著，擋在鼻子上，面無表情且專注地看著電影，但收效甚微。

他接了通電話，聲音也壓得很低，冷淡「嗯」了兩聲就直接掛了，應該都沒聽清對方說什麼。

徐梔靠在椅子上，抱著手臂，懶洋洋地沒看他，說：「是不是這時候無論打電話跟你說什麼，你都會答應？」

說完，她掏出手機撥過去，陳路周手機在口袋裡震，他接起來，徐梔把手機放在耳邊，眼神多少有點挑釁地看著他，「陳路周，你是狗。」

他笑了下，眼神難得清澈而柔和地看著她，一副她說什麼都照單全收的樣子，「嗯，我是。」

春風化雨，潤物細無聲，情緒都被融進他的眼裡。

「無趣。」徐梔掛了電話，多少猜到這電影是怎麼回事，但是不知道他在背後做了多少，心裡只能亂七八糟的猜。

男人最怕女人說他無趣，陳路周不動聲色地瞥她一眼，拎著手機慢悠悠轉了一圈，青澀乾淨的眉峰輕輕擰著，表情挺誠懇地自我反省了一下，裝模作樣問：「那要怎麼樣，妳才覺得有趣？」

徐梔沒回答，電影大概快結尾了，徐梔劇情落下一大半，她現在已經有點看不懂了，也只能硬著頭皮盯著看。

陳路周很少被人說無趣，尤其還是被徐梔說，心裡多少有點不服氣，少年心氣還是高啊，靠在椅子上，懶散地不屑說：「有趣無趣要這麼看，妳也挺無趣。」

「行，我們都無趣，」徐梔懶得再跟他扯下去，站起來，「兩個無趣的人，湊在一起看無趣的電影，無趣透了，我回家了。」

陳路周長腿懶懶地一伸，直接攔了她的路，徐梔轉身要走另一邊，手腕便被人拽住，他怕弄疼她，力道不重，拿捏得極好，這點上次在臨市，徐梔就已經領教過了。

手掌溫熱地貼著她的皮膚，徐梔覺得那一塊的皮膚酥酥麻麻地漸漸燒起來，不知道是他的熱還是她的更熱。或許是他們的。他也沒說話，就這麼仰頭看著她，像一隻沒人要的小狗，眼神裡寫滿歉意，可嘴上繃得緊緊冷冷的。

陳路周剛剛摘了帽子掛在椅背上，徐梔這時候才發現他剪頭髮了，額前碎髮修剪成很短的一層，薄薄地貼著頭皮，顯得額頭飽滿乾淨，精神很多，眉眼比往日更清晰英俊、銳利。

徐梔從第一天見到他，就覺得他這人太聰明，她喜歡跟聰明人來往，但不會找太聰明的人當男朋友，因為很累，但是陳路周不一樣，他有趣幽默，聰明卻也簡單，有時候就是個大男孩，但總歸還是個聰明人，脫離不了聰明人的毛病，把自己想得太重要。

電影還在放，已經沒人在看了，但任憑這裡面氣氛多麼波瀾四起，電影劇情仍在孜孜不倦地走，就好像這地球吧，少了誰不能轉。

陳路周並沒想把話說到什麼程度，或者說徹底了斷他們的關係，有些話，一旦說出來，可能就收不了場了，但是，今晚如果他們就這麼散了，大概也就真的斷在這。

他站起來，靠在徐梔前排座椅後背上，總歸是沒忍住問了句，口氣表情都挺真誠，但藏不住的帶漿帶水，「怎麼樣才算有趣，那談戀愛有趣嗎？」

徐梔覺得他真的很狗，脫口而出：「你以為誰都想跟你談戀愛？」

說完，胸腔有一股被人拆穿的熱，呼吸輕淺，可誰不熱呢，陳路周也熱，他心跳前所未有的快，但他是被氣的。

陳路周確定她不會走了，才鬆了手，雙手揣在口袋裡靠著，脖子微微仰著，喉結一滾一滾，慢吞吞地想了想，眼皮冷淡地垂著睨她，從善如流地直白說：「嗯，談戀愛也無趣，接吻就有趣了是嗎？」

「陳路周，你玩不起。」

「是嗎，到底是誰玩不起？」他反而笑了下，「動態遮蔽我的不是妳嗎，我說什麼了。」

「你先等一下。」徐梔說完，目光突然開始緊緊盯著後面的電影畫面。

陳路周不用回頭都知道發生了什麼，因為兩人接吻發出的嘬嘬聲已經旖旎蕩漾地響徹整個影廳。

「……」

「看完了嗎？」無奈且懶散的口氣。

徐梔已經坐下來，看得精神奕奕，滿目紅光，說：「我每次看他的片子，我都找不到完整版，全都是刪減版，很多電影博主說卡爾圖的影片精華都被剪掉了。」

陳路周吵架吵一半，火氣硬生生卡在喉嚨裡吞回去，他側開臉，嘁了下嗓子，他感覺自己以後可能真的會得那什麼病，所以煩得不行，也跟著坐下來，隨手撈過自己掛在椅背上的棒球帽，毫不留情打擊報復地直接迎面扣在她腦門上，徹底擋住她的視線。

徐梔也沒動，只是把帽子戴正，再抬頭，畫面已經切掉了，又恢復了灰暗昏沉的畫面，她指著電影畫面半開玩笑地說：「剛剛的問題我可以回答你了，談戀愛無趣，接吻也無趣，談戀愛接吻也無趣，不談戀愛接吻就特別有趣，你看他們，多有趣。」

陳路周：「……」

這事徐梔跟蔡瑩瑩聊過，她們都一致確定陳路周對她是有感覺的，後來蔡瑩瑩也曾旁敲側擊地去問過朱仰起，朱仰起說陳路周身上顧慮很多，徐梔大致也知道是為什麼，還是那句話，陳路周把自己看得太重要了，他走了，她就找不到更好的？還是怕她纏上他？可她也沒說要談戀愛啊。

徐梔從小到大一直都是逢山開路，遇水架橋的人，有些事想多了就是精神內耗，累人累己，還不如等問題出現了再解決。

電影畫面一幀幀還在走，徐梔知道已經快結束了，她看著畫面定格卡爾圖的經典臺詞，是他每一部電影都會出現的結束語。

『你會感謝過去的每一個自己，也會後悔過去每一個沒有抓住當下的自己。』

卡爾圖還是那個卡爾圖，可這部電影再好看也不如旁邊這個人安安靜靜坐著吸引人，她腦子裡信馬游韁想著，說道：「陳路周，我爸前幾天被人騙了八萬塊錢，雖然我們已經報警立案，但是警察給我們的答覆說，這錢基本上追不回來了。我爸就特別後悔，我當初勸他幫自己換臺電腦和手機，他不肯，現在不僅東西沒到手，錢也沒了。這叫人財兩失。」

她繼續說：「反正就是有些事情你想太多根本沒用，所以我說你玩不起。」

電影片尾字幕馬上就要結束，最後在影廳燈光亮起的那幾秒，徐梔自然而然地傾身過去。

陳路周低垂著頭，眼神黯然冷淡、不帶任何情緒地看著她，放映廳外漸漸響起窸窸窣窣的聲音，工作人員快進來打掃了，留給他們的時間不多。他嘗試開口幾次，都重新吞回去，眼睛微微泛紅，他側開眼兩次，看向別處，停頓了很久，喉結一下下難耐的滾動著，兩人之間充溢著一股說不出的狠勁卻揉著一絲糾纏不清的曖昧，最終他轉回頭，低頭看著仰臉在自己座位前的徐梔，咬著牙說——

「妳要跟我玩是嗎？行，到時候妳別哭。」

徐梔不由仰頭，猝不及防地在他唇上蜻蜓點水地親了下，「我會高高興興送你上飛機。」

徐梔其實已經把話說得很明白了——不談戀愛接吻有趣，但不管談不談戀愛，我確實喜歡你，可如果我們之間就這樣我不甘心，不管有沒有未來，至少現在，我想跟你繼續玩下去。

但如果，時間再往回倒，她此刻還不知道陳路周是裸分榜首，也沒經歷過那場節目錄製被人打擊，也就不知道原來他就是市一中那位鼎鼎大名、競賽獎狀能糊城牆的學神，即使在那樣閃閃發光、已經是望塵莫及的一群人裡，他也依舊鋒芒難掩，風光無兩。

如果他們的開始和相處，僅僅只是高三複習公寓的那個普通學霸陳路周，徐梔可能還會說出你做我男朋友吧。但現在她不可能再主動說出這句話。

徐梔從來不是妄自菲薄的人，也很少自卑，或者說從小到大沒有人會讓她真正覺得自卑，不然小時候也不會說出那句流傳至今「我的美貌你們有目共睹」的經典名句。唯獨面對陳路周，她第一次有了自卑的情緒。

這感覺就好像，她以為自己占上風，以為遊戲才剛剛開始，結果發現，對方跟她根本不在同一個伺服器。她也無從得知，他這一路走來，究竟見過多少比自己優秀的人。

如果她再主動開口確定彼此關係，她不舒服，她覺得自己矮人一截，她甚至能想像到那個跟陳路周這樣的人談戀愛的「徐梔」會變得多患得患失，這種故事的結局不是她想要的。

老徐從小就告訴她說，喜歡一個人很容易，但喜歡一個比自己優秀的人很難，尤其是當一個人有獨立的靈魂時，喜歡一個比自己優秀的人難上加難。

所以，徐梔覺得盡興就好，能跟陳路周「玩」一場，也不虧，是吧。

「你就由著她？」

陳路周一回到家，朱仰起正無所事事地窩在沙發上翹著二郎腿跟人打遊戲，說話之前還挺自覺地把麥克風關掉了，因為那邊是姜成和一個最近新認識的女生。

陳路周一進門換上拖鞋，趿拉著走過去，直接閉著眼睛腦袋仰在沙發背上，一副筋疲力盡的樣子，喉結冷淡得像冰刀上的小尖，有一下沒一下地滾動著，老半晌，才說：「她就是單純想玩我。」

朱仰起躺在單人沙發上，從遊戲裡瞄了他一眼，嘖嘖兩聲，冷嘲熱諷道：「得了吧，你明明很享受，不過我覺得徐梔比你灑脫，也清醒，她不是那種纏人的女生，我也老早就想說你了，你別把自己想得太重要，說不定等你走了，她該談戀愛還是繼續高高興興地談好嗎，我覺得她就不是那種能耐得住寂寞的人，你以為你楊過啊，別人一見你就誤了終身。」

陳路周在心裡自我解嘲的罵了句，我他媽是小龍女吧，天天被人強吻。想到這，他突然睜眼，伸腳懶洋洋地踹了旁邊單人沙發上的朱仰起一腳，淡淡問：「我醜嗎？」

朱仰起：「？」

朱仰起大概頓了半秒，等技能冷卻的空檔，以迅雷不及掩耳之勢，撈起背後的靠枕毫不猶豫地朝他狠狠砸過去，「滾。」

陳路周今天沒太收拾，臉上還有傷，沒辦法碰水，鬍子雜亂的，有兩天沒刮了，他剛剛回來的路上在福利社買水的時候，無意間照了下鏡子都被自己醜到。因為本來沒打算露面，也沒想讓她知道這場電影是他請的，要不是蔡瑩瑩這傢伙看電影不太專心，今晚徐梔大概也不會發現他。

陳路周剛想到這，就接到徐梔電話，他起身去臥室接，朱仰起見他這個神祕勁，忍不住翻了個白眼，心說，玩吧玩吧，你們玩吧，我還稀罕偷聽你們打電話，曖昧期的男女能聊什麼啊，老子他媽又不是沒搞過。

陳路周進去關上門，斜斜地倚著桌沿，一條腿半掛著，目光漫不經心地打量著牆上的小提琴，想起幫她選科系那晚，電話裡是她的聲音，清澈而冷靜，不像他，被她親得心裡這時候還熱得發慌。

『到家了？』徐梔問他。

陳路周抱著手臂，神不守舍地看著那從好幾年前就沒碰過的小提琴，心裡錚錚鐵骨地想著，找個時間拉一首給她聽，他就不信，她真能高高興興送他上飛機，嘴上低低地「嗯」了聲。

她『哦』了聲：『我跟瑩瑩他們在吃宵夜，你來嗎？』

陳路周擰了下眉，不太懂是誰，「他們？」

『翟霄和他女朋友。』徐梔說。

「那個收集星星的哥們？」陳路周回憶了一下，徐梔有次跟他吐槽過。

『嗯。』

他笑了下，半開玩笑地說：「組合挺別致啊，怎麼想的？也不怕打起來？」

『剛吃宵夜碰見了，翟霄女朋友可能多少知道一點蔡瑩瑩，也不知道想幹嘛，非要邀請我們一起，瑩瑩就頭腦發熱答應了。』徐梔束手無策地嘆了口氣，而後挺客氣誠懇地說：『我怕等等打起來，您要是還沒睡的話，就受累過來幫我攔一下？』

「我哪攔得住蔡瑩瑩。」他拿喬。

『不是，是攔我，翟霄剛剛罵你。』

「……」

翟霄自然想不到自己跟蔡瑩瑩在通訊軟體上吐槽了一年市一中那個恃帥行凶的風雲人物，後來成了蔡瑩瑩閨密的「曖昧對象」。

柴晶晶當初跟他確定關係也是因為在手機上看到蔡瑩瑩的聊天紀錄。後來蔡瑩瑩還傳過幾次訊息給他，有次跟柴晶晶吵架，他不小心說漏嘴，出於男人的某種炫耀心理，就把蔡瑩瑩傳訊息給他的事說出來了，意思是，柴晶晶妳倒不用太自以為是，有的是人想跟我在一起。

怎麼說，男人的劣根性，有時候看見女人為自己爭風吃醋心裡是有點暗爽的，所以，當柴晶晶提出要跟蔡瑩瑩一起吃宵夜的時候，儘管他覺得尷尬，但還是抵不住自己內心那點卑劣和猥瑣沾沾自喜地答應了。

所以，當幾個人疏疏落落的一坐下，那尷尬的氣氛是撲天翻湧著，然而他又夜郎自大地覺得自己是這幾個女孩子唯一關聯在一起的中心，只得由他打開話題，可他沒東西講，講來講去也只能講點學校裡的事情，那就自然而然又扯到陳路周身上。

徐梔掛完電話回來，翟霄屁股就沒挪開過椅子，姿勢都沒變過，一副自以為「清清白白」的樣子，坐在椅子上，一邊幫柴晶晶倒水，一邊口若懸河、滔滔不絕地講別人的八卦——

「他本來就挺渣的，跟谷妍那點事，還真以為別人不知道呢，谷妍被人扒得體無完膚，他倒是一句話都沒出來說，他們要是沒談過，我才不信呢。」

「不過谷妍本來就是公車小妹，大家都知道，以後要進娛樂圈的人，能跟她扯上關係的男生，基本上都是炮王啊。」

翟霄還帶了一個男性朋友，因為這個時間沒空位，老闆給了他們一個十人座的大桌，幾人零零散散地插空坐，徐梔原來的位子左邊是個空位，打完電話回來，旁邊的位子被那個戴眼鏡穿 Polo 衫的男生坐了，於是她繞到蔡瑩瑩另一邊位子坐。

Polo 衫一直都沒說話，只在翟霄點他的時候，說了一句，不知道，宗山區的學神，我不太熟，我只認識他朋友，藝術校區的。

蔡瑩瑩以前沒發現翟霄這麼讓人難以忍受，高三跟他在通訊軟體上聊得熱火朝天上頭的時候，只覺得他這人有點自負，喜歡踩低別人捧高自己，那時候是喜歡他，覺得人嘛，總有缺點，哪有各方面都完美的男生。

但是罵陳路周也就算了，反正你們男人之間的事情我們也不太了解，可為什麼要詆毀女孩子？

徐梔也表示很震驚，這年頭居然還能聽見有人用公車來形容女孩子，有時候就是因為女人之間總在互相為難，才把這些男人慣得趾高氣揚又猥瑣。

她當時把手機一鎖，確實是聽不下去，不太耐煩，話是跟柴晶晶說，但是眼睛是直白而鋒利地看著對面的翟霄，從上到下慢悠悠地掃了一眼，跟挑大白菜差不多——

「我以前聽一些有經驗的老人說，看男孩子別的地方都不用看，就看他的屁股翹不翹，因為聽說屁股翹的人跑得快，這樣以後老了超市大減價，他搶雞蛋的時候才能跑在前面……不過，我看翟霄這個屁股就不太行。」

尾音將將落地，陳路周的手剛扶上包廂門把，身後的朱仰起，眼神下意識地往陳路周的屁股上慢慢挪下去——

陳路周：「……」

朱仰起一把拍過去：「我從小就說你跑得快，對不對！」

徐梔一開口，畫風徹底被帶跑，尤其是幾個女孩子。柴晶晶模樣長得很明豔，她跟徐梔都屬於大美女類型，但是她更有攻擊性，有點烈焰紅唇那型，還是超模身材，直眉挑眼，也就是傳說中的高級臉，長髮別在耳後，她對此持不同意見，語氣很平靜：「我覺得不，妳說的這種是窮男人，有錢的男人老了還要去超市搶雞蛋嗎？所以，我挑男人一般都看胸，胸大結實，寬闊，抱起來有安全感就行。」

徐梔不動聲色地看著柴晶晶，她覺得有點意思。

翟霄眼神複雜地看了柴晶晶一眼，儘管柴晶晶在幫他說話，但他也不知道為什麼，就是覺得不太舒服。

蔡瑩瑩立刻說：「也是一種選擇，但我還是喜歡有腦子的，我媽說看男人有沒有腦子，就得看他額頭，天庭飽滿的一般都聰明，天庭如果短窄，說明腦子笨。我不喜歡笨男人。」

——反過來，對應男人們常說的「我不喜歡笨女人」。

此時，門外朱仰起和陳路周心照不宣地對視一眼，這時候也沒急著進去。

朱仰起手沒動：「她們在這唱雙簧呢？」

陳路周低頭冷淡瞧他手的位置一眼，「把你的手拿開。」

朱仰起訕訕地收回手，裡面對話還在繼續。

柴晶晶興味盎然地看著徐梔說：「欸，還有一點，妳知道男人胸大還有什麼好處嗎？」

徐梔也饒有興趣地回了句：「沒抱過，不知道。」

柴晶晶匪夷所思地看著徐梔，一臉不可思議：「不會吧，妳這個大美女不可能沒有男人主動送上門來吧？也對，像妳這種，身邊舔狗多了，一般男人是不是入不了眼？」——反過來，對應男人們常說的「你這樣的，還怕沒有女人主動送上門來」。

徐梔笑了下，「還行吧，我眼光不高。」

柴晶晶點點頭，說：「那我告訴妳，男人胸大有一個好處，穿真空西裝的時候特別性感，有時候談戀愛就是這樣，每天面對著同一張臉，總有一天會膩的，他要是不變著花樣取悅妳，誰願意回家啊。」

翟霄顯然沒想到，一句公車引來這麼多反唇相譏，連帶著柴晶晶都開始陰陽怪氣，他絲毫不知道自己有什麼問題，男生私底下都這麼吐槽。

門外，朱仰起看了旁邊這位禁欲系跩哥平坦寬闊又結實、令人遐想連篇的胸膛一眼，不由自主地想像了一下他穿著真空西裝去超市搶雞蛋的樣子，「……你他媽前途堪憂。」

陳路周：「……」

徐梔剛要說那看來翟霄被妳調教得不錯啊，包廂門就被人推開了，所有人齊刷刷地朝著門口看去。

陳路周進門一瞬間，整個包廂的氣氛明顯凝滯，死氣沉沉好像沒發酵好的麵團，凝固了一下。所有人都有點不知所謂地看著這個突然出現在門口的大帥哥。

翟霄一眼就認出來了，他面色鐵青，沒承想，說曹操，曹操到，「走錯門了吧，陳大校草。」

陳路周徑直朝徐梔走去，對翟霄有點待理不理地應了聲：「沒走錯，找她的。」

翟霄又把目光投向朱仰起，意思是那你呢？朱仰起下巴一點蔡瑩瑩，我找她。

下一秒，翟霄眼神冷峭地看著蔡瑩瑩。

蔡瑩瑩此刻根本沒功夫理他，看著徐梔：「……妳怎麼把他們叫過來了。」

陳路周也就算了，朱仰起這個煩人精怎麼也來了。

不等徐梔回答，陳路周直接拉開徐梔旁邊的椅子，懶懶散散地敞著腿坐下，隨手撈過桌上的菜單，一點也沒有鳩占鵲巢的不好意思，氣定神閒認真地看著一頁頁菜單，對蔡瑩瑩說：「不歡迎啊？行啊，我們走，計程車費報銷一下——」

徐梔夾在中間，及時制止他說出更令人頭疼的話：「別得了便宜還賣乖。」

陳路周優哉游哉地低頭看著菜單，「哦」了聲，巧舌如簧的嘴乖乖閉上了。

翟霄和 Polo 衫男面面相覷，Polo 衫男似乎跟朱仰起認識，他們聊了兩句，朱仰起跟陳路周介紹說：「他以前也是國中部的，叫王權，馮覬的同班同學，以前跟我們打過幾次球。」

陳路周這才從菜單裡抬頭，看過去，點了下頭，多半是敷衍，「嗯，見過。」

王權就棍打腿地和陳路周攀談起來：「我隔壁桌跟你一起參加過夏令營，你們那組做過一個折疊自行車創新方案拿獎了，她說那陣子她身體不舒服請假了半個月，聽說方案都是你一個人完成的，本來以為設計方案上應該沒她名字了，結果你還是把她寫上去了。」

陳路周想起來，就去年暑假的事，「鄭媛媛？」

王權：「對，要不然她現在也不一定能拿到競賽加分。」

「她現在報哪了？」陳路周隨口一問。

王權說：「B大，剛好壓分，所以可能會被分發到其他科系，不過她想去，大不了等大二再轉系。查完分數的那個晚上，她一直跟我說想找機會感謝你，要是知道你今天會來，我就讓她一起過來了。」

翟霄在學校也沒碰見過陳路周幾次，偶爾撞見幾次也是他在球場跟他們班的人打球，沒覺得有多帥，也就那樣，只是宗山這些學神一個個都被人吹得太神，所以難得出現一個長得還不錯，就被學校的人眾星捧月捧上天了。

直到剛才，翟霄突然發現，陳路周確實特別，特別到連柴晶晶這樣的人都多看了他兩眼。柴晶晶是八中校花，又是小模特，身邊「環肥燕瘦」、什麼類型的帥哥沒見過，身邊的舔狗何其多。自己追她追了兩年，他就覺得，陳路周都不用追，柴晶晶肯定會想泡他。

「聽說妳前兩天還傳訊息給翟霄是嗎？」柴晶晶突然向蔡瑩瑩「發難」。

翟霄一愣，心裡沾沾自喜，果然，柴晶晶還是吃醋的。

蔡瑩瑩臉一陣紅一陣白，因為那天和朱仰起喝多了，她心裡氣不過，又把翟霄從黑名單裡拉出來，傳了一大串話過去，很不要臉皮地說自己還沒放下他，醒來後腸子都悔青了。

徐梔卻轉頭淡淡地問陳路周：「如果有男的傳訊息給你女朋友，你是找那男的，還是好好管管你自己的女朋友？」

陳路周把菜單扔回桌上，拎過一旁的水壺自己倒了杯水，明知這話題怎麼說都是坑，可已經上了賊船，很配合地也淡淡回了句：「收拾女朋友吧。」

「你們別替我遮了，」蔡瑩瑩低著頭，面紅耳熱地說：「我確實不應該——」

「我不是在收拾妳。」柴晶晶卻直接打斷她，從包裡摸出一包菸和打火機，點了一根，那雙瞳仁微微上挑的眼睛，有股說不出的風情和瀟脫，看向蔡瑩瑩的時候，反而有種恨鐵不成鋼的意思，「把妳叫過來是想讓妳看看，這個男人有什麼值得妳放不下的，從我們坐下那一刻開始，他眼神裡除了沾沾自喜，妳有看到一點歉意嗎？」

翟霄徹底怔住：「柴晶晶，妳什麼意思？」

柴晶晶都沒看他，彈了下菸灰，「意思就是，恭喜你，你又單身了。」

朱仰起「哇哦」一聲，還是海后刺激，有點看熱鬧不嫌事大地在心裡吶喊，打起來打起來！

翟霄到這，才反應過來，柴晶晶這幾天就怪怪的，約她也約不出來，多半是有了新歡，「身邊又有人了是吧？」

「隨便你怎麼想吧，」她抽了一口菸，吞雲吐霧說：「主要是你最近表現有點差，也沒什麼新花樣，我確實有點膩了。」她轉而對蔡瑩瑩說：「三條腿的青蛙癩子不好找，兩條腿的男人滿大街都是，他把妳傳給他的訊息都給我看了，我說實話，為妳不值，這麼清純飽滿的愛，他不配。」

蔡瑩瑩：「我當時喝醉了……」

柴晶晶笑了下，沒再說話，她拿起包站起來走了，款款行至門口，約莫是剛想起來，又對呆愣著的翟霄丟下一句——「對了，你舔了我這麼久，你難道就沒發現我和谷妍的社群互相追蹤？她是我朋友，雖然關係也就一般般，但你罵我朋友公車，就等於罵我公車，不然，我跟你的分手會稍微體面一點。」

翟霄臉色已經徹底掛不住，整張臉憋得通紅，好像剛從鍋爐撈出來燒紅的烙鐵，然而憋了半天，說出一句讓所有人都震驚的話——「妳不能再給我一次機會嗎？」

柴晶晶都沒有回頭看翟霄，而是眼神意味深長地看著蔡瑩瑩，眼神裡似乎寫著——蔡瑩瑩，妳覺得這個男人噁心嗎？

噁心，無比噁心。

所以蔡瑩瑩一出燒烤店，渾身難受得不行，胃裡有一股翻江倒海的氣在往上躥，於是二話不說攔了一輛車直奔附近的刺青店，徐梔攔都攔不住，最後在店裡找到她的時候，她已經氣定神閒地坐在刺青師面前，大言不慚地讓刺青師幫她刺上一篇清心咒。

刺青師顯然也是見過世面的人，什麼樣的奇葩人沒見過，淡定地坐在那，自顧自忙著手裡的活，「刺梵文，還是漢字？」

蔡瑩瑩：「區別是什麼？」

刺青師頗有耐心：「梵文一百四十八個字，漢字四百一十五個字，但一般我會建議妳這種顧客就刺四個字。」

蔡瑩瑩：「哪四個字？」

刺青師抬起臉，瞥她一眼，經驗頗豐：「遠離男人，效果一樣，還能少受點罪。」

蔡瑩瑩瞬間被說服：「行，就這四個字。」

徐梔：「……」

陳路周：「……」

而後緊跟其後的朱仰起衝進店裡，摸不著頭腦：「她在幹嘛？」

陳路周低頭瞥他一眼，悠悠飄出四個字：「削髮為尼。」

朱仰起很震驚，看著蔡瑩瑩問：「現在刺青店還接這活？」

蔡瑩瑩心意已決，三人就在刺青店乾等著，徐梔也懶得再勸，打算乾脆幫她錄個影片，正在調角度的時候，餘光瞥見陳路周和朱仰起起身走出去，下意識脫口而出：「陳路周，你去哪？」

朱仰起心說，這他媽走開一下都不行，以後要是真的談了可不許這麼黏人。不等陳路周說話，朱仰起就挺識趣地表示：「算了，你待在裡面吧，反正你也不抽菸。」

陳路周「嗯」了聲，隨後兩人彼此對視一眼。

兩人視線在空氣中輕輕一撞，明明都藏著隱忍不發的情緒，連刺青師都已經察覺到了他們之間那股隱隱藏在平靜表面下翻湧著令人沸騰的熔漿。

刺青師忍不住抬頭瞧他們一眼，小聲問蔡瑩瑩，「情侶啊？」

蔡瑩瑩警惕性很高，反問：「你要做他們的生意嗎？」

刺青師這店開得也是心高氣傲，但看他們這模樣，這麼登對的倒是很少見，尤其這男的，要是願意幫他做廣告，就更好了，「他們如果也做，妳這個刺青算我送妳的。」

蔡瑩瑩很不服，不高興地嘀咕了一句：「……憑什麼我是送的。」

店裡有很多顧客展示的刺青樣品，不過都是局部照片，有位大哥很是生猛，直接在屁股上刺了一隻張牙舞爪的老虎，俗諺老虎的屁股摸不得，刺青很威猛且生龍活虎，但局部照片屬實不忍直視，有點像蠟筆小新那個圓潤飽滿又誇張的屁股。

徐梔看得津津有味，陳路周問她出於什麼心態對這張照片研究了十分鐘，徐梔想了想臉不紅心不跳地說，大概是對藝術的崇高敬意吧。

陳路周懶得聽她瞎掰，抱著手臂靠在展區的櫃子上，低頭漫不經心地問了句：「老闆問我們要不要刺，妳想刺嗎？」

刺青店放著鏗鏘有力的搖滾音樂，聲音很大，所以他們說話的時候，陳路周不自在地壓低肩膀往她這邊靠，所以呼吸驟然拉近，那抹熟悉的鼠尾草沐浴露清香再次無孔不入地鑽進她鼻尖，剛剛電影院那下緊促而短暫的觸感瞬間又慢慢悠悠地從她精神末梢爬上來，頭皮酥酥麻麻地看著他。

他的嘴唇比她想像得要軟，好像溫熱的果凍，但是下巴很刺人。

徐梔看他嘴角還有傷，所以就隨口問了句：「很久沒刮鬍子了？」

心照不宣，看徐梔那欲說還休的眼神，陳路周就知道她在說什麼，眼神頗耐人尋味地掃了她的嘴一眼，「刺到妳了？」

徐梔：「嗯，很刺，剛洗臉的時候，都有點疼，還以為自己嘴角破皮了。」

其實那一下親得有點狠，她第一秒沒落在他的唇上，因為沒經驗，也沒掌握好角度，其實最先碰到的是他的下巴，而後才挪到他的唇上啄了下。

相當於在他的下巴磨了一下，才親到嘴，這時候想想，心口仍熱得發慌。

兩人並排靠著展示櫃。

「有趣嗎？」陳路周說著，心想，她還委屈上了，吊兒郎當地靠著，眼神撩吊冷淡地側頭看她，挺不懷好意地問了句：「沒刮鬍子接吻是不是也挺有趣？」

「你再問可就無趣了。」徐梔沒被他套話，撿起一旁的展示畫冊，一頁頁漫無目的地翻看著，「你要刺嗎？」

「不刺。」他倒是很乾脆痛快，鮮少正經地說：「我媽電視臺，我爸又是每年的模範企業家，我沒辦法刺這個，被發現了，他們大概都要被抓去問話。」

徐梔沒想到他那麼正派：「行吧，你不能刺，那我刺，刺什麼呢？」

「最近有沒有什麼小目標？」他隨口問。

徐梔想了半天也沒想出來什麼小目標，「賺錢？」

「也是個目標。」

徐梔突然來了個靈感。

於是，她默默地在刺青師面前坐下。

刺青師正在做收尾清潔工作，頭也沒抬地問她，「刺什麼？」

徐梔說：「車厘子。」

刺青師把東西收好，準備幫她開線，例行公事地問了句，「有什麼特別的含義嗎？」

徐梔把手遞過去，想起陳路周剛剛說的那個小目標，解釋說：「剛看到有人拿著車厘子路過，就想到小時候第一個人生小目標就是實現車厘子自由，其實就是賺錢。但總不能直接刺賺錢吧。」

刺青師半開玩笑說：「幫妳刺個人民幣？」

「犯法的吧？」

刺青師難得笑了下，「那刺圖案嗎？還是跟妳姐妹一樣刺個首字母縮寫。」

蔡瑩瑩在一旁慫恿，「首字母縮寫吧，縮寫縮寫，我們一樣。」

徐梔說好。

當時，陳路周正在接電話，是西北那邊的工作通知，讓他提前一天過去，因為後面天氣可能不太好，早點拍攝結束就提早收工。他答應下來，看了徐梔一眼，正想問問她要不要去西北玩，就聽見她乖乖地趴在那盞白得發光的燈泡下，刺青師跟她溫柔地解釋說不會太疼，忍一忍就好，然後又仔細跟她確認了一遍——

「C，L，Z——」

徐梔和蔡瑩瑩也是這時候才反應過來，車厘子的縮寫好像和陳路周的縮寫是一樣的。

朱仰起和陳路周幾乎是同時進門，瞧見的就是這幅令人痛心疾首的畫面，朱仰起甚至恨不得把陳路周千刀萬剮，你他媽看看你到底造的什麼孽，狗東西！

你他媽到底多吸引人啊！惹得一個才認識幾個月的女孩子要在手上刺你的名字！渣男！你真的好意思！

朱仰起陰陽怪氣地斜眼看著他說：「你確定不刺嗎？人渣？」

陳路周心想，玩歸玩，妳他媽也玩太過了吧。

「人生建議，不要隨便刺男性朋友的名字，」陳路周走過去，把人扯起來，又義正辭嚴地強調了一句：「縮寫也不行。」

徐梔：「……」

蔡瑩瑩：「……」

刺青師：「…………」

滿屋子人都錯愕地看著他，認真且迷惑地看著他，除了朱仰起，滿臉感同身受義憤填膺，刺青師一臉愕然，正在調整機器，一邊裝針一邊問徐梔：「他叫車厘子啊？」

陳路周：「……？」

朱仰起如夢初醒：「啊？車厘子？」

蔡瑩瑩回過神，在一旁開口解釋說：「車厘子自由沒聽過嗎？這是徐梔八歲的小目標之一，不過你這麼說，好像也是。要不然妳別刺這個了，不知道的還以為妳真把陳路周的名字刺上去了。」

徐梔纖白的手臂還大剌剌地攤在桌上，有些不甚在意地看了陳路周一眼，「這種巧合你也介意？」

陳路周靠著她旁邊的桌沿，這才慢悠悠地把剛剛沒來得及收的手機揣進口袋裡，低頭瞧著她，瞳孔裡的黑清醒而直白，越發語重心長起來，倒也還是耐著性子哄了句：「我是怕妳以後介意，要不然，刺個車厘子的圖案？」

徐梔倒是挺無所謂，以後真有什麼洗掉就行了，但也確實是個巧合，而且她都沒往那邊想，他還在這裡小題大作的，所以她靠在椅子上束手無策地嘆口氣，說：「但是刺圖案的話，實現車厘子自由是不是得刺一籮筐的車厘子。」

陳路周將信將疑地看著她，表情有些似笑非笑，但脾氣也還是很硬，不肯妥協，半開玩笑地說：「不行就不行，那妳就別刺，乾脆跟蔡瑩瑩一樣，刺個精忠報國也行。」

徐梔翻個白眼：「我乾脆在腦門上刺個國徽！」

最終也沒讓她刺。幾人付了錢走時，刺青師有些獵奇地仔細打量著眼前這個帥哥，都不知道該說他渣還是說他正派，倒是第一次見人這麼攔著不讓人刺青的，嘖嘖。

這時候月色靜寂，街上人煙稀少，偶爾有車輪轆轆從路面上滾過，聲響細碎。沿路有家貓舍，蔡瑩瑩看見毛茸茸的東西就不受控地往裡走，徐梔跟進去，陳路周和朱仰起去旁邊幫她們一人買了一杯飲料，遞到徐梔手裡的時候，她還是不甘心地問了句：「女朋友也不讓嗎？」

陳路周扯了張椅子敞開腿坐下，頗有閒情雅致地看她拿著個逗貓棒在那逗貓，淡白的燈影攏著她高挑纖瘦的身影，將她身上的線條映襯得格外恰到好處，流暢而柔和，好像晴雨季裡紅綠最相宜的嬌花綠葉，也溫柔。他看著那道背影，心裡是少年人最青澀的挑動，他追根究柢地問了句：「非要刺青嗎？不刺青談不了戀愛？」

徐梔專心致志地逗著籠子裡的貓，只吸了口飲料，頭也沒回地說：「倒也不是這個意思，就是好奇，感覺你跟我剛認識的時候不太一樣，一開始以為你是那種男女關係混亂、離經叛道的男生，瑩瑩說你肯定不好追。」

「現在呢？」他靠著，眼神變淡。

我很好追是嗎？

徐梔轉過頭，放下逗貓棒，對上他那雙黑得發亮、卻澄澈乾淨的雙眼，有點懾人心魂，卻又坦蕩無畏，徐梔每次和他對視都覺得她以後應該再也遇不到這麼令人心動的眼睛了，在他面前坐下說：「現在就覺得，你是那種長在春風裡、應該被人釘在國旗下的男生。」

「諷刺我？」陳路周多少聽出這個意思，眼神直直又冷冷地盯著她。

徐梔吸了半天，終於把底下的珍珠顆粒吸上來，怕他誤會，迫不及待地嘖了聲，一臉「少年你敏感了」的誠懇表情，「明珠按劍什麼意思懂嗎？就你這種，我是真的在誇你。」

貓店這時候沒什麼人，除了他們四個就剩下幾個服務生，朱仰起和蔡瑩瑩正在另一邊的貓籠裡逗一隻體態臃腫的胖胖小橘，整個店裡就聽見他們幼稚至極的挑唇料嘴。

「朱仰起你會不會逗貓啊，牠都被你戳瞎眼睛了，你能不能拿出來點！」

「貓才沒妳那麼笨呢！妳看牠上躥下跳的反應多快。」

他們這邊氣氛安靜，兩人之間的眼神倒有種說不出的暗暗糾纏。

「妳不就是想說我玩不起？」陳路周很有自知之明，他從容指顧地靠在椅子上，眼神正經盯人的時候，難免會露出一種要占山為王的狠勁和少年風流意氣，「徐梔，真要玩，妳玩不過我。」

其實那時候，陳路周覺得徐梔有句話確實說對了，他就是把自己想得太重要，他有點攝影師的臭習慣就是，看見什麼好的風景，都想先拍下來藏起來，留著以後慢慢欣賞，但忘了很多時候，當下的體驗感才最真實和炙熱。

「我想感受一下，陳大校草。」徐梔喝著他買的飲料，那股熱意慢慢湧進胃裡，脹得她差點打了個飽嗝。

陳路周聽別人這麼叫習慣了，但是聽她這麼叫，倒莫名有些不適應，咳了聲說：「得了吧，我嚴重懷疑妳就看中我的皮囊。」

「皮囊也是你的一部分啊，校草。」徐梔坦蕩蕩地說。

「再叫打妳了啊。」他無奈地笑起來，但很顯然是力不從心的威脅。

徐梔笑笑問他：「明天打算幹嘛？」

陳路周靠在椅子上，腿無所事事地敞著，低頭看了桌上的手機時間一眼，最底下有個行程提示，七月十五號，西北，還有幾天，他說：「要見面嗎？」

「你本來什麼打算？」

陳路周鎖上手機，靠在椅子上看著她，眼神撩吊，眼尾嘴角都揚著一絲要笑不笑地弧度，說：「打算就是請人看電影，在我家，來嗎？」

徐梔突然發現他說那句妳玩不過我，可能真的不是開玩笑的，心跳突然怦怦撞了兩下，

「去。」

他眼神銳利而直白地看了她三秒，千思萬緒過山頭，才不鹹不淡地「嗯」了聲，喝了口桌子面前的水，「那等我打完球，七點以後？」

「好。」

徐梔目光炯炯，亮得像是浸過水的月亮，坦誠又明晃。

論坦誠，他比不過她，她不藏情緒，裡面的山山水水都是一覽無餘。陳路周看著她，突然覺得有些事如果非要一個明確的結局，那就先往前走兩步，至少她高興就好。照她的性子，最後結局，大不了難過的是他，忘不了的是他。

陳路周還是有點高估自己的定力，第二天晚上七點的安排，他從下午三點就已經開始有點心不在焉了，所以根本也沒去球館打球，朱仰起叫他也沒叫動，窩在家裡看了兩小時的書，看了兩頁就翻不動了，然後又找了部電影看，半心半意、疲疲塌塌地靠在床頭看了近兩小時，別說劇情講什麼，連男女主的名字都沒記住。然後翻了個人頁面，發現徐梔還有閒情逸致做小餅乾，興致勃勃地發了一則動態——

徐梔：『表弟說我的餅乾做得——就是邱比特射箭也不帶這麼蒙眼睛搞的，哪裡醜了？』

陳路周回了一則，Cr：『這是小烏龜？』

徐梔很快回覆陳路周：『天吶，你居然看出來了，這就是一隻沒有龜殼的小烏龜，我表弟問你是哪家介紹來的托。』

陳路周也佩服自己的腦洞，他就往最不可靠的地方猜，也是服了，慢悠悠地回了一則。

Cr：『嗯，妳跟他說，是邱比特介紹來的托。』

回完，從通訊軟體裡退出來，一邊在外送平臺上挑果酒，一邊自我唾棄地想，陳路周，你還真挺沒出息的，孤男寡女約個會而已，用得著這麼小鹿亂撞嗎？今天下午他媽就沒幹過一件像樣的正經事，他看著書架上的競賽經典，都恨不得翻出來再從頭做一遍。

下一秒，明明手機在手上，可又忍不住第一百零一次低頭看手上的黑色腕錶，怎麼還沒到七點啊，靠，人都快熬乾了。

所以，朱仰起同學從小就看透他了，他八成是個戀愛腦，兩成是他還沒談過戀愛，所以多少給自己留了一點餘地，等以後談了再重新評估。

徐梔一進門，陳路周正站在餐廳的桌子旁，將兩桶爆米花倒進一個大碗公裡，抬頭瞥她一眼，沒打招呼，也沒說話，表情自然得很，下巴挺高冷地往沙發上一揚，意思讓她坐那。

她遲到一小時，自知理虧，也不敢貿然說話，乖乖坐在他點的那個位子，看他慢條斯理忙進忙出的，弄完爆米花，又從櫃子裡抽了兩瓶酒出來，放在她面前，遞了個開瓶器給她，還是沒說話。

徐梔以為他是氣自己遲到了，立刻解釋說：「今天我表弟一家過來，我爸跟他們喝多了，一直喝到八點才走。他們不走我不好出門。」

陳路周又從廚房拿了兩個杯子出來，四平八穩地放在她面前，那雙手別提多穩了，這才抬頭莫名地瞥她一眼，噗哧笑出聲，不以為然地解釋說：「我又沒生氣，妳緊張什麼。」

他就是氣自己今天下午表現太差，而且，主要也是第一次正經、曖昧不明地約女生來家裡，其實多少有點尷尬和青澀，他是不知道怎麼開口打招呼才像樣。

兩人並排坐下，電影已經投影了，畫面暫停在經典的龍標上，徐梔拿起遙控器點了下畫面，才看到是卡爾圖的《房心症》，正巧她沒看過。

陳路周人往後靠，後背抵著沙發背，明知故問：「看過嗎？」

徐梔搖頭，驚喜地回頭看他說：「就這部沒看，你找東西挺準啊，百發百中。」

「妳運氣好。」他說：「正好只有這部。」下巴又朝沙發上一點，「買給妳的果酒，度數不高，等等喝完我送妳回去。」

徐梔說了聲「好」，端起杯子喝的時候，眼神悄悄回頭打量他，那表情跟老鼠偷喝人家的酒釀似的：「怎麼感覺你今天有點不太一樣？」

電影畫面一如既往的暗，陳路周人閒散地靠著沙發背，一手拿著遙控器挑亮度，一手伸到沙發背後把燈關了，屋子裡一瞬間暗下去，此刻窗外天色還沒全黑，墨藍色的天空底下散著灰濛濛的光，氣氛夠暗了，陳路周也沒再去拉窗簾，把燈一關，轉頭看她，眼神看著她，往日那克制的黑色裡，此刻是撥開心事的池水，明亮而挑動：「約妳來的意思還不夠明顯？還要我說的明顯一點？」

徐梔倒是很想聽他說，可他那眼神明顯是「妳要是真讓我說出來，我真的會打妳」，於是了然地連連點頭：「了解。」

電影進展到一半的時候，徐梔覺得口乾舌燥，想讓陳路周倒杯水給自己，見他神情專注，大概使喚不動，於是自己起身去倒水，結果腳下不知道被什麼東西絆了一腳，直接一屁股跌在陳路周懶洋洋敞開的腿上。

徐梔：「……」

陳路周靠在沙發上，神色倒是挺坦然自若，低頭狗裡狗氣地睨她一眼，「怎麼，電影無趣？坐我腿上看有趣點？」

徐梔：「……」

她剛要起身，手被人拽住，二話不說地被人扯起來，腳下的腿分開，她直接被人圈進那兩條看起來長得挺來氣的腿間，換了個位置，被他按在另一條腿上，語氣有點愛莫能助，「這條吧，那邊腿前幾天打架沒好透。」

這時候，窗外的燈驟然亮了，在黑漆漆的天空中，好像一個個小火球，從城市的這端燃到另一端。

屋內仍舊昏沉，走廊的小地燈亮著微弱的光，除此之外，屋內再無餘光，徐梔還是覺得窗外的燈火燒到了她的心裡，在她胸腔裡熊熊燒著，看他的眼神裡多了一絲炙熱和大膽，也是少女的心動。

「今天刮鬍子了嗎？」她問。

電影畫面裡的光影影綽綽，映進兩人純情而又試探的眼裡，彷彿是最好的助燃劑，不知道怎麼的，這把火突然就狠狠燒起來了，熱，兩人都熱，彼此之間那隱藏不發的熔漿都在肆無忌憚的蠢蠢欲動著。

「……刮了。」他看著她的眼裡，是少年青澀而不為人知的燥熱。

徐梔壓過去，捧住他臉的那一刻，許是為了彌補第一次的遺憾，還是為了驗證他到底有沒有刮鬍子，她先是在他下巴上輕輕慢慢溫柔地啄了一記，才不由得仰頭生澀地含住他的唇，結果顯得技巧十分純熟。

兩具年輕而火熱的身體，在四下無人的夜晚緊緊相貼，那熱意幾乎要撲了天，全身酥酥麻麻，兩人的頭皮神經都不受控地跳，就好像第一次遇見的那天下午，誰也分不清誰更烈一點，但心跳簡直瘋了一樣砰砰砰撞擊著，幾乎要從胸膛裡破膛而出，耳邊只剩下那清淺又纏綿卻透著生澀的啄吻聲。

初吻是什麼感覺，徐梔覺得像一杯雨前茶，翠綠透亮，牙葉舒張飽滿，喝著清香的茶水，不小心觸碰到嫩綠的牙葉，便是那少年的味道，入口是清澀，回甘有一絲清甜。

陳路周身上那股鼠尾草氣息其實很迷惑人，親下去，才知道，是少年最清澈乾淨的味道，像草地裡長出最原始的那株未經任何風雨的青草，也未經任何雕琢，清爽而又熱烈。

陳路周整個人被壓在沙發上，兩腿漫不經心地敞著，姿勢就沒變過，徐梔坐在他的左腿上，一手勾他的脖子，一手捧著他一側臉，怕他躲。他只是靠著，單手抱她，也不敢太放肆，清勁的手臂鬆散地環在她腰上，手掌都還挺克制地輕輕垂在她腰旁，不敢真的摟上去那盈軟的少女腰，另隻手只是冷冷清清地放在另一條腿上，微微仰起頭，有一下沒一下地跟她生澀地親著。

金烏徹底沉西，月亮昏黃而柔和地高懸在夜空中，高三公寓裡細碎聲如舊，有人打遊戲大罵隊友，有人厲聲呵斥孩子不准看電視，有人知道前途未卜，所以大聲朗誦著永遠也背不完的詩詞課文。他們肆無忌憚的密密接吻輕啄聲，隱沒在這些嘈雜細碎的日常聲響裡，有著最炙熱的青澀情緒和說不出的刺激。

他們身上彷彿都有著將燃未燃的火星子，隨便一碰便能點著。徐梔試圖更進一步，陳路周頭卻往後撇了一下，腦袋貼著沙發背上睨著她，那雙往日裡清明而銳利的眼，此刻昏昧不明，也很亂，但眼神往旁邊淡淡而又傲嬌地指了下，「窗簾沒拉。」

徐梔收到指示，雖然不知道為什麼拉窗簾這事成了她的責任，但此刻她覺得陳路周這個潔身自好的人設不能倒，要是被人看見他和女生在家裡接吻，名聲大概不保。剛要站起來，陳路周把她往旁邊扯了下，嘆了口氣，自己站起來，「坐著吧，我去。」

嘩啦一聲，屋內陷入一片徹底的昏暗。等人回來，沙發剛一陷下去，徐梔自覺坐回他腿上，兩隻手要掛不掛地吊在他脖子上，陳路周沒往後靠，敞開腿坐在沙發上，下意識將她摟住，還是單手，另隻勁瘦的手，青筋突起地撐在另一條膝蓋上，自她低下頭，自然而然地和她接吻，密密而又乾澀地親著。

窗簾一拉，似乎更靜謐，兩人之間幾乎可以清晰地聽見彼此急促的喘息聲，他們屬於都沒什麼經驗，所以親一下停一下，又意猶未盡地親一下，眼睛裡都有點放情丘壑的意思，眼神滾燙，心也怦怦怦跳個不停。

最後那令人心悸的青澀啄吻聲慢慢停下來，就著昏黃的小地燈，在昏昧的光暈中，兩人靜靜瞧著彼此朦朧迷亂的眼睛，心跳卻怎麼也平復不下來，只好有點手足無措的各自別開。

「你是不是喝咖啡了？」徐梔還坐在他腿上，兩手閒散掛在他的肩上，問了句。

陳路周心跳快，嗓子眼也發緊，他其實渾身上下都緊，但也不太敢去抱她，整個人都鬆垮垮的，本身是個挺自在坦誠的人，但這時候因為在這種私密空間裡做了見不得人的親熱事，多少有點不自在，嗓音沙啞地「嗯」了聲：「電影還看嗎？」

「看。」

「那幫妳倒轉回去。」他自然地伸手去撈遙控器。

親了約莫也有五分鐘，卡爾圖的電影少一分鐘就直接看不懂劇情了，又是英文版的，要是換平時就算不看畫面聽過臺詞也能接下去繼續看，但剛才他們在這斷斷續續地接了五分鐘的吻，陳路周是什麼都沒聽，臺詞也沒往腦子裡進。

但徐梔說：「沒事，不用倒轉，我剛才聽了點，Juliana 的日記被發現了，寫給她哥哥的情詩被曝光了，現在繼母正在找她的麻煩，Juliana 正躲在一位男同學的家裡。」

陳路周人漸漸往後靠，後背抵上去，若有所思而又傲骨嶙嶙地冷淡睨著坐在自己腿上的她：「……」

徐梔倒了杯酒給他，自己喝了一口，遞給他：「喝嗎？」

他搖頭，照舊這麼看著她，徐梔狐疑：「怎麼了？」

陳路周有點氣自己，突然也覺得自己有點理解談胥，跟這麼一個女孩子搞曖昧，確實挺讓人委屈的，她理智清醒，接吻的時候還能分心看電影，所以談胥成績下滑，她成績一路往上，這他媽確實太正常了。誰跟這狗東西談戀愛，成績不下滑啊。

所以，陳路周當時整個人蕩蕩然地靠在沙發上，有點惡作劇心起，故意惡劣地墊了下那隻被她坐著的腿，引得正在喝酒的徐梔一抖，一口酒喝得半進半出，還有不少灑在他的褲子上。她也沒顧上說什麼，下意識從茶几上抽了張紙巾要去擦，被陳路周二話不說拿開，沒想到差點又把自己玩進去，冷淡地警告她：「妳不看看是哪，妳就上手？」

徐梔這才順勢往下不緊不慢地挪了一眼，「哦」了聲。

陳路周：「……」

「明天還過來嗎？」他抽過紙巾，低著頭在褲子上囫圇擦了兩下，隨口一問。

徐梔想了想，「來。」

陳路周「嗯」了聲，看她一眼，漫不經心地把紙巾丟進一旁的垃圾桶裡，電影畫面已經接近尾聲，燈沒開，忽明忽暗地在客廳裡亮著，那昏昧的光線曖昧地在他們身上來回掃蕩著，映著彼此青澀而懵懂的臉龐。

心跳始終都沒平復下來，儘管兩人已經分開快半小時，心裡那湖水激蕩，兩人面色卻不改、一動不動地盯著電影畫面看，徐梔已經坐回沙發上，陳路周兩腿仍是大剌剌地敞著。

『Juliana 在繼母和父親的雙重逼迫下終於決定坦誠地說出自己對哥哥的不倫之情，繼母抄起一旁的棒球棍準備將她趕出家門，而此時在大學裡交了新女友的哥哥卻對此渾然不知情……』

徐梔看著電影，突然想起來一件事，「那天翟霄那個朋友，王權你還記得嗎？」

陳路周「嗯」了聲。

徐梔說：「他加我好友。」

陳路周轉頭看她，「妳通過了？」

徐梔看著電視機裡歇斯底里的繼母，嘆了口氣，「第一次沒通過，他又加了一次，問我要不要當家教，最近慶宜這邊很多家長找高三家教，你知道嗎？就是如果透過他幫我介紹的話，要從我的薪水裡收百分之二十的仲介費。」

陳路周想起來，之前李科跟他說過這事，李科當時想弄個家教平臺，因為他們一中學霸資源多，光學生和家長這邊仲介費就能收不少，慶宜比較特殊，在S省教育競爭厲害，市一中這邊高三畢業都有不少人在靠這個賺錢。陳路周不太有興趣，就沒答應，「翟霄那邊不用理，妳要是想做家教，可以去李科那邊，人家省榜首，手裡資源還能比他少？再說，妳要去，李科那邊不收妳仲介費。」

徐梔膽大敢想：「要不然我跟王權商量一下，讓他倒貼我仲介費。」

陳路周看她一眼，電影畫面幽藍色的光落在他眼裡，襯得他神色格外冷幽幽：「自然是沒問題，他巴不得把人倒貼給妳。」

徐梔卻看著他一本正經地逗他說：「……你不加價嗎？你讓李科倒貼仲介費給我啊，或者你把自己倒貼給我，不然我就去王權那邊了。」

陳路周被她的行銷邏輯驚到，「厲害啊，當什麼建築師啊，徐老師，我們去幹公關吧，就沒妳談不下來的仲介。」

徐梔倒是有點自愧不如，「但是我搞不定黑料欸，」徐梔看著他靈感大發，「要不然你去當明星，我就跟朱仰起靠賣你的黑料賺錢，犧牲你一個人，造福我們大家，放心我跟朱仰起以後會養你的。」

「……妳跟朱仰起養我？得了吧，你們拿了錢跑得說不定比二十年科技發展都快，還有，」他笑了下，微微一頓，才說：「妳還要我怎麼倒貼？嗯？」

確實很貼。

這幾天，陳路周都是打球打到一半就回去了。他走後，姜成若有所思地看著他大步流星離開的背影，心中滿腹狐疑。朱仰起倒是渾然不覺，還拿球大剌剌地往人身上一砸，莫名其妙地說：「嘿，看什麼呢？終於發現人家比你帥了？」

姜成一直覺得在長相上，他跟陳路周不相上下，這是男孩子永不磨滅的好勝心，但顯然是以卵擊石的事情，反正他死不承認。但此刻，姜成看著陳路周修長清瘦的背影，走起來腳下生風，引得旁人紛紛側目，才對朱仰起說：「你不覺得他最近帥得有點反常嗎？」

朱仰起倒不覺得，陳路周從小就招人喜歡，剛剛見他就這樣一路過去，落在他身上的目光就沒斷過。這大概就是傳說中的回頭率吧，很多男生走在路上女孩子的回頭率就特別高，但是男孩子看了就會忍不住謔一句，就這？但很多時候看陳路周的男孩子比女孩子多，尤其在學校這邊，常常還有自來熟的上去喊句路草就跟他攀談起來，反正他也來者不拒。

朱仰起從小還為這事吃了不少醋，覺得他朋友太多。一二三四五六中哪裡都有人認識他，但後來就發現，無論後來認識多少人，他身邊來來去去就那麼幾個人，這是陳路周給他的友誼安全感，所以朱仰起一邊拍著球，一邊不以為意地對姜成說：「沒有吧，你跟他認識這麼多年，應該早就習慣了啊，他從小就這麼招蜂引蝶——」

「我不是說這個。」姜成斬釘截鐵地打斷，「他最近有點太愛打扮了吧，我看他以前出門從衣櫃裡都是撈到哪件穿哪件，剛剛出來打球的時候，我隨便撈了一件給他，他居然跟我說，前天穿過了。而且，我這幾天傳訊息給他，七點半傳的，他十點半才回。打球打一半又跑了。我記得他以前參加奧林匹克競賽集訓，每天忙得跟陀螺一樣，也沒見他這麼閉關鎖國過，根據我這麼多年的經驗，他是不是有女孩了？」

朱仰起噗哧笑出聲，覺得姜成想太多，拍著球說：「陳大校草什麼人啊，他怎麼會在這個時候談戀愛，就算談戀愛也不會瞞著我們啊，應該在忙別的事情吧，我聽他媽說，好像想讓他提前一個月過去，應該在忙簽證的事情吧。」

徐梔這廂正在查志願分發的結果，用的還是陳路周那臺搜尋過「為什麼不硬了」的電腦，所以她點開瀏覽器的時候，滑鼠下意識在搜尋欄裡停頓了一下，想看看他這幾天的瀏覽紀錄。但陳路周這人吧，同一個坑絕對不會摔倒兩次，他把歷史紀錄都清除得乾乾淨淨，絲毫沒有蛛絲馬跡可尋。

陳路周顯然也察覺到她的不懷好意，整個人蕩蕩然地窩在椅子上看利物浦那邊給的資料，見她還惋惜地嘆了口氣，氣定神閒地給了一個建議：「妳要不要乾脆打開我的電腦歷史瀏覽紀錄，看看我平時都在搜尋什麼，如果這麼好奇的話。」

徐梔瞬間兩眼冒光，「可以嗎？路草。」

「可以啊。」他笑得還挺客氣。

但徐梔一打開，就發覺自己中圈套了。他早就把瀏覽紀錄刪得一乾二淨，裡面什麼都沒有，比乞丐的碗還乾淨，只有一條未卜先知、明晃晃的搜尋紀錄——徐梔同學請妳一定要保持這旺盛的求知欲，諾貝爾文學獎馬上被妳研究明白了。

徐梔故作鎮定地關掉畫面，忍不住罵了句：「……陳路周，你就是狗。」

陳路周靠在椅子上，笑得不行，慢悠悠地翻著手上的資料，說：「那要不然，賞根骨頭給妳家狗？」

「可以，等等去門口，我請你吃大骨頭，陳狗狗。」徐梔笑咪咪地咬牙說。

陳路周翻完資料，隨手扔在桌上，冷颼颼地瞥她一眼，夾槍帶棒地說：「昨天我約妳妳不來，妳約我我就得乖乖在家等著妳是吧，妳真拿我當狗了吧？」

沒想他這麼耿耿於懷，徐梔解釋說：「老曲找我幫忙呢，說讓我演講給下屆的高三生聽，我昨天在家寫稿子呢。」

陳路周懶得跟她計較，她就是憑著一己私欲想把他占為己有而已，下巴一點電腦那邊，

「查完了嗎？」

徐梔嘆了口氣，突然沒來由的膽小。陳路周心領神會，行，還得我來。於是撈過桌上的電腦，微微側了個角度，正好擋住她的視線。等他一言不發地輸入徐梔的准考證、身分證資訊之後，徐梔才猛然反應過來，這人的記憶力是不是有點神，只說過一遍就記住了。

等陳路周查完，他闔上電腦，好整以暇地看著她，徐梔莫名有點緊張，他卻突然說：「我想賣個關子。」

徐梔就知道這人不會這麼便宜自己，於是打算自己去掀電腦，被他不動聲色地擋開，還壓得死死的，碰都不肯讓她碰。

徐梔倒也氣定神閒，坐在椅子上，靜靜又漫不經心地看著他。

「一點都不急？」

「反正早晚都會知道的。」

搞心態，陳路周發現自己搞不過徐梔，本來想問她，妳為什麼要讓談胥考A大，後來又覺得他們兩個如果浪費時間在這種問題上，實在是沒意義。就好像他和谷妍的事情，她也從來都不問，連蔡瑩瑩都問朱仰起谷妍的事情，徐梔從頭到尾沒跟他提過一句，於是他看了她半晌，淡淡說：「買票吧，六百八。」

「建築系。」他補了句。

徐梔嘆了口氣，表示，北京的冬天真的很乾，她會流鼻血。

「走吧，請妳吃骨頭。」陳路周在她腦門上不輕不重地彈了一記，「我換件衣服。」

看他準備去廁所，徐梔又疏疏落落地嘆了口氣，心說，見外了不是。親都親過了，你還在躲，有什麼好躲的，看看怎麼了？南方已經沒有能讓人流鼻血的冬天了，能讓人流鼻血的帥哥也不多了，這個還這麼小氣。

「欸，陳路周，明天去游泳吧。」徐梔懶洋洋的靠著椅子，隨手翻了翻他桌上的書，不懷好意地建議說。

「妳想得美。」廁所門關著，聲音從裡面冷淡地傳出來，一秒看破她的真實目的。

女人總是善變，陳路周換完衣服出來，徐梔又不想出去了，兩人又窩在沙發上隨便找了部電影看，電影看到一半，徐梔受電影劇情的啟發，猝不及防丟出來一個問題——

「陳路周，你覺得什麼樣的四十歲，才算成功？」

陳路周一隻手掛在沙發背上，正好把人圈在自己懷裡，懶洋洋地低頭睨她一眼，沒個正經地說：「老婆不出軌吧。」

徐梔：「……」

餘光稍稍瞥到他似笑非笑揚著的嘴角，徐梔就知道，他在逗她，他心裡應該有其他答案吧，應該不止於此，那雙藏得住心事，扛得住狂風暴雨的眼睛裡，有太多少年未盡的意氣，他絕對不止於此。

為什麼不想告訴她呢，因為跟她無關吧，無論風光多無兩，未來他沸騰的人海裡，都不會有她的聲音。

徐梔是這麼想。

那陣子兩人很少出門，大多時候都是窩在家裡看電影，徐梔發散性思考很強，結合劇情，總能冷不防丟出一個讓人回答不上來的問題，加上她求知欲特別旺盛，有時候陳路周還在想答案，想怎麼回答邏輯更縝密，但她問的問題大多很無厘頭，所以很多時候一時片刻沒答上來，她就不太有耐心地有一聲沒一聲地叫他，陳路周陳大校草叫個不停，一直催他。陳路周發現了，她真的很沒耐心。

陳路周腦袋仰在沙發上，就笑得很無奈，也束手無策，一隻手懶散地擱在沙發背上，把人圈在懷裡，低著頭看她，慢悠悠地捋著她柔軟順滑的髮頂，低聲哄她：「妳讓我想一下不行？」

她根本不聽，做張做勢，因為有了有人撐腰的底氣，「好，陳大詩人江郎才盡了。」

陳路周笑得不行。每次被她弄得哭笑不得，也是那時候才發現徐梔其實特別幼稚，她很多時候的情緒穩定，只是對外界的反應不夠敏銳，只沉浸在自己的世界裡，難怪別人影響不了她，難怪她成績扶搖直上。

他們聊的話題其實很天南海北，從哲學、生物、昆蟲學……等等一連串跟世界有關的，只要徐梔能想到的，他們無所不聊，陳路周有時候也很為徐梔天馬行空的思緒所折服，但從不聊感情和未來，這種岌岌可危、或者說曇花一現的情感，其實最濃烈和刻骨銘心，這樣的情投意合，這樣的心靈契合，哪怕是最青澀的少年，在那樣風風勢勢的年紀，也無法做到絕對清醒和理智。

接吻就成了自然而然的事，生澀的啄吻聲時常發生在那個盛夏四下無人的夜裡，是淹沒在整個慶宜市孜孜不倦的蟬鳴聲下不為人知的祕密，以至於後來徐梔聽到蟬鳴聲，想起的，都是陳路周身上的鼠尾草氣息。

當然，徐梔的求知欲同樣茂盛和發生在任何時候，第三次接吻依然生澀得令人捉急的時候，她伏在陳路周身上壓著聲音客氣地跟他商量說——

「陳路周，那個，我想看一下——」

陳路周：「？？？」

第十一章　山高水闊

陳路周當時是茫然的，被人按在沙發上親得整個人發愣，儼然不知道危險似的，不知道是不知好歹還是不敢相信地追問了一句：「什麼？妳要看什麼？」

徐梔整個人腰線凹凸地伏在他身上，是女孩子最柔和而挺翹的身材，是將盛未盛的那朵花，飽滿得恰到好處，她兩隻手撐在沙發背上，然後非常直白地往他下半身瞄了眼。

陳路周被她這樣壓著，以前都沒看到她身後的曲線，也是沒想到，她身材這麼好，但是還是無言以對：「……」

這他媽是高中生該看的嗎？

「妳確定妳是女高中生？」陳路周差點把她拎起來扔出去。

「無趣。」徐梔彷彿抓住他的命門了。

身上氣息散開，兩人意識都回籠了一些，陳路周把她拎開，親也不讓親了，腿都不讓坐了，簡直無語地冷冷「嗯」了聲，「我就無趣，有趣我也不給妳看，妳瘋了？」

挑釁的結果，就是被陳路周拒絕見面兩天。

徐梔傳訊息給他，陳路周倒是回得很快。

徐梔：『今天要見嗎？』

Cr：『不見。』

徐梔：『……』

徐梔：『無理取鬧一天得了，兩天我是沒耐心哄了，我明天去當家教了啊，李科那邊說兩百一小時，一天四小時，比你帶陳星齊還划算。』

Cr：『國中生？』

徐梔：『嗯，李科說，你要是願意幹，他真的願意倒貼仲介費給我們欸！天吶，陳路周，你好值錢。』

Cr：『得了吧，李科是奸商，他的話妳也信？給妳第二條人生建議，離省榜首遠一點，尤其是會做生意的省榜首。』

徐梔點頭哈腰、陽奉陰違地回著訊息，彷彿人真的就在跟前似的，『嗯，謹記省榜首教訓。』

Cr：『……』

大約是陳路周的關係，李科真的沒收她仲介費，一天薪水滿滿當當全進了徐梔的口袋。但也正如陳路周所預見的那樣，這八百塊確實不好賺，一般的學生家教才一百五一小時，徐梔多出這五十，還得幫這個學生解決晚飯，因為學生父母工作太忙，晚上基本都是應酬，又不想另外花錢請保姆，於是讓家教老師幫忙解決他的晚飯就行。李科滿口應下來，說一定會幫他找一個稱心的家教。

所以那陣子陳路周想見徐梔都還不一定能見到，她下午幫學生上完課，晚上還得帶他出去吃飯。那國中生也就比陳星齊大一兩歲，但沒陳星齊這麼陽光難搞，大概讀書壓力大，人瘦瘦高高的看起來很乾枯，有厭食症，一到吃飯時間他就精神懨懨地對徐梔說：「徐老師妳不用管我，反正我也吃不下，妳自己回家吧。」

要換作以前徐梔可能真的拍拍屁股走人了。但不知道為什麼，自從認識陳路周這個芒寒色正的男孩子之後，她發現自己那點同情心開始氾濫，開始多管閒事。因為總在冥冥中想，他可能會喜歡這種善良、多管閒事的女孩子？

於是，那幾天，徐梔帶著那個有厭食症的男孩時常穿梭在城市的大街小巷裡尋找一些奇奇怪怪的美食，大多都是陳路周推薦的，徐梔也是那時候才知道，整個慶宜市都讓陳路周吃明白了。

陳路周推薦的每家店都挺冷門的，但東西都出乎意料得好吃。徐梔戴著藍牙耳機自顧自走在前面，小孩腳步趔趄地跟在後面，顯然不太常出門，巷子口牆頭上隨便趴著一隻貓都能讓他嚇一跳，眼神好奇地四處張望著，徐梔回頭看他一眼，停下腳步等他，跟電話那頭的陳路周說：「你別告訴我，你都吃過。」

電話那邊聲音慣有的懶散，他今天好像跟朋友去參觀什麼人體雕塑展，本來叫了徐梔，但徐梔不太好請假，就沒去。他說：『一半是我吃過的，一半是集合了幾個吃貨的誠心推薦。』

「比如？朱仰起？」

那邊笑笑，『在妳眼裡，我就朱仰起一個朋友是吧，其實朱仰起從小也有點厭食症，他爸媽那時候天天讓我去他們家吃飯，我還以為是對我多好呢，後來才知道是看我吃得香，朱仰起每次看我吃飯，他都得搶著吃。』

「……你們從小就上演狗搶食啊。」

『何止，還撒尿占地盤，不像妳們女生啊，』他半開玩笑地調侃了句，聲音字正腔圓，卻意味深長，『想占地盤，撒個嬌就行。』

徐梔看那小屁孩走過來，沒跟丟。就轉身接著往巷子裡走，也跟著笑起來，「那你對我們女生有誤解啊。」

『是嗎？前幾天晚上是誰在我的沙發上撒嬌了。』徐梔覺得隔著電話，他的聲音比平常更有吸引力，也耐人尋味，好像有電流從她身上過，尤其是一貫乾淨清澈的聲音講這種話的時候，有種別樣的刺激感，酥麻感幾乎徑直從她後背躥上來。

於是，臉就騰地熱起來。其實徐梔倒不覺得那是撒嬌，只是讓他借個電腦和沙發，口氣軟了點，陳路周非說她撒嬌，徐梔當時笑他，你這麼大個校草，這麼沒見過世面。

「展覽好看嗎？」徐梔懶得再跟他扯下去，和那國中生剛進店找了張桌子坐下，電話一直沒掛，把話題扯回來。

陳路周當時站在一個古羅馬騎士雕塑面前，騎士被砍去雙手，跪在心愛的女孩面前，已經提不了槍，拿不了盾，嘴裡卻死死咬著一枝新鮮欲滴的玫瑰，一顆豆大的露水堪堪地嵌在花瓣邊沿，要滴落不滴落的樣子，他看了底下的標語一眼——「我是被砍去雙手的騎士，但不影響玫瑰是新鮮的」。

這座雕塑是那天整場展覽裡最出名的作品之一，每對情侶從它面前經過都會忍不住停下腳步，女生往往都會默默地陷入沉思半分鐘，然後毫不猶豫、重重地在男朋友胸口捶上一記。

——「你看看人家！我讓你幫我拿個桃子你他媽都不知道去毛！」

『還行吧，我覺得妳可能會喜歡。』陳路周當時是看著騎士那座雕塑旁邊的裸男雕塑說的。

經過這段時間的相處，兩人之間默契十足，就是聊天不太好聊了，因為一句話對方多少能聽出點意思，「我怎麼感覺你在諷刺我呢？難道裡面有什麼刺激作品？」

陳路周笑了下，『敏感了啊，門衛哲學家。』

徐梔最近總問些有的沒的，比如我是誰，我從哪來，我要到哪去，總結為其實是門衛哲學，所以被陳路周調侃為門衛哲學家，她好奇得要死，最受不了別人吊胃口，忍不住口氣又軟了：「說嘛，看見什麼了。」

陳路周想了想，隨口點了幾個，『裸男，騎士，玫瑰。妳自己去想像吧。』

徐梔果然只聽見其中之一：「裸男？是那種一絲不掛的嗎？」

陳路周當時回覆了八個字，『事無巨細，栩栩如生。』

徐梔吹了聲口哨，再次不依不饒地發出誠摯邀請：「今天見面嗎？」

陳路周懶洋洋地『嗯』了聲，『回家告訴妳。』

小別勝新婚，大約是被陳路周釣了兩天，兩人一進門就開始接吻。他們平時相處其實還挺發乎情止乎禮，陳路周盡量都不讓自己碰她，有時候實在拗不過徐梔。大多時候是靠著沙發，看電影純聊天，更過分火熱一點，徐梔會坐在他腿上，兩人其實都很克制，除非情難自禁才會接吻。今天她說要過來，陳路周正打算再幫她對一下演講稿就答應了，徐梔真的不會寫這種演講稿，整篇寫成了言之無物的獲獎感言，所以那天晚上等她走後自己又連夜幫她改了一遍。

結果一進門，陳路周棒球帽都沒摘，徐梔就突然抱住他的腰，將他壓在門上仰著腦袋劈頭蓋臉親上來，一下下從下巴慢悠悠地啄到他的唇，陳路周是紅爐點雪，知道她想幹嘛，主動將人摟在懷裡，勁瘦的手臂依舊鬆散、克制地環在她盈盈一握的腰上，倒是難得主動低頭在她唇上疏疏懶懶地咬了下，「我去洗個澡——」

徐梔不肯，一個勁去親他，於是，兩個人就好像是偷吃乳酪的小老鼠，在對方唇上有一下沒一下、淺嘗則止地啄著。

徐梔今天其實很累，對付小屁孩真的不容易，突然發現他真的好厲害，她這個學生都算聽話了，但是教起來也還是很累，講了幾個小時，嘴巴都講乾了，那國中生還是一臉茫然和懵懂，最主要是拿著那雙無辜的眼睛看著她的時候，徐梔滿腦子都是「行了，我不適合當家教」的挫敗感。她想就陳星齊那種，她教起來大概真的能懷疑人生，陳路周居然還能輕鬆應付。

也是這個時候，突然明白，以後要是真的當了社畜，幹著比現在這個累幾百倍的工作，身邊沒有陳路周這個不僅看起來賞心悅目，用起來還順手的大帥哥可怎麼辦。

於是，她又忍不住往他溫熱寬闊的懷抱裡用力蹭了蹭，渾身卸了力，有氣無力地說：「很累，再讓我抱一下。」

陳路周就沒動了，靠在門上當樹樁子，順勢低頭，在她髮頂上親了下，低聲難得溫柔發緊地問：「那國中生欺負妳了？」

徐梔趴在他懷裡，抬起一腦袋凌亂的毛髮看著他，剛進門的時候看她精神不振，陳路周看不過去，走過來迎面狠狠揉了她腦袋一把，說才上兩天班，妳怎麼跟上了兩年班一樣。

徐梔看著他那雙澄黑的眼睛，清澈而充滿力量，忍不住感嘆一句，這雙眼睛真是令人充滿希望，永遠不好糊弄，聰明勁真的都寫在眼睛。她嘆了口氣，實話實說，很直白也很扎心：「就是有點笨，四個小時只能講半張試卷，要是換我們老師，三角板能把講臺拍穿——」徐梔說著，視線在他領口的一點褐色汙漬摸了一下，「這什麼？」

屋內沒開燈，兩人在門口，就著玄關處的小地燈，陳路周低頭看了眼，「咖啡吧，剛路上買了杯咖啡，沒蓋好，我一喝直接倒身上了，不然，我都懷疑自己下巴漏了。」

徐梔笑著看他，「你下巴不漏，你是嘴巴閉太緊了。」

陳路周低頭睨她笑：「妳都知道。」

「因為我親過啊。」

「誰喝咖啡伸舌頭。」陳路周笑得不行。

「我啊。」徐梔大言不慚：「你徐梔姐姐從小喝咖啡就伸舌頭，一點點舔著喝，不行嗎？」

窗外燈火一亮，屋內瞬間也照了點光進來，不過亮的是客廳，玄關處只有一點昏沉沉的光，但彼此之間那曖昧而令人心悸的眼神還是瞧得很清楚，心裡那團火不知道什麼時候會滅，就好像火種，一旦種下，便向死復生。

陳路周當時靠著門，其實一隻手都還冷淡地揣在口袋裡，另隻手克制壓抑地勾在她的腰上，然後垂睨著懷裡的人，難得按捺不住、有點沒分寸地在她腰上掐了一把，一字一句：「妳陳路周哥哥養的豬，喝咖啡才伸舌頭。」

徐梔猛然反應過來，兩隻手掛在他脖子上，看著他：「……陳路周，你才是豬。」

徐梔不甘示弱，此刻只能在行動上占上風，於是二話不說撲上去狠狠親住他，嘴唇觸感生澀而陌生，總歸還在一點點試探，像一隻莽撞的小獸，急於掙脫出籠，顯得毫無章法，親得很用力而乾澀，而陳路周這才把另隻手從口袋裡拿出來，將她整個人抱住，順勢往下探了探，和她密密而又自然的接吻。

屋子裡瞬間安靜下來，那晚月亮好像未成熟的果實，圓潤卻也硬硬地掛在天邊，好像少年最遙不可及的夢，摘不到，也踢不開。兩人原本也是在門口鬧著玩鬥氣似的親來親去，親到後來，氣息全然亂作一團，心熱得發慌，眼睛裡都是朦朦朧朧彼此怎麼瞧也瞧不清的影子，他們在彼此的眼神裡尋找自己，空氣裡再無其他聲音，陳路周舌頭進來的時候，徐梔渾渾噩噩輕輕發顫，頭皮一陣陣發緊——

「陳路周，原來你會接吻。」

「陳路周什麼不會？」少年笑起來。

徐梔：「你不會給我看那個啊，以後找男朋友都沒個標準。」

陳路周：「……」

陳路周當時腦子裡冒出的第一個想法就是，如果她再問一遍，自己可能真的會答應。但還好，他下一秒，腦子裡閃過徐光霽那張刻板古樸的臉，整個人瞬間醍醐灌頂，也想起來，是有陣子沒去徐醫生那裡報到了。

「我要知道妳是這種路子，我親都不會讓妳親。」陳路周靠在門上，低頭冷淡地睨她說：「得寸進尺這個詞在妳身上真是體現得淋漓盡致。」

徐梔立刻仰頭在他下巴上親了一口，眼神挑釁似的看著他，又在他唇上親了一口。

「真的嗎，忍得住嗎？陳路周，我又不是看不出來，你對我有感覺。」

彼此其實多少都清楚，兩人之間那種令人心動的致命吸引力，怎麼可能沒有感覺，說實話，他們在一起，什麼都沒有，就只剩下感覺了。然而卻因為恰好相遇在這個最不穩定、前途未卜的年紀，他們不知道這點感覺能不能、可不可以成為自己為對方賭上未來的籌碼。沒人敢賭。

「有感覺妳就這麼玩我。」陳路周當時聽到男朋友三個字就煩得不行，心裡憋著一股要燒不燒的火，環在她腰上的手猝不及防地收緊，低頭下去，將溫熱的呼吸貼在她脖子上，徐梔被迫仰著脖子，他的頭髮似乎剛剪過，沒之前那麼軟，硬硬地刺在她的脖子上，像夏日草坪上被人修剪過茂盛、生機勃勃的勁草，卻很沒有威懾力地埋在她脖頸裡懶懶說：「再鬧，我就在妳脖子上種草莓了啊，妳等著回去被妳爸打吧——」

妳看他多會。

徐梔一點也沒在怕，反而很期待，兩眼冒光地看著他，陳路周徹底甘拜下風，於是就……碰了一下，也不知道是男孩子第一次種草莓沒輕沒重還是女孩子皮膚敏感，徐梔一碰就紅，陳路周當時就傻眼了，是真的不小心種了個草莓下去。

「妳爸會打妳嗎？」他伸手在徐梔脖子上輕刮了一下，發現是真的紅了。

「不會。」徐梔摟著他的脖子，笑咪咪地說：「但他會打你。」

陳路周笑了下，坦蕩又無所謂：「沒事，我皮厚，妳爸不打妳就行。」

然後，說什麼都不肯親了，後來被徐梔軟磨硬泡地啄了兩口，他半推半就。

徐梔偷偷抬頭瞟他一眼，大概是陳路周長得太帥了，明明看起來也不像什麼克己復禮的好人，偏又冷淡乾淨，自然坦蕩，加上就算坐在他腿上接吻，他都克制冷靜得只是將青筋爆起的手冷冷清清地放在一旁，就那股勁，總教人心癢。

徐梔聽說容易爆青筋的人，不是靜脈曲張就是那方面……或者說，他明明很會，卻什麼都不做，每次接吻都是她主動，他好像從來沒主動親過她。這要不是在沉默中爆發，就是在沉默中陽痿。

本來徐梔那天打算上網搜尋一下卡爾圖這部電影的細節，結果她發現現在手機竊聽真是令人髮指，她懷疑她和陳路周被錄影了，問答論壇居然自動推薦了一篇內容給她——『有男生接吻不摸胸嗎？』

她剛想點進去回覆一則，有。然後就看到底下一則斬釘截鐵的高讚數回覆——

匿名使用者：『沒有。』

徐梔突然想起，高三的時候，蔡瑩瑩跟她吐槽說自己有次不小心在小樹林裡撞見隔壁班班花和他們班老實巴交的學藝股長吵架，她還想著要不要上去勸兩嘴，結果吵著吵著兩人就抱在一起親嘴了，學藝股長還把手伸進班花的衣服裡……蔡瑩瑩從此無法直視老實人學藝股長了。

徐梔默默嘆了口氣，心生感慨，想到他正派，沒想到這麼正，剛想陰陽怪氣一句，陳大校草，請問你是怎麼做到又渣又正的？

結果，門外驟然傳來一陣重重急促的拍門聲——

「陳路周！」

「開門啊，人渣，渾球。」

「陳路周！你爹來了。」

兩人當時其實還在接吻，徐梔兩手勾在他脖子上，聽著門外乾脆激烈的拍門聲，兩人同時一頓，氣息糾纏難捨難分，一時片刻哪裡分得開，氣息熱烘烘的。陳路周本來想假裝不在家，大約是平日裡他裝多了，朱仰起篤定他在家，在外面大喊著陳路周我知道你在家，老子都聽見你放屁了！

靠。

是剛剛接吻的時候，徐梔不小心踢到旁邊的鞋櫃發出的聲音。

於是，徐梔只好從他身上下來，嘆了口氣：「開門，迎客。」

陳路周「嗯」了聲，掃了她的脖子一眼，「我去幫妳拿個ＯＫ繃？」

徐梔說了聲「好」，於是，陳路周從門上直起身，也沒急著幫朱仰起開門，而是無可奈何深深地看著徐梔，對門外不冷不淡地喊了一聲：「在門口等著，我穿件褲子。」

朱仰起「哦」了聲。

但陳路周忘了，徐梔還在，所以朱仰起一進門，看見他們穿戴整齊地坐在沙發上，據著沙發兩端，相敬如賓地看著電視，中間彷彿隔了一條不可跨越的銀河，徐梔還彬彬有禮地對他打了一聲招呼，「你好啊，朱仰起。」

陳路周倒是一如既往的不客氣：「你來幹嘛？」

朱仰起茫然，「不是你讓我來看球賽的嗎？」

陳路周：「……」

他忘了，今天確實叫了朱仰起來看球賽。

徐梔脖子上是剛剛貼上的ＯＫ繃，朱仰起一眼就認出那是什麼東西，「草莓吧？」

徐梔整個人都愣了，「你……」

連陳路周都拿著遙控器，靠在沙發上，一臉震驚地看著朱仰起。

朱仰起嘿嘿一笑，一臉這你們就不知道了吧，娓娓道來：「我們班的女生吧，有時候就會貼這個東西來上課，但是就我們那個教務主任，煤氣罐妳知道的，他抓早戀多有經驗啊，說脖子上那點疤就別勞ＯＫ繃大駕了，一般這個位置受傷，要麼妳這時候該在醫院，要麼都用紗布。誰他媽貼ＯＫ繃，後來，在他的指導下，我們班的小情侶吧，種草莓從來不種在脖子上了，所以徐梔妳能告訴我，是哪個沒經驗的蠢貨居然在女孩子的脖子上種草莓嗎？」

徐梔：「……」

陳路周：「……」

畫面沉寂了大概兩分鐘，徐梔站起來要走，陳路周把遙控器隨手扔給朱仰起說，我送她回去，你自己看一下。

朱仰起當時表現得一派鎮定，等開門聲再次響起的時候，朱仰起不知道從哪裡翻出來一個拉炮，好像是上次一中有個老師結婚，陳路周被迫當伴郎，不小心收回來的，他當時也沒看玄關進來的人是誰，藏在客廳的轉角裡，聽見門被人輕輕關上，「嘭」一聲巨響，二話不說拉開拉炮，緊跟著「噌」一聲跟猴子出山似的，猝不及防地從客廳裡跳出來，「陳大少爺終於脫單了啊——」

「……」

朱仰起臉上的笑容逐漸消失，下意識脫口而出：「……咦？媽？啊，不是，連阿姨。」

月亮安靜無暇地掛在天邊，彷彿一切都無事發生。

從陳路周家到徐梔家其實隔得不遠，兩條街，走路大概二十分鐘，剛看時間還早，街上燈火通明，人潮熙攘，所以兩人沿路閒閒散散地一路走過來，看見好玩的店就進去逛一下，剛經過一個氣味博物館，徐梔進去埋頭就是一頓找，陳路周問她找什麼，徐梔仰頭看著他說，找一個能蓋你身上沐浴露味道的氣味，然後她找了一款有點大蒜味的刺鼻香水，聞得陳路周直蹙眉，服務生還熱情大方地不管黑的白的介紹一通：「這款是我們現在店裡最熱銷的淡奶青草味。」

淡奶青草……但是聞起來很刺鼻，好像那種下雨天草根裡混著泥土的味道。

徐梔一聽淡奶青草，奶草，好像很適合他，二話不說就買了，陳路周本來以為她自己噴，結果出門就把東西送給他了，還霸道總裁地叮囑了一句：「以後見我就噴這個香水。」

陳路周轉身拎著袋子要回去：「……那我回去換一瓶，剛才那個海鹽味還行。」

徐梔當然不肯，藉口想吃對面的糖果，把人拖走了。

陳路周自然拗不過她，把人送到公寓。最後停在門口的梧桐樹下，那棵茂密繁盛得像一把巨大的傘，將兩人籠罩在疏疏密密的月影縫隙之下，加上陳路周的身影，徐梔好像被雙重保護，特別有安全感。

徐梔跟他指了下樓上窗戶開得七七八八中，夾雜著一個關得嚴絲合縫的窗格，她依依不捨地跟他說，有盆梔子花的那個窗戶就是我的房間，因為梔子花只能種在鋁盆裡，就沒有那麼美觀，沒到花期的時候，光禿禿得特別難看，隔壁窗戶的阿姨老是以為我是種大蔥種不出來，隔三差五問我盆還要不要，不要她拿回去洗腳了。

徐梔嘆了口氣，又說，後來梔子花開了，但是因為我們家樓層太高了，我好些同學之前來我家找我的時候，看不太清楚我窗口種的是什麼花，就跟其他人說，窗口放著一個鋁盆，鋁盆上插了幾隻襪子的就是我家。

陳路周笑得不行，氣定神閒地指了指上面，「那襪子上那顆圓圓的腦袋是妳爸吧。」

徐梔乍看過去一眼，還真是老徐那張晦暗不明的臉，她回頭急匆匆地說了句：「不跟你扯了，我先上去了。」

陳路周「嗯」了聲，準備等她上去就走，結果徐梔站在公寓的裡面又悄悄對他招手，他無奈地插口袋走過去，徐梔扯著他走進昏暗的樓梯間，陳路周一手拎著那袋香水，一手懶懶散散地抄在口袋裡，被她拽著，拖到樓梯口下面。

這時候兩人嘴裡都嚼著剛才買的糖，已經快融化了，陳路周靠著樓梯的牆，嘴裡含著最後一點殘渣，還在嚼，慢悠悠地嚼，低頭有心沒想、撩吊地看著她，明知故問：「幹嘛？」

徐梔好奇地說：「你嘴裡是什麼糖？」

「櫻桃。」

「騙人。」

陳路周無語地靠在牆上，睨了她老半晌，才笑出聲，別開眼說：「想接吻直接說，反正我說什麼，妳都要親自確定一下。」

「……」

徐梔剛要說話，結果就看到老徐神出鬼沒地站在後面，她嚇得直接從陳路周旁邊彈開，「老爸——」

陳路周下意識回頭，果然看見徐光霽那張熟悉的臉，但是這次沒穿醫師袍，所以這張臉顯得更普通平凡，站在那麼昏暗的樓梯口他險些認不出來。

論陳路周平日裡社交有多厲害，但此刻他也莫名其妙的卡住了，不知道該叫什麼好，叫徐醫生怕被徐梔知道他私下掛過她爸的科，叫叔叔好像顯得他在隱藏什麼，徐光霽看了徐梔一眼，「我說看了妳老半天還不上來，躲在這裡聊什麼，什麼東西要親自確定一下？」

還好只聽了半截，徐梔鬆了口氣，「沒什麼，今天請他幫我拍照，照片還要再確認一下。」

徐光霽將信將疑地看著徐梔說：「那妳先上去，我跟他單獨講兩句。」

徐梔「哦」了聲，看了陳路周一眼就往上走了，大概是太緊張，也沒問老爸和陳路周有什麼好聊的，等想起來不對勁的時候，她又躡手躡腳地折返回去，鬼鬼祟祟地趴在二樓的樓梯口聽了兩句，前面應該還扯了一堆，但徐梔只聽到她爸語重心長地叮囑他——

「……你這個月都沒來複查了啊，你們年輕人就是不重視，畸形率這個問題說嚴重也嚴重，我以前有個病人也是跟你一樣，年輕的時候不太重視，現在要結婚了才過來檢查，折騰個半死，我不是嚇唬你，你該複查還是要回來複查，別以為年輕就沒事了，這幾天多用手，隔個三五天，回來複查，別再拖了，聽我的。」

陳路周：「……」

徐光霽本來是逗他，但是自從上次那個病人回來之後，各種穿刺檢查做得鬼哭狼嚎整個科室都能聽見之後，出於醫生的職業道德，他不免還是有些為陳路周這個帥小子擔心，所以剛剛在樓上瞧見這人疑似那小子，二話不說就衝下來提醒他回去複查。

等徐光霽回去的時候，徐梔泡著一杯咖啡，慢悠悠地晃到他跟前，小聲地問了句：

「爸，陳路周是有什麼毛病嗎？」

徐光霽剛換好拖鞋，扶著牆不動聲色地看她一眼說：「女孩子就不要關心了，妳餓嗎？去把菜熱一熱，爸爸邊吃邊跟妳聊一聊。」

這段時間家裡發生太多事，因為被騙的事情，徐光霽一邊上班一邊時不時要去警察局看詐騙案的進度，加上正好又是梅雨季，外婆回鄉下清理房屋了，於是家裡只有他們，但是徐梔這段時間都在忙著打工賺錢，所以在錄取通知書發放之後，父女倆其實也一直沒找到機會好好談一談。

徐梔把菜熱好，徐光霽拍拍桌子，示意她坐下，儼然一副要跟她促膝長談的架勢。他其實不反對女兒談戀愛，加上這段時間跟老蔡打聽一點陳路周的事，多少覺得這小子各方面都還行。

所以他並沒有想過要怎麼在這個問題上去為難女兒，在教育這方面，他和老蔡一直信奉一條，堵不如疏。更何況又是他們這種血脈賁張的年紀，青春期的那點情意怎麼可能光憑他們幾句話就能扼殺的，但既然有些問題已經發生了，我們就正視它，引導它到正確的路上，這個年紀的孩子，最不能一棍子打死，也不能一棍子不打。

徐梔看老徐從冰箱裡拿出那瓶喝了小半年的五糧液，就瞬間意識到今晚是一場硬仗，果然，老徐一邊倒酒一邊問：「妳最近晚上出去都是去找陳路周，對吧？」

徐梔說：「沒有啊，不是跟你說了嗎，我在外面當家教。」

徐光霽很敏銳，眼鏡底下的那兩個窟窿眼閃著一絲絲寒光：「不對吧，我記得妳在春山那邊當家教啊，怎麼每天晚上都是從夷豐小路那邊回來，兩個方向啊。」

「在那邊跟朋友吃飯，您不是晚上都在醫院餐廳吃？家裡也沒人做，我就去市中心那邊吃了。」徐梔這麼說。

徐光霽「哦」了聲，小口嘬著五糧液，咂了咂舌，說：「好，這段時間是爸爸忽略妳了，那我們從明天開始，晚飯回家吃，家教工作結束就回來，晚上就不要出門了。」

客廳燈亮著，兩隻狐狸互相算計著，但薑還是老的辣，小狐狸嘆了口氣，看來坦白從寬，「……要不然，您重新問一遍。」

徐光霽本來是打算跟她聊聊未來，聊聊兩個人的人生理想，畢竟她和陳路周成績都不差，好好努力，未來在國內一定能闖出一片天地，所以哪怕上了大學也不能鬆懈，經濟基礎才能決定上層建築。

最主要還是有一點，徐光霽是有點私心的，陳路周是在地人，以後直接回這裡結婚，女兒還在身邊，不然像醫院那個誰，鰥夫不說，女兒又嫁到國外，十幾年也不見回來一趟，逢年過節連個說話的人都沒有，這才可憐。

徐光霽美滋滋地又把問題重複了一遍：「所以最近晚上出去都是跟陳路周在一起？」

「是，我們談戀愛了，但是馬上會分手，他馬上要出國的。」徐梔只能這麼說，總不能說他們玩玩吧，那老徐能昏過去。

徐光霽平日裡捨不得喝一滴的酒都灑了，二話不說衝進廚房又背了一把刀出來，「那個渣男家是不是在夷豐巷？！」

有陣子沒下雨，月亮澄淨祥和地掛在西邊，斜風樹影從寥寥行人中穿過。陳路周拎著徐梔送的香水慢悠悠地一路逛回家，這個時間整條夷豐巷空空蕩蕩，樹葉片油綠發亮地掛在牆頭上，小貓趴在底下納涼，蟬鳴聲清脆高亢，氣氛挺愜意，於是陳路周突然想起來，今年夏天好像還沒吃過知了。

知了是慶宜市當地的一道名菜，外省很少有人吃，但每年夏天這邊大排檔都是以吃知了為主，不過也有很多在地人不吃知了，比如朱仰起，每次陳路周和姜成幾個在外面吃宵夜要點知了的時候，朱仰起就崩潰了，這東西可是夏夜伴奏曲！不過通常都沒人理他，他只能勸陳路周，因為這裡面也就他看起來還有點文藝細胞，畢竟人家是詩人。路草啊，春雨、夏蟬、秋風、冬雪，這不是你們詩人常用的喻體嗎？你的浪漫主義呢？陳路周這種時候通常都是毫不留情地回一句，餵狗了。詩人不用吃飯？畢竟他餓起來喪心病狂、六親不認。大概是受了朱仰起的影響，陳路周覺得女孩子可能也不太愛吃知了這類昆蟲，也一直沒帶徐梔去吃，不然他知道有幾家口味還不錯的店可以帶她去嘗嘗。

所以陳路周回家的時候，打算打電話問問姜成要不要出去吃知了，結果一進門，兩道目光涼颼颼地瞬間盯過來，他當時一手按指紋，一手拎著香水袋，嘴上還叼著冰棒的棒尖，已經吃完了，只是一路沒地方扔，就一直叼在嘴裡……

場面很侷促，朱仰起一個勁在旁邊跟他打手勢，連惠一句話沒說，氣場卻很足，陳路周覺得主要還是因為她腳上那雙十二公分的高跟鞋，連惠的審美一直都很優越，穿得也特別得體，但她身高明明也很夠，家裡的高跟鞋卻都是十公分以上，所以有時候老陳跟她走在一起，特別像娘娘出街，旁邊跟著個公公。

陳路周看著連惠腳上那雙恨天高，腦子裡卻莫名想到第一次在山莊和徐梔下山約會時，她腳上穿的還是飯店拖鞋，整個人乾乾淨淨，不經任何粉飾。陳路周當時覺得她就是在釣他，一面不屑一顧，一面又在心裡暗暗想，以後應該再也遇不到一個女孩子第一次跟他約會逛街還穿飯店拖鞋的吧，不過她真的很瘦，腳趾纖細，腰也細，接吻的時候，一隻手就能輕鬆摟過來。

「你談戀愛了？」連惠坐在沙發上，雙手盛氣凌人地環在胸口，開門見山地問，朱仰起跟個告狀的小公公似的站在旁邊，大氣不敢喘。

陳路周多半知道他不是故意的，把裝著袋子的香水放在一旁的鞋架上，人皮皮鬆鬆地往鞋櫃上一靠，嘆了口氣，表情說不出的誠懇，只是因為叼著那根冰棒棒子，多少顯得有點吊兒郎當，「妳要見她嗎？還是算了吧，我猜能讓您氣到受不了。」

這話不假，連站在一旁的朱仰起都覺得，以後他兄弟要是真的跟徐梔，那連惠應該真得氣到受不了，這兒子頂多也就是嘴上桀驁不馴一點，徐梔是將桀驁不馴刻入骨子裡了。

連惠這時已經氣到受不了了，但她從來都冷靜，即使再怒火中燒，也很少失態，眼神指了指桌上攤著的一疊資料，「留學簽證已經下來了，我聽朱仰起說你後天還要去西北一趟，行程先取消吧。下週我們要去倫敦取景，陳星齊說想過去玩，你爸爸也說正好自從你上高中後我們一家人就沒一起旅遊過了，你把東西都帶上，到時候直接從倫敦轉機去利物浦。」

「你們一家人旅遊就不用帶我了吧，我月底再過去就行了。」他人站在那，影子被玄關頂上的燈拉得老長，輪廓清秀而俐落，腦袋也低著，後頸處的棘突清晰而明顯，肩膀寬闊卻也單薄，一個十八、九歲的少年能成熟自持到哪裡去，也是那刻，朱仰起覺得，他應該挺孤獨的。朱仰起曾經看他幫一部電影寫的影評句子，後來還被各大電影博主分享——

『單槍匹馬這麼多年，我想要的可能會更貪心一點，是熱烈而永不退縮的愛，是獨一無二，是非我不可。』

朱仰起一直覺得陳路周其實應該念文組，而且，他們兄弟幾個以前都想過，最適合他的職業應該是老師，尤其是那種大學教授，大概就是斯文敗類的渾球了，不說這長相外形，就他那張嘴，以後上課的學生大概也是爆滿。所以，朱仰起其實一直都很期待他以後能在傳道授業解惑這個領域發光發亮，但這麼看，大概以後還是得回家替老陳夫婦無效賣命。

連惠走後，陳路周就仰著腦袋靠在沙發上，閉目養神，朱仰起悄無聲息地坐他旁邊，問了句：「徐梔脖子上那草莓是你幹的吧？」

陳路周閉著眼睛，大大方方承認了，低低地「嗯」了聲。

屋內沒有開空調，陳路周額上都是汗，正順著他的太陽穴往下落，經過這麼一鬧，電視機裡的球賽也已經接近尾聲，朱仰起哪裡知道一向潔身自好的陳大校草已經走下神壇，和人暗渡陳倉了，淪為接吻工具了。他一臉震驚地關掉電視，眼神筆直地盯著他，「我靠，到底什麼情況啊？」

陳路周沒回答，姿勢沒變，手機在口袋裡震了震，他撈出來，多半猜到是徐梔。

徐梔：『明天我想去打耳洞，一起嗎？』

Cr：『不用家教？』

徐梔：『嗯，那國中生說明天要去看牙齒，請假了。』

Cr：『嗯，明天我去接妳。』

徐梔：『剛蔡瑩瑩問我一個你們男生的問題，我不懂，你幫我想想。』

Cr：『說。』

徐梔：『假如有個男生喜歡一個女生很久很久，然後呢，那個男生突然發現，女生其實並不是他想像中的樣子，就不喜歡她了，中間也喜歡過別人，甚至已經喜歡上別人了，結果後來突然有一天，原來的那個女生開玩笑說要跟他在一起，男生居然答應了。這是什麼心態？』

Cr：『打個比方吧，就像妳去買煎餅，結果排了老半天隊，最後發現排錯隊了，是個包子店，就在妳心猿意馬要去隔壁買鬆餅的時候老闆突然說妳排到了，妳難道就餓著肚子走了？什麼心態，就是單純餓了。想談戀愛了，跟對方是誰沒關係。』

徐梔：『……厲害。』

Cr：『那倒楣蛋是蔡瑩瑩？』

徐梔：『噓，保密，本來她最近跟一個男生快網戀了，結果那個男生以前喜歡的女生突然跟那個男生說要在一起，瑩瑩就……』

陳路周下意識看了朱仰起一眼，這傻子還一臉好奇地關心著他的八卦，牆角都快被人撬了，於是默默無語地收起手機問了句：「你最近都不跟蔡瑩瑩聯絡了？」

朱仰起嗑著瓜子，坐在沙發上，一臉無辜且無知地說：「欸，說來話長，前幾天跟她打遊戲說了她兩句，她氣不過，就說要去打我們市裡那個群眾什麼聯合杯比賽，拿獎給我看，我說就她那點水準小兒杯都進不去，還聯合杯，這不是馬上要比賽了嗎，她在家勤學苦練呢，哼哼，我猜她熬不過三天，鐵定要回來求我帶她。」

「……我建議你最近多聯絡她一下。」陳路周只能提醒到這了，剩下的徐梔不讓說。

朱仰起「哦」了聲，心思根本不在那，嗑著瓜子，好奇地問：「你跟徐梔到底怎麼樣啊？」

陳路周兩手交疊在身後，托著脖頸，懶洋洋地仰在沙發上，有點生無可戀地看著天花板。

以前在育幼院的時候，別人給他糖，他都要想想，要不要吃，吃過之後還能不能一直吃，如果不能一直吃，不如不吃。

陳路周把手放下來，拿起手機看了兩眼，發現徐梔又更新動態了，她真的很有搞笑的天賦。

徐梔：『人生收到的第一朵玫瑰花。』

底下是一張圖片，有個人送了一束玫瑰花給她——妳牌打得真好，遊戲截圖。

他退出來，傳了一則訊息給徐梔。

Cr：『妳爸問妳沒。』

徐梔：『問了，他剛才一度要拿刀去砍你，還好被我苦口婆心的攔下了。』

Cr：『？』

Cr：『我們明天別見面了。』

徐梔：『陳路周，你膽子真小。』

Cr：『不是我膽子小，殺人得坐牢，我怕妳沒爸爸。』

Cr：『你們家法律常識是不是普及不到位？對了我明天上午有事，下午去接妳。』

徐梔：『……你還要去複查嗎？』

Cr：『？？？？？』

Cr：『妳爸的職業素養是不是也得再培訓培訓？』

徐梔：『是我剛才不小心聽到的，難怪你不肯給我看，我說呢，大帥哥怎麼可能遮遮掩掩的。』

Cr：『不是妳想的那樣。』

徐梔：『那是哪樣？』

Cr：『……服了。我去洗澡了，妳再說下去，明天見面真的動手了啊。』

那邊頓了好一陣子，才回過來一則。

徐梔：『你什麼時候走。』

Cr：『下週。』

第二天，徐光霽看見陳路周送上門的時候，沒想到他這麼快就來了，心裡那股火吧，蹭一下就躥上來，跟昨晚在樓梯間裡好言相勸的人簡直判若兩人：「不是讓你這幾天多用手再來嗎？」

當時診間裡還有個女醫生在拿資料，陳路周下意識咳了聲，一臉尷尬地坐在他對面的椅子上，含糊地說了一句：「嗯，前幾天有過……」

徐光霽上下打量他一眼，慢悠悠地說：「行，把病歷給我。」

陳路周遞過去。

徐光霽瞥他一眼，漫不經心地問了句：「聽說你要出國？」

陳路周靠在椅子上，一愣，淡淡地回：「嗯。」

女醫生拿了資料跟徐光霽說了一聲就走了，診間裡只剩下他們兩個人，徐光霽開完單子直接把病歷拍在桌上，突然從手機裡掏出一個影片，「過來，我給你看個東西。」

陳路周湊過去。

徐光霽把手機放在桌上，影片裡是一個綁著雙馬尾的小女孩，明眸皓齒，陳路周一眼就認出這是徐梔，她五官幾乎沒變，尤其那雙眼睛，直白而鋒利，卻乾淨無辜，所以看起來特別真誠，她站在講臺上口若懸河地發表著競選感言——

『大家好，我叫徐梔，拿破崙曾經說過「不想當將軍的士兵不是士兵」，我雖然沒有林子軒那麼有錢，但我長得漂亮，林子軒的錢不可能全部給你們花，但是我的漂亮毫無保留，你們有目共睹。希望大家選我，但是如果我當上班長，也希望大家能配合我的工作，不要讓我難做。』

徐光霽收起手機，笑咪咪地說：「我女兒是不是很自信？」

「嗯，自信大方，您養得特別好。」陳路周由衷地說，好像這就是徐梔，而且，幾乎能想像到她小時候絕對是隻高傲的天鵝。

徐光霽收起笑臉：「可她昨晚哭著問我，爸爸，我是不是特別差勁。」

陳路周：「？」

徐光霽挪開椅子，做張做勢地捂著胸口當場表演了一個頓足捶胸給陳路周看：「她說，我連男朋友都留不住，我算什麼小熊餅乾。我主要也不是有什麼別的問題，你走不走都行，我就是想知道這個小熊餅乾的意思？你們年輕人的文化真是博大精深。」

陳路周：「？」

徐梔送飯卡給徐光霽，他早上出門把飯卡落在餐桌上了，打了通電話讓徐梔送，但她沒想到剛走到科室的走廊門口，就聽見老徐喋喋不休地在那嘮叨。

她自己都不記得她什麼時候說過這些話。頂多後來看他一個人喝得悶悶不樂，就蹭了兩口他的五糧液，沒撐住那後勁，說了一句：「爸，我好像有點捨不得他。」

「妳第一次談戀愛，爸爸理解，難免會深刻一點，」徐光霽到後面也冷靜下來，還一副事寬則圓的樣子安慰她說：「囡囡，其實大多數的人生都不會經歷大風大浪，更不是乘風破浪，而是在一點點挫折和磨難，捨得、捨不得中，慢慢讓自己成長起來。」

他還說，生活從來都不是花開遍地，處處鳥語花香。只不過是一簇花的芬芳，一抹草的清香，一束太陽的灼熱，再加上一點點雨水的滋潤，這就是生活。雨水總會來，天也會晴的。

所以他這時候在這跟陳路周瞎掰什麼？

徐梔推開門，毫不留情地戳破他，「爸，你在這瞎扯什麼。」

徐光霽也愣了，沒想到這丫頭腳程這麼快，也只能穿針找縫地說：「這位患者，妳怎麼不敲門呢？」

徐梔下意識低頭看了看自己，「我看起來像你的患者？」

徐光霽大概是掛不住臉，對她狠狠撂下一句，「妳是我爹，妳進男姓專科門診也得敲門！」

說完，就轉身去開單子給陳路周了，沒好氣地將病歷直接拍在桌上，「自己去廁所，等結果出了再回來找我。」

陳路周：「……」

他也沒回頭，無動於衷懶散地靠在椅子上，然後慢吞吞地把桌上的病歷摸過來，因為不知道徐梔走了沒，在這種地方跟人撞上多少有點尷尬，更何況，用朱仰起的話說，他們還是鑽石一般的男高中生。結果，誰知道，徐梔把門關上，禮貌地「砰砰」敲了兩下門，「兒子，我能進來嗎？」

徐光霽：「……」

陳路周：「……」

等陳路周出來，徐梔已經百無聊賴地靠在走廊的牆上看著他，走廊沒什麼人，所以她顯得格外囂張，讓人無可奈何，陳路周走過去，低頭看她，「妳怎麼來了？」

「送飯卡給我爸，等等直接去打耳洞吧。你等等還有事嗎？」

「沒有，那妳在這等我。」

徐梔抱著手臂，笑得不懷好意，一如那天下午，「要我幫你嗎？」

陳路周滿腦子都是，我才是那個小熊餅乾吧，任人拿捏的小熊餅乾，「非要找事是嗎？」

「你想什麼呢，」徐梔笑得不行，從他手上接過病歷以及一袋剛剛科室發的宣傳資料，「我說，我幫你拿東西。」

陳路周沒理她，轉身走了：「……最好是。」

檢查結果要一小時，所以陳路周和徐梔去附近逛了逛，等回來拿報告已經快十一點半了，徐光霽表情嚴肅地喝著茶，唾著茶葉沫，仔細端詳著報告單，突然說了一句：「怎麼回來得這麼晚？」

徐梔聽得心裡一緊，「這話是什麼意思，沒救了？」

徐光霽驀然發現她也在，不耐煩地白她一眼：「妳怎麼又進來了！我不是讓妳在外面等嗎？」

陳路周人困馬乏地靠著椅子，有種事後懶散，兩腿大剌剌敞著，把人往旁邊扯開，嘆了一口氣，「徐梔，妳去外面等我。」

徐梔倒是真的乖乖出去了，徐光霽白他一眼，「等你？」

陳路周坐直，從善如流的改口：「等您下班。」

「得了吧，」徐光霽對自己女兒瞭若指掌，「你們等等去哪玩？」

陳路周如實交代：「陪她去打耳洞。」

徐光霽「嗯」了聲：「她從小就說要打耳洞，我帶她去打好幾次，都半路跑回來了。你看不出來吧，她其實也怕疼，尤其是小時候，特別會撒嬌，後來她媽走了，她就變了個人。除了雞毛蒜皮的事，大事從來不跟我說，可能也是我沒給她足夠的安全感吧。」他嘿嘿一笑，眼神裡是自責，「我這爸爸是不是當得挺失敗的。」

陳路周剛要說沒有，您挺好的。

徐光霽眼睛微微一瞇，突然正色，「但失敗的爸爸的拳頭也很硬的，你不要隨便欺負我女兒，我會打死你。」他補了句：「要走就早點走，別拖拖拉拉的。」

陳路周低頭失笑，說實話，真的很羨慕，「好。」

徐梔一路上都在追問結果怎麼樣，陳路周無奈只能把報告單給她看，徐梔看得挺津津有味，一大堆數據也看不懂，只好問了句：「這是什麼。」

陳路周：「這是優秀男高中生的精子檢測報告。」

徐梔抬頭懶懶瞥他一眼：「自戀狂。」

「我自戀啊？」他笑著說，笑起來真是一身桃花，「我可沒有說過我的帥氣毫無保留這種話。」

徐梔一愣，「我爸給你看影片了？」

「看了，我最喜歡的還是那句，如果我選上的時候，希望大家配合我的工作，不要讓我難做。」陳路周低頭從她手上抽回報告單，一隻手揣回口袋裡，又笑了下，「徐梔，妳小時候真是又欠揍又可愛。」

兩人當時站在路邊攔車，徐梔也從容了，那個影片大概以後會在她的婚禮上重複播放，坦然地看著他插科打諢說：「是吧，要是我們小時候就認識，你還不得直接拜倒在我的紙尿褲下。」

陳路周斜她一眼。

徐梔揚手招計程車，看他的眼神，挑眉：「不敢苟同嗎？」

「不敢。」等車停下來，陳路周替她打開車門，一隻手擋在車門框上替她護著頭，低頭看她鑽進去，冷不防悠悠地說：「我怕妳搶我紙尿褲穿。」

聽得徐梔坐進去就哈哈大笑，「陳路周，你懂我。」

上了車之後，兩人都沒再說話。天空毫無徵兆地從天而降兩滴雨水，砸在玻璃窗上，如墨一般暈染開，泛起一圈圈漣漪。頃刻間，大雨傾盆而下，疏疏密密的雨腳落在車頂，車窗關得緊，雨聲被阻隔在車外，明明已是暴雨如注，樹木都被打彎了腰，看板被一股股席捲而來的狂風吹得七歪八倒，一幢幢林立的樓宇像巨獸。

陳路周望出去，只能看見一窗雨簾，側面車窗緩緩騰起一層薄薄的霧氣，陳路周朦朦朧朧地想，妳也很懂我，至今都沒有開口挽留我，哪怕一句。但妳好像從小就這樣，就像妳競選班長時說的，如果妳當上了班長，請大家配合妳的工作，不要讓妳為難。所以妳也沒有讓我為難。

打耳洞的時候，徐梔眼神一掃，陳路周就知道她想幹嘛，於是懶洋洋地靠在門口問了句：「妳打哪隻？」

她本來打算兩隻都打，後來想想，改口說：「我打右耳。」

陳路周「嗯」了聲，朝旁邊打耳洞的小妹走過去，「那我打左耳。」

店裡還有幾個女高中生正在排隊，徐梔嚴重懷疑那狗東西靠在門口就是幫人招攬生意的。以後要是賺不到錢，就開間這種名不見經傳的小店，燈一關，烏漆墨黑也不知道裡面做什麼不正經勾當，不知道的還以為是什麼牛郎店，絕對會有人進來，尤其是陳路周站在那，就剛剛那一下子功夫，店裡的小女生都跟沙丁魚罐頭一樣滿了。

打完耳洞，結帳的時候，老闆娘還笑咪咪地說，確實沾了妳男朋友的光。

徐梔付完錢，皮笑肉不笑，沾光就算了吧，剛剛還占便宜了吧，誰讓妳摸他耳朵了。

那天雨很大，打完耳洞出來，徐梔看著濕濘泛著浮漾的水面，突然來了靈感，「欸，陳路周，我們明天去看日出吧？」

「妳起得來？」陳路周買了盒哈根達斯遞給她。

「欸，算了，明天還得上班，不過，我肯定是起得來的，我整個高三都是晚上十一點睡，早上四點起來的。」徐梔站在路邊，伸手接了一下雨，隨口問了句，「欸，你理綜幾分啊？」

陳路周想了想，「兩百九十二？」

徐梔：「那數學呢？」

「一百四十二。」

徐梔舀了一勺哈根達斯塞嘴裡：「那你猜我數學幾分？」

陳路周雙手抄在口袋裡，看她吃冰淇淋，無語地笑出聲：「妳分數我查的，我會不知道？知道妳數學厲害，一百四十七。我記得。」

徐梔笑了下，「那你理綜真的很厲害啊，陳路周，我以後應該再也遇不上一個男生理綜能考兩百九十以上了吧。」她好奇地看著他，「你呢，高三幾點睡，幾點起？」

其實他們永遠都有說不完的話題，比如現在，徐梔不知道為什麼，越知道他要走，就越想了解他。

兩人沒帶傘，所以就站在門口等雨停，陳路周當時就靠著店門口一輛收費的搖搖車，手機拎著有一下沒一下地轉，低頭看她，也不知道在想什麼，眼神有點分心，話還是答了：「我跟妳相反，我是三四點睡，早上八點起，直接去早自習。」

其實高三那一年真的很隨意，基本上睡醒就隨便洗下臉，頂著個雞窩頭去上早自習了。

「你居然熬夜，你不是一向自律嗎？」

「也就高三一年。」

「哦，不過你們早自習這麼晚？」

「我們班比較自由，因為是競賽班，平時比賽時間也很亂。」

所以有天賦的人，往往也很努力，徐梔一直覺得他應該是天賦型的選手，但沒想到，學得也挺刻苦，徐梔已經站累了，這時蹲在地上看他，又問了一個困惑她許久的問題：「難怪你們市一中這麼競爭啊，你們班努力型選手多還是天賦型選手多？」

徐梔蹲著的正上面就是一個花盆，陳路周怕她被砸到嘆了口氣，把她拉起來，徐梔以為他想吃冰淇淋，就舀了一勺順勢遞進他嘴裡，陳路周自然低頭咬了口，店門口上面的遮陽篷太小，又站了不少人在避雨，於是只能讓她站裡面，自己半個身子淋在雨裡，滾了滾喉結，說：「說不上來吧，很多時候看起來挺有天賦的同學人家私底下也很努力，越有天賦的人還是會想追求自己的極限在哪，所以也會越努力。比如說，李科，他高三沒睡過一個完整的覺，幾乎都是三點睡，六七點就起了，一天三四個小時。」

徐梔想想也是，確實，優秀的人努力可能也是一種習慣，極限或許也是他們最終追求的答案。陳路周真的每句話都能說在點上，哪怕不對，但在那個青澀、容易產生崇拜感的年紀裡，徐梔也想為他鼓掌，為他光明正大的鼓掌。

「還有事要問嗎？」陳路周說。

徐梔：「暫時沒了。」

陳路周也不知道自己在等什麼，見她沒話要說，最終只是「嗯」了聲：「我去買傘，送妳回家。」

那之後，大約有兩天沒見，陳路周下週四就走，滿打滿算，兩個人其實也就剩下四五天的時間。徐梔沒再找他，連訊息都聊得少，除了中間陳路周傳過演講稿的終稿給她，從頭到尾都改了一遍，全是他寫的，徐梔客氣地說了聲謝謝，陳路周也只回了一個句號。他有時候不知道回什麼，就會回一個句號，反正對話終結者一定是他就對了，不然徐梔會說，陳路周，你回訊息比你本人高冷。他是習慣了，有些女生會用訊息表白，如果回覆過多，或者貼圖太多，別人真以為他有什麼意思，引人遐想，所以他回訊息都很簡潔。

但是，朱仰起說徐梔已經在提前適應他離開的日子了，就你還傻傻地等人家找你，她不會找你了啊。你這妞多精啊。

那幾天，陳路周除了沒日沒夜地看電影，晚上就是跟朱仰起姜成他們吃知了，也不知道是不是他們那幾天宵夜吃太猛，他感覺巷子四周的蟬聲都弱了很多，夜裡變得萬籟俱寂，格外靜，樓上一丁點聲響就能把他弄醒。

談胥大半夜還在樓上跳繩健身，陳路周懶得上樓找他，直接打電話給姜成，姜成說了之後，他改成舉啞鈴，但還是很吵，陳路周不知道是自己變敏感了，還是怎麼了，反正那幾天晚上挺難入睡，睡了也很容易醒，所以白天的時間基本都在補覺。

週二下午，陳路周從別墅回到出租屋，剛剛吃了一頓午飯，場面鬧得不太愉快，人剛進門，鞋都沒來得及換，姑姑的電話就緊追不捨，東一榔頭西一棒槌地提醒他不要忘恩負義：

『路周，你從小就懂事聽話，這次可不好這麼倔強啊，你爸爸媽媽養了你這麼多年，什麼時候虧待過你，他們對你比對陳星齊還要好，你當然也很爭氣。我們都知道你成績好，但是路周啊，對於我們這樣的家庭來說，其實文憑倒不是最重要的，而是你能為這個家做什麼，你個傻小子，你還以為他什麼都不會留給你啊，但前提是你得聽話。這幾年姑姑年紀大了，說話也就直白些，你不要往心裡去，說白了，他們就是養一條狗，這十幾年也養出感情了。』

陳路周當時想說，姑姑，其實老不是問題，姑丈不會因為妳臉上多了一條魚尾紋而少給妳生活費，但是倚老賣老才是問題。

但他還是什麼都沒說，就掛了。

當時陳路周坐在沙發上，兩腿敞著，手臂無力地垂在腿縫間，那清瘦的手臂上青筋仍舊暴起，五官冷淡，他麻木不仁地低著頭，然而攥著手機的手，像個沒知覺的機器鬆一下緊一下地捏著手機，似乎在把玩自己手臂上的肌肉，清晰分明的線條肌跟著有一下沒一下地跳著。顯然是習慣性動作，他遇到難題或者有什麼想不通的事情，就會這樣，漫無目的地看自己手上突起的筋絡，他的青筋大概也是被他這麼玩才格外明顯。過一下，陳路周大概是玩累了，他將視線轉到窗外，心餘力絀地看著一窗子疏疏密密的雨簾，好像要將整個世界填滿了，一條條長長的接天雨幕，彷彿一座牢籠。

在沙發上發了將近一下午的呆，窗外的雨落落停停，太陽出了一小晌，也沒將那光落到他身上，他心裡始終覺得空蕩蕩。大概四點，朱仰起來了，抖落一身雨點進來。

「我叫了人過來聚聚，」他把傘收了，扔在門口，在門口的進門墊上潦草地踩了兩腳說：「我也打算早一個月過去，反正你走了我也挺無聊的，後天我跟你一起走，對了，我買了兩個卡啦OK過來，等等唱兩首，今晚我們就是畢業狂想曲。」

陳路周是十級小提琴手，他唱歌也很好聽，小學的時候還挺能炫耀，一有什麼文藝表演，他都是第一個報名，一人至少表演兩個節目。後來上了高中，就不愛參加這種活動了，甚至在專長那欄都直接寫無。就不愛炫耀了唄，朱仰起是覺得他多少知道自己招人喜歡，知道收斂了。說實話，陳路周屬於越長越帥的類型，小時候那臉瘦得跟尖嘴猴似的，不像自己圓頭虎腦地招人喜歡，朱仰起當時還很替他擔心，這傢伙以後找女朋友堪憂。後來發現事態發展並不如他設想的那樣。

小孩或許胖點好看，但是男孩子就不一定了，陳路周小學還算是個正常男孩，到了國中就徹底跟朱仰起天人兩隔了，他們每天都混在一起，剛開始還不覺得，後來陳路周去外省讀書，偶爾過年回來一趟，朱仰起就發覺不對勁了，看他打球的女生特別多，走在路上都有人過來要聯絡方式，甚至連一些年紀看起來都可以當他媽的阿姨都上來湊熱鬧。直到上了高中，校草頭銜摘都摘不掉，要知道市一中像谷妍這樣的藝術生非常多，也出了不少明星校友，帥哥美女雲集的地方，學弟們一屆一屆更新迭代，看來看去還是陳路周這種冷淡渾球最有味道。

朱仰起嘆口氣，要不然，谷妍能想跟他想成這樣？

「誰來？」他問。

「就姜成他們吶，還有個神祕嘉賓，等等你就知道了，你別管了。」

陳路周懶得管，往朱仰起身上意味不明地撂了一眼，就窩在沙發上閉目養神了，朱仰起不知道在跟誰打電話，聲若蚊蠅，聽得陳路周昏昏欲睡，後來就真的睡著了，朦朧間覺得頂上的燈很刺眼，就隨手撿了個帽子蓋在臉上，仰面靠在沙發上，接著睡了。

徐梔剛進門的時候，便看見這樣的場景，黑色的漁夫帽被人摺了一半鬆散地蓋在眼睛上用來遮光線，只露出下半張清晰英俊的臉、嘴和下巴。線條流暢乾淨，喉結冷淡地凸著，耳朵上是那天跟她一起打的耳洞，還不能戴耳釘，只插了一根黑色的管子。下顎線這樣看就很硬朗，她想，接吻應該會更清晰硬朗。

陳路周是被人親醒的，他睡得很淺，其實都聽到開門聲了，只是當時以為是朱仰起拿了外送還是什麼，就沒管，迷迷濛濛地靠著睡，直到身邊的沙發凹陷下去，才覺得可能不是朱仰起。

徐梔半跪在沙發上，一隻手撐在沙發靠背的上面，托著腦袋，然後低頭去吻他，一下下從他眉眼，順著他的鼻梁骨，生澀而又纏綿地一路吻下去，那細細密密的啄吻聲，聽得人心發顫，徐梔也親得發顫，如果這時候他睜眼，應該能看到她眼底那振翅的蝴蝶，壓抑而又興奮。

屋內靜謐，那渾噩的接吻聲逐漸大膽，兩人嘴角開合度都非常大，從一開始的小心翼翼，到現在似乎在吞著彼此，像兩位旗鼓相當的將軍，都企圖讓對方屈服於自己的兵法之下，然而兩人的心跳在空氣中翻滾，氣息撲了天，他還是低低喘息地跟她確認了一句——

「是想我了，還是想接吻了？」

話音剛落，徐梔不管不顧地親著他。正要說話，廁所門猝不及防地傳來「啪嗒」一聲，兩人才如夢初醒，家裡有人？陳路周低「嗯」了聲，兩人便火速從對方身上剝離，論裝模作樣，他們真是一把好手。眼神瞧過去，一個比一個無辜清白。

「你們幹嘛呢？」朱仰起提著褲子出來，毫不留情地戳破，「別裝了，我在裡面就聽見你們嘬嘬嘬，我家那八十歲老太太吃橘子也沒你們嘬得響，怎麼，口水很甜？」

陳路周：「……」

徐梔：「……」

朱仰起往牆上一靠，一副嚴刑拷打的架勢，眼睛直勾勾地盯著他們，主要還是看著徐梔說：「說吧，是不是妳起的頭，陳路周這狗東西我太了解他了，他可不敢在這個時候招惹妳。」

不等徐梔開口，陳路周當時倦怠消沉地靠在沙發上，無奈地仰面看了天花板一眼，看起來好像有種欲求不滿的不耐煩，「你煩不煩？跟你有關係嗎？」

朱仰起說不出的陰陽怪氣：「我兄弟就這麼不清不楚跟人家在家裡親嘴，我還不能問兩句了——」

話音未落，陳路周嘖了聲，喉結麻木地滾了兩下，懶懶地開口：「嗯，就你好奇心重，你忘了，上次你爸打你？」

那次朱仰起他爸有個同事來家裡拜訪，朱仰起怎麼瞧那同事的兒子跟同事長得不像，以為跟陳路周一樣是領養的，那時候還小，說話童言無忌，直白問出口：「你們怎麼長得不像呢？你是孩子親爹嗎？」問得同事臉一陣青一陣白，回去惴惴不安好幾天，真的拉著孩子去醫院做親子鑑定，結果，孩子真的不是親生的。

那次朱仰起被他爸打得很慘，離家出走三天，後來被警察找到的時候，他爸叼著菸，很淡定地從警察叔叔手裡帶走餓得兩眼發慌的朱仰起，「喲，還活著啊？」自此朱仰起學老實了。

朱仰起靠著牆，沉默片刻，「……行，我走，我走行了吧。」

徐梔倒是第一次見他們氣氛這麼僵，朱仰起今晚有點奇怪，換作平時，他好像也不會這麼咄咄逼人，大概是陳路周要走，也捨不得在鬧脾氣呢。

「要不然，我先回去？」她說。

「所以，來找我，只是因為後者是嗎？」陳路周靠在沙發上斜她一眼，大約是剛才被她壓著親，脖子有些僵硬，他動了動，仰著頭，冷淡說：「隨妳，要走就走。」

徐梔說：「你把朱仰起叫回來，這麼多年的感情，別為了我吵架。而且，你馬上要走了，這要是帶著氣上了飛機，以後裂縫不得越來越大啊，不值得。」

其實朱仰起這兩天就有點怪怪的，陳路周大抵清楚是他要走的原因，他記得國中那年他去外省讀書，朱仰起也是這樣彆彆扭扭，各種有的沒的找碴，他明白，朱仰起就是想找個理由痛痛快快跟他吵一架，順便譴責他就這麼一走了之，一點都沒把他這個兄弟放在眼裡。

朱仰起總會肆無忌憚地問他，你能不能留下來，老陳和連惠對你不是挺好的嗎？你求求他們唄，求求他們肯定會答應的。我爸媽每次嘴上都講得很硬，但是每次只要我跪下求他們，他們就答應了。

但朱仰起可能不明白的是，他從爸媽那得到的愛和陳路周從老陳他們身上得到的愛，看似差不多，但其實區別很大。朱總是一個面冷心熱的人，朱仰起離家出走那三天，他其實一個晚上都沒睡，但是看見朱仰起還是不冷不熱地說了一句，喲你還活著啊。而連惠雖然總是對陳路周噓寒問暖的，生怕他吃不飽穿不暖，可是陳路周被關在警察局那晚，半夜三點打她電話她沒接，那晚她其實沒在電視臺開會，她在睡美容覺，即使看到電話也會掛掉，她作息從來都很規律。

這些，從小陪他一起長大的朱仰起不理解，可徐梔好像理解。

沒過多久，朱仰起折回來，嘟嘟囔囔地不知道罵了句什麼：「我去買炸雞柳，你們要不要辣。」

陳路周毫不意外，神態自若地靠著，下巴微微一抬，指著茶几上的空瓶，「不辣，順便帶兩瓶果酒。」

等門再次關上，屋子裡只剩下他們兩個人，徐梔發現他房子裡很多東西都收了，空空蕩蕩，之前堆在牆角的畫板和模型都不見了，之前堆在茶几上的書也都收了，只剩下寥寥幾個空酒瓶，這裡的一切很快就要被不著痕跡的抹去。

她問：「東西都收好了？」

「嗯。」他又繼續閉目養神，似乎並不想跟她說話，喉結不時滾兩下。

「陳路周。」徐梔當時側頭看著他乾淨俐落的側臉，眼神停留在他的喉結上，有些話不自覺地就抛出來了，「其實我第一次見你，並不是在你家門口那次。」

「什麼時候？」他問，張口發現聲音沙啞，散漫地咳了聲，清了清嗓子，字正腔圓地又問了一遍。

屋內拉了窗簾，電視機也沒開，燈都黑著，只餘空調機在嗡嗡嗡作響，環境靜謐而安逸。

徐梔看著牆上的鐘，照舊在滴滴答答的走，說：「高一的時候吧，籃球聯賽，其實第一場預賽，就是跟你們打的，在你們學校體育館，我們班男生比較菜，反正我過去的時候輸得比較慘，我是班長嘛，就負責送水給他們，但那天老曲拉著我開會，所以我趕過去的時候，你們正好中場休息，當時球場邊圍了很多人，我也是第一次知道男生打個球球場邊有這麼多人看，我們學校都沒什麼人打球，就感覺你們學校特別熱鬧。」

「然後呢？」

「然後就剛好看到你站在球場旁邊，跟你們班的女生說話，但是我又擠不進去，然後看到我們班體育股長在你旁邊，我就拍了拍你唄，想讓你幫我叫一下我們班的體育股長，拍你的時候，我手上正好拿了兩瓶水，你大概是以為你們班女生送水給你了吧，接過去就喝了，然後拿著水轉身就走了，我叫都叫不住。」

「得了吧，我打球從來不跟女生亂聊天，妳認錯人了吧。」

徐梔若有所思地看著他：「你不信就算了，反正當時你就是在跟那個女生說話，那個女生叫什麼名字，那天錄節目我都看見她了，長得挺漂亮的。」

陳路周耐人尋味地看著她，表情突然有點得意忘形，連腿都忍不住抖了一下，「妳別告訴我妳在吃醋。」

「那時候對你根本沒感覺。」徐梔斬釘截鐵，眼神四下環顧了一圈，「家裡收這麼乾淨，渴死了，有水嗎？」

「朱仰起去買了。」陳路周把茶几上自己喝了一半的遞給她，隨口問了句：「那什麼時候有感覺的？」

徐梔擰開直接喝，反問：「你呢？」

或許因為她的拋磚引玉，他眼神意外的坦誠而直白，「第一眼就很有感覺。」

陳路周站起來打算去洗個澡，他也沒想到徐梔今天會過來，頭髮都快打結了，從臥室拿了件乾淨T恤出來，掛在肩上，然後抱著手臂靠著廁所門坦蕩蕩地跟她說——

「但我不相信一見鍾情，那時候以為妳有男朋友，就沒往別處想太多。」

說完他就進去洗澡了。

大約過了十分鐘，他身上套了件休閒衣出來，頭髮都還濕著，他拿著毛巾囫圇擦了兩下就往旁邊一丟，在她旁邊敞開腿坐下，徐梔發現帥哥是不是都不分季節，穿衣服只管帥，她好奇地問：「不熱嗎？校草？」

陳路周沒理她，人靠著，頭髮還濕漉漉的，他也不管，自顧自把休閒衣帽子往腦袋上一罩，整個人鬆鬆懶懶地靠在沙發上，神神祕祕地朝徐梔勾勾手。

徐梔湊過去。

他罩著休閒衣帽子，低頭看著她，說：「問妳個問題，如果當時妳叫住我，我問妳名字妳會告訴我嗎？」

「會，還會順便加個好友。」

「為什麼？」

「我會讓你把那瓶水的錢結一下。」徐梔說。

「……」

陳路周靠著沙發，無語冷淡地睨她老半晌，然後拿手在她臉上狠狠掐了一下，眼神裡無奈又恨得牙癢癢的火星蹭蹭蹭往外冒，咬著牙說：「妳知不知道，我當初一進去有多少學姐在路上堵我嗎？」

徐梔把腦袋趴進他懷裡，笑得不行，腦袋頂著他堅硬而寬闊的胸膛，聲音悶悶發笑地從他胸口引出來，「那你知道從小到大追我的男生排到哪了嗎？」

他笑了下，對，這就是徐梔，她從來不認輸。

當然他也不認輸，「等他們排到，妳墳頭都長草了，就妳這個遲鈍勁。」

話音剛落，朱仰起帶著一撥人回來了，窸窸窣窣的聲音從門口傳過來，兩人立刻分開，聽說話聲，陳路周就知道有哪些人來了，馮覲、姜成、還有兩個朱仰起美術班的同學大壯和大竣。

結果朱仰起身後還跟著一個谷妍。

陳路周和谷妍的事除了美術班的那兩個不知道之外，大家都清楚，姜成根本也不知道陳路周旁邊那個女孩是誰，他是第一次見，但感覺氣氛有點尷尬，還是解釋了一句：「剛在啤酒店遇到，谷妍說你還欠她一頓飯，我們就想著要不然過來一起吃，剛打了兩通電話給你，你都沒接。」

陳路周「嗯」了聲，「你們隨便坐，我把燈打開。」

谷妍沒想到陳路周家裡還有個女孩，但谷妍當時也沒多想，只以為是表妹之類的，因為實在想不到陳路周會跟別的女生有什麼關係，他在學校裡的樣子實在太讓人印象深刻，跟男生插科打諢甚至都能跟老師混成一片，卻跟所有女生都不冷不淡，唯一有個女生比較特殊吧，長得極其普通，但她成績很好，好像聽朱仰起說過，陳路周說她挺有趣的，後來聽說因為受不了競賽班的壓力，高二的時候就退出他們班。

一夥人，三三兩兩，吃燒烤的垂涎欲滴，喝啤酒的興奮不已，唱歌的好像唱跑了五個老婆，氣氛很割裂。

徐梔和谷妍坐在沙發的中間，其他幾個人或坐或站圍著茶几站成一堆，朱仰起今晚不太活躍，全程都是姜成和馮覲在帶氣氛，大壯和大竣則像兩個免費駐唱歌手，占著兩個麥克風一首接一首唱個不停。

氣氛走到這，怎麼也得喝一杯，於是，姜成自告奮勇，舉起手中的杯子，私下環顧一圈，屋內除了客廳，其他地方都冷冷清清，關著燈，瞧不見一個人影，「陳路周呢？」

「在臥室呢。」大壯眼神憂傷地靠在大竣的肩上，如傀儡一般機械地念著歌詞，還不忘插嘴說。

朱仰起捋臂揎拳地走過去，「哐哐」踹了門兩腳，「陳路周，你幹嘛呢！出來喝酒。」

下一秒，門開了，聲音一貫懶散，「你們自己喝就行了，拉我幹嘛。」

谷妍那時候還沒覺得不對勁，因為當時徐梔還在她旁邊，默不作聲地小口喝著酒，坐在一旁玩手機，姜成跟徐梔搭了一句話，「我怎麼看妳這麼眼熟？」

徐梔叼著酒杯，低著頭一邊在回訊息，一邊懶洋洋地抬眼抽空瞧他一眼，眼皮又漫不經心地垂下去，心不在焉地回了一句：「是嗎？」

很敷衍，也很跩。

姜成來了脾氣，他自詡長得也不比陳路周差，這麼不入眼嗎，剛要說我們喝一杯，朱仰起這時候走回來，及時地踹了他一腳，「別傻了，人家男朋友比你帥多了。」

徐梔看了朱仰起一眼，沒反駁，默認了，一言不發地坐在位子上傳訊息給陳路周。

Cr：『還不進來是嗎？』

徐梔：『（嘆氣點菸.jpg）。』

徐梔：『谷大美女一直盯著我呢。』

Cr：『少陰陽怪氣的，進不進來？我衣服都脫掉了，妳不是想看嗎？』

徐梔：『……你說人類的好奇心要是能換錢的話，我現在該多富有啊（嘆氣.jpg）。』

最後還是朱仰起進去把陳路周拖出來，他頭髮應該已經吹過了，乾爽爽的垂在腦袋上，很飄，但是卻格外柔軟，徐梔覺得他頭髮長得很快，之前在門口接吻的時候，那時候頭髮還跟野草一樣扎人，這時候就跟狗狗一樣柔軟了。

徐梔明顯感覺身邊的谷妍在看見陳路周走出來的那一刻整個人繃緊了。徐梔感覺，谷妍就是想睡他。

徐梔和陳路周慢悠悠地對視一眼，其實他已經沒地方坐了，連茶几上都坐了個大竣，就中間三人沙發還有個空位，因為谷妍坐在正中間，徐梔坐在扶手邊，陳路周直接走過去坐在她的扶手旁，懶洋洋地垂著半個身子，看著朱仰起問了句，「玩什麼啊。」

朱仰起其實也不知道要玩什麼，搶過大竣的麥克風說：「狼人殺？劇本殺？真心話大冒險？隨便你們挑啊。」

「無聊。」陳路周坐在扶手上，往後靠，低頭看了徐梔一眼跟她解釋說：「跟他玩什麼都沒意思，這個人玩遊戲掛相。」

徐梔沒怎麼玩過，「什麼叫掛相？」

「就輸不起，輸了發脾氣。」他說。

朱仰起想起來，之前跟他們學霸班玩過幾局，氣不過，「我靠，那次是你和李科合夥起來搞我好不好，你和李科狼狽為奸，媽的，你悍跳預言家，你們一唱一和地把全場神都騙過去了，我一個真預言家被投票出局，我他媽能不生氣？」

姜成丟了個麥克風過來，建議說：「要不然，陳路周你唱首歌吧，好久沒聽你唱歌了，你唱歌氣氛肯定能火熱起來。」

不然一幫人乾坐著，平時倒也還好，主要是多了兩個女生，他們平日裡有些玩笑沒辦法開，只能假正經地說些最近的時事新聞和八卦，球賽之類的，聽得人乏味。

陳路周唱歌他們是聽過的，但他唱得少，朱仰起懷疑這人就露一手，然後再也不肯唱了，也就唱過一兩次，還是同一首歌，弄得大家都心癢癢，每次都想聽他唱歌，但其實他可能就會那一首。

朱仰起立刻就把那首歌調出來了，陳路周拿著麥克風慢悠悠地看了徐梔一眼，眼神似乎在問，要聽嗎？

徐梔表示，隨你。

陳路周在徐梔這裡，裝永遠只能裝一半。

他們很少說話，偶爾幾個眼神也能知道對方的意思，在場所有人除了朱仰起都沒去深思他們的關係，兩人這種冷淡的相處模式看起來也是不太熟的樣子。谷妍倒是旁敲側擊問了兩句，也都被徐梔打發了。

音樂前奏出來的時候，屋子裡氣氛突然就靜下來了，朱仰起這個傻子拿著手機背面的閃光燈當螢光棒，拚命揮舞著雙手。

她當時在回老徐訊息。

徐梔：『老爸，今晚能晚點回家嗎？』

老徐在被騙八萬後，大徹大悟，今天剛買了個新手機給自己，這時候大概抱著手機在研究輸入法，訊息回得相當快。

老爸：『晚點是多晚啊？太晚妳就睡他家算了，路上多不安全啊。』

徐梔：『可以嗎？』

老爸：『妳說可以嗎？（血淋淋的刀.jpg）』

徐梔：『……』

老爸：『妳讓陳路周打個電話給我。』

徐梔立刻把手機遞給陳路周，那時候，前奏剛進完，陳路周一邊精準無誤地進節奏，一邊從她手裡接過手機看了內容一眼輕點頭表示等等打，嘴裡輕聲哼唱著──

「每個人都缺乏什麼，我們才會瞬間就不快樂，單純很難，包袱很多──」

是林宥嘉的〈想自由〉，歌聲一流淌出來，現場氣氛組就立刻熱烈起來，簡直跟開演唱會似的，所有人敲鑼打鼓，好像聽見巨星唱歌，簡直捧場得不行。

徐梔覺得他說話的聲音更低沉磁性一些，大概是沒想過這麼好聽，所以徐梔有點意外，確實很好聽，朱仰起幾個跟瘋了似的，彷彿被愛神邱比特之箭穿透了心臟，他們幾個捂著怦怦跳的小心臟，紛紛心潮澎湃、七仰八叉地仰面倒地。

「我靠，我死了──」

「我又被這個狗東西的歌聲打動了，這首歌我聽一百遍都不會膩。」

徐梔仰頭去看他，陳路周正拿著她的手機，另隻手握著麥克風，也順勢低頭看了她一眼，他的眼神好像動物園裡的猛獸，拔掉了所有的獠牙，可眼神仍舊鋒利。只有她見過，他最溫順的時刻。

「只有妳，懂得我，就像被困住的野獸，在摩天大樓，渴求自由……」

聽到這，所有人都不由被他帶入狀態，朱仰起他們也收起浮誇的喝彩模式，靜靜搖頭晃腦地聽他唱。

其實他唱歌的嗓音跟說話的聲音也很像，只是更低沉一些，是那種乾淨清冽的磁性。每個字就好像一條圓潤滑膩的小魚，從她耳邊滑進來，緩緩地撞擊著她的心臟。

在忽明忽暗的光線裡，他低頭深深地看她一眼，MV畫面裡各色的光折射在他那雙乾淨的眼睛裡，好像彷彿見證了海市蜃樓裡的霓虹，燦爛也孤獨。

「我不捨得，為將來的難測，就放棄這一刻，或許只有妳，懂得我，所以妳沒逃脫，一邊在淚流，一邊緊抱我，小聲地說，多麼愛我……」

他唱完，不知道為什麼，所有人都不說話了，氣氛反而更低迷，所有人都靜靜看著電視機螢幕，默默地喝著酒，等回過神，大約氣氛上頭，也沒發現有兩個人消失了。

「我以前挺討厭上學的，現在突然覺得上學也挺好的。我真的好討厭散啊，陳路周去省外那三年，都沒人提醒我週一要穿校服，也沒人告訴我，馮覲打牌其實是用左手，炸彈都在最左邊。」

「靠，還沒走就想他了是怎麼回事。」

「我怎麼覺得，我們的故事好像就停在這裡了。以後要再見面很難了吧。」

那晚，有一群少年，好像在無盡的蟬鳴聲中，一次又一次地試圖去理解青春，去理解人生，一次又一次被自己的答案否定。

「大竣，你想過你以後要做什麼嗎？」

「我就希望我的畫在我活著的時候，能賣到一百萬一張。」

「那我就希望到時候我能隨隨便便買一百萬一張的畫！實現買畫自由！」

那晚，他們在外面肆無忌憚、熱情高亢地聊夢想，聊前程，聊信仰，聊他們風光的未來。

臥室裡，僅一牆之隔，有人在接吻，激烈而纏綿的擁吻，房間裡很暗，只亮了一盞黃色的地燈，照著兩人的腳，女生的腳沒穿襪子，乾乾淨淨的腳趾承受不住似的，緊緊抓著地板，好像一下下承受著巨浪，從她身體裡襲來。

徐梔也忘了那天他們親了多久，他們好像一整晚都在接吻，直到對方都喘不過氣，呼吸被攪乾，胸腔裡氣息告急，心跳卻怎麼也平復不下來，細細密密的啄吻聲在四下無人的夜裡，似乎沒怎麼斷過。

可那年的蟬鳴聲，似乎就在那天戛然而止。

他們中途又出去過一趟，客廳裡一片狼籍，幾個男生橫七豎八地在地毯上躺屍，喝得半死不活，朱仰起還時不時意猶未盡的咂咂嘴。谷妍則抽著菸，孤零零地坐在沙發上，聽大壯鬱鬱寡歡地唱著〈單身情歌〉。

兩人在裡面親著，谷妍傳了一則訊息給他，大約是察覺到什麼。

GuGu：『陳路周，我要走了，你不送我一下？兩點了。』

然後下一秒，臥室門開了，看著他們一起走出來，谷妍心裡說不出的難受，一整個晚上那顆惶惶撞撞的心，好像一下子被一塊大石頭壓著狠狠沉到底，她手上還夾著菸，瘦長的手指微微一抖，卡在半截的菸灰不小心撲簌簌抖落在她腿上，肉色絲襪被燙了一個小洞，她也渾然不覺，眼神直愣愣地看著陳路周。

陳路周走過去，漫不經心地撈起茶几上沒開封過的礦泉水，擰開後遞給身後的徐梔，身影高大地站著，這才低頭問谷妍：「我幫妳叫車？」

其實他很好說話，人也很客氣，可谷妍總覺得他很跩，盯著人看的時候，眉眼犀利如刀刻，聰明得一點都不含糊，所以也不太敢在他面前要小心思，因為他從來明白直接，不給人留情面。

那時候，谷妍是打從心裡覺得，自己可能再也遇不上這樣的人了，於是她不動聲色地掐滅菸，她甚至都沒顧上問你們是什麼關係，有點負氣鬥狠的意思。直接把那句話扔出來了，或者說她想看看徐梔的反應。

「陳路周，如果我說我等你──」

結果，被突然醒來的朱仰起生生打斷了──

「幹嘛，要走了啊。」他睡眼惺忪地抓著頭髮說。

陳路周「嗯」了聲，掏出手機準備幫人叫車，「我叫車了，你幫我送她上車。」

「好。」朱仰起也挺仗義，說起來就起來，但他被人壓在最底下，他都不知道自己身上疊了幾雙腳，臭氣熏天，一腳一個，毫不留情地把人踢蹬開。

於是，所有人都醒了，姜成和馮覲也迷迷瞪瞪地抓著頭髮爬起來，「天亮了？是不是吃早餐了？」

「靠，被你這麼一說，我還真有點餓了。」朱仰起捂著肚子說。

沒兩分鐘，又改主意了，一群人決定出去續攤，正巧那天市裡有個夜遊活動，凌晨兩三點路上的人還很多，他們去了陳路周常去的那家，恰巧也是徐梔第一次請陳路周吃飯的海鮮骨頭燒烤。

兜兜轉轉，好像一切又都回到了原點，門口的旋轉木馬等位椅空蕩，音樂噴泉也關掉了，此刻整條街顯得格外安靜，晚景蕭疏。其實知道明天太陽照常升起，這裡會恢復以往的熱鬧，可就好像，應了當下的景。

這應該真的是最後一頓，所以氣氛難免沉默壓抑，吃得也意興闌珊，所以那叮叮噹噹的餐盤碰撞聲細碎卻又格外明顯，就好像一場盛宴吃到最後，其實大家都吃飽了，服務生都開始收餐具了，他們這邊也沒人撂下筷子，也沒人提出要走，就那麼拖拖拉拉地熬到最後一刻，直到天邊漸漸泛起魚肚白。

才知道，太陽總歸是要升起的。

「敬一個吧。」朱仰起紅著眼眶，輕輕吸了下鼻子，用手臂擦了下眼淚，然後將杯子舉得很高，好像這樣別人就看不見他泛紅的眼眶。

「敬一個。」

「敬一個。」

朱仰起喉頭哽著，那酒從未如此生澀難以吞嚥，在嘴裡滾了一圈，才哽咽著開口說：

「草跟我說過一句話，好像是說，我們男孩子都要有一股氣，那股氣是風吹不散，雨打不滅，只要身邊有火，哪怕四周無風，我們也能重新燃起希望。我覺得這句話挺提精神的，送給我們在座幾個男孩子，以後即使朋友不在身邊，遇到事情也不要哭哭啼啼的，要會扛事。」

「說你自己吧。」姜成笑著接話，眼裡也都是晶瑩淚光，他摸了桌上的菸盒一把，發現是空的，又丟回去，罵了句髒話接著說：「我們幾個也就你哭哭啼啼的。那我就祝大家賣畫的賣畫，演戲的好好演戲，念書的好好念書，至於我自己，就希望能跟杭穗修成正果，我要跟她結婚。聽說我們學校大三登記結婚能加分欸。」

「還是姜成會說，那就祝大家早日遇到那個能懂你心事的人了。」馮覲說。

大壯悠悠地嘆了口氣，酒喝得滿臉通紅，手上還剝著花生，「這他媽才是最難的，畫賣一百萬一張，我感覺是遲早的事，說不定我死了就能成，但是這個能懂我心事的人吧，我感覺我到死可能都遇不上了。」

「也不一定是愛情吧，我覺得剛才那掃地阿姨就很懂你，你看你一招手，她就過來把你的垃圾收走了，她掃帚一掃過來，你就知道乖乖抬腳，多有默契。」

「……」

燒烤店已經沒什麼人了，就剩下他們這一桌，或者是這樣肆意的青春氣息讓人為之動容，連老闆都已經睏得坐在收銀臺打盹，也沒趕他們走。

「草呢，說兩句。」

所有人齊刷刷看過去，谷妍聞言也抬頭瞧過去，她剛剛在手機打了一大串密密麻麻的話給陳路周，還沒傳出去，便放下手機，想聽聽他怎麼說。

他和那個女孩並排坐在同一邊的椅子上，陳路周靠著，一隻手懶散地放在徐梔的椅背上，另隻手放在桌上，握著杯壁，在輕輕摩挲著。中途就離開過兩次，一次是幫徐梔拿筷子，一次是幫徐梔拿紙巾。

剛剛聽朱仰起說，徐梔的男朋友很帥，是她有男朋友呢，還是男朋友就是陳路周？但谷妍很懂的一點就是，如果一男一女在這樣的聚會裡都沒有公開彼此的關係，那頂多就是炮友。

她無法想像陳路周這麼冷淡又跩的男生會跟人做炮友，誰不想睡他，所以剛剛她在手機上寫了一篇小作文，想問問他她到底輸在哪，但還沒傳出去，就有人讓陳路周說兩句。

一群矯情怪，唉。

陳路周沒什麼要說的，這種場合當個聽眾就行了，多說多錯，萬一惹徐梔不高興他也沒時間哄了，摩挲著杯壁，想了半天，也只嘆口氣，隨心快意地丟出一句——

「借梁啟超先生一句話吧，縱有千古，橫有八荒。前途似海，來日方長。」

「那就敬來日方長。」

「徐梔、谷妍妳們呢？」

徐梔本來沒什麼要說的，但這幫矯情怪真的誰都不放過。

她靠在椅子上，頭髮全散在背後，本來是綁著的，後來跟他親著親著，髮圈找不到了，索性就散著，所以耳邊的鬢髮顯得有點凌亂，整個人透著一種慵懶的隨性，五官小巧精緻。

像幽靜山谷裡的一束野百合，隨性肆意。

「那就希望我們女孩子心氣更高一點。畢竟腳下是遼闊的土地，我們沒去過的地方還很多。」

谷妍突然被這句話釘住了，徐梔眼裡的自信和無畏坦誠確實莫名吸引人，她也能聽出來，徐梔話裡這意思並不是為難或者挑釁她的意思，而是一種誠心誠意地勸。

「那我就早日實現買畫自由吧。」谷妍說。

小酒瓶零零散散、倉促一撞，好像撞開了黎明，也結束了這場倉促的青春，外面天色已大亮，早餐店陸陸續續營業起來。

人也陸陸續續散了。

仲夏似乎才剛剛開始，那年夏天新買的短袖好像還沒來得及穿，剛認識不久的人，也要說再見了。

最後就剩陳路周和徐梔站在這家燒烤店的門口。

老闆正在關門，身後的自動鐵捲門「咯吱咯吱」地款款往下挪，夷豐巷老屋居多，放眼望去一排低矮的平樓，年久失修，因為慶宜市常年闌風伏雨，每條巷子深處都青苔斑駁，石板縫裡透著一股淅水的腥潮味。

他們一左一右地倚著門口那根電話柱，身後的街景因為此刻時間過於早，一排排店鋪都嚴絲合縫地關著門，略顯蕭條。

電話柱上的小廣告鋪天蓋地，一層層堆疊，有些撕了一半都還沒撕下來。

慶宜市也很小，小到路旁隨隨便便的電話柱上貼著的尋狗啟示上的小狗就叫 Lucy，徐梔身上還披著陳路周的外套，用肩側漫不經心地頂著電話柱，指著那張被撕了一半的尋狗啟示，涎皮賴臉地說：「咦，陳路周，你怎麼走丟了呢。」

陳路周回頭看了那尋狗啟示一眼，邪魅狂狷的二哈總裁散發著迷人微笑，他無語地轉回去，見怪不怪：「這算什麼，Lucy 這個名字，我有一次聽一位富婆在打麻將的時候，對著她的包叫 Lucy，我就已經淡定了。」

徐梔給他建議：「或者你改名叫 Lululucy，保證沒有重名。」

「我怕別人以為妳結巴啊。」他靠著，想起來說：「不過，我跟朱仰起打遊戲取過一次，被人註冊了。」

徐梔想到自己好像還沒跟他打過遊戲，好奇地問：「你遊戲名字是什麼？」

「那太多了，宇宙第一帥，世界第一情人等等等。」

徐梔：「……」

兩人沉默了一陣，天色漸漸變亮，周身逐漸變得嘈雜起來，雨後這幾天的空氣其實很乾爽，但是也不知道為什麼，眼睛總是霧濛濛的。

陳路周此刻也靠在另一側電話柱上，腦袋上戴著休閒衣帽子，雙手仍一動不動地抄在褲子口袋裡，看著不遠處擺的煎餅攤子，一個賣煎餅的大哥碰見了熟人，兩人熱切地攀談起來，於是他頭也沒回，就靠在另一側的柱子上，懶懶散散地問了句：「慶宜這麼小，以後在路上遇到會裝作不認識我嗎？」

徐梔想了想，說：「其實也不小啊，在這生活了十幾年，除了高一那一次，我們不也沒碰見過？而且，你根本也不知道。」

「那妳怎麼知道我沒見過妳。」陳路周後腦勺頂在電話柱上，整張臉幾乎都埋在休閒衣帽檐下，像個無臉男，清晰的喉結輕微、清濁地滑動兩下，「我得好好想想，我肯定見過妳，不然不能第一次見妳，就這麼有感覺。」

街上的人漸漸多起來，徐梔看著這條街逐漸繁榮起來，煎餅罐湯各式各樣的早餐開始出攤，看起來還挺辛苦，可臉上漾著的笑容令人動容，她問：「陳路周，你說錢能買到快樂嗎？」

他嘴角勾了下，「別人我不知道，但是如果有這個機會，我覺得妳應該會想要用快樂換錢吧？」

徐梔忍不住笑起來，「你能不能不要這麼了解我。」

「彼此彼此。」

「你知道有位哲學家說過嗎，說愛可能是一種精神疾病。」徐梔說。

「可不是嗎，想一個人的時候，想得飯都吃不下，確實挺有病的。」陳路周說：「看過《西方極樂園》嗎？」

「科技殺戮那個？」

他點頭，嘆了口氣，「嗯，裡面有句話就是，人類最簡單的，就是按照程式碼生活，其實大多數人都這樣。我們都用力活一活吧。」

兩人分別靠著兩邊，好像背靠著背，中間隔了一根電話柱，身後街景庸庸碌碌，朝陽露出一絲紅光在山尖，慶宜的風雨從來沒停過。

兩人都沉默了一陣，徐梔最終還是嘆了口氣，低聲說：「那我們就到這了。」

陳路周從始至終都沒變過姿勢，人靠在電話柱上，休閒衣帽子遮了半張臉，他低低又無奈地「嗯」了聲：「妳那話挺對的，心氣高一點，不是誰都能追妳的，以後男朋友的標準怎麼也得按照我來。」

徐梔把身上的外套脫下來，還給他，「陳路周，我們都先往前走吧。」

山高水闊，我們都先往前走。

「嗯。」

「那就再見。」

大約是腳步剛邁開，陳路周便叫住她，他沒回頭，人還是靠著電話柱，低著頭，一隻腳屈著踩在柱子上，他幾乎是忍了又忍，才滾了下喉結張口，聲音說不出的渾噩和乾澀，「徐梔，能抱一下嗎？」

接過那麼多次吻，妳都沒認真抱過我。

儘管熬了一整個通宵，兩具身體依舊鮮活火熱，好像兩片最青澀、卻也是最飽滿、脈絡最清晰的葉子，向著朝陽。輕輕裹住彼此的身體，隱藏在皮膚底下的心跳輕微發著顫。

希望我們都是這個世界上最有力量的人。

徐梔抱住他的時候，感覺他真的硬朗結實又寬闊，像一堵溫熱的牆，她其實以後也不會遇到這樣的男孩子了吧。

應該沒人像陳路周這樣了，情緒明朗、坦誠，他從不曾隱藏他的愛憎，頭髮像狗狗一樣柔軟，但心是鋼鐵，太陽晒一下，便滾燙。

等回到出租屋，陳路周才看到徐梔留給他的紙條——

希望在未來沒有我的日子裡，你的世界仍然熠熠生輝，鮮花和掌聲滔滔不絕，只要慶宜的雨還在下，小狗還在搖尾巴，就永遠還有人愛你。

——徐梔。

第十二章　前男友

七月底，連惠的節目組正在某國進行緊鑼密鼓地取景拍攝，陳路周帶著陳星齊在附近的景點參觀《冰與火之歌：權力遊戲》的取景地。他一下飛機就重感冒，帶著一身萎靡不振的病氣正在替陳星齊當導遊，講到這附近曾經死過一個巨星的時候，連旁邊的人都被他吸引了，幾束期盼且八卦的目光紛紛忍不住在這個手上戴著一條黑色小髮圈、英俊的男孩身上流連。

陳路周當時穿著一身黑衣黑褲，整個人乾淨俐落、清瘦修長，腦袋上仍舊是那頂黑色的棒球帽，只不過換了個牌子，他大部分衣服都是這個牌子的，這個牌子挺冷門的，但一中有不少男生都穿，基本上都是被他帶的。

「他好帥啊，而且對弟弟好有耐心。」旁邊有路人女孩子不明就裡地誇了一句。

陳星齊聽得入神，津津有味，他哥這人從來都是說故事的一把好手，越是輕描淡寫的語氣，越勾得人抓心撓肝，正要問那個巨星是誰啊，陳路周漫不經心地抱著手臂，淡淡低頭瞥他一眼，「八百，告訴你答案。」

陳星齊炸了，「我他媽剛給你八百。」

陳路周不知道是生病的緣故還是水土不服，整個人興致都不太高，當時只咳了聲，用下巴薄情寡義地戳了下門口的留學生導遊，「要不然你讓她講給你聽，就我們這兩天的工作強度，折合人民幣至少一千，我剛問了。」

陳星齊知道他哥跟那個姐姐「分手」之後，就沉迷賺錢，這一路走來，誰讓他拍照都鐵面無私一口價，四張一百五，節目組裡幾個姐姐還真的掏腰包了。尤其是另一個大製片人，聽說她才是節目的總製片人，家庭背景雄厚，不過剛離婚，聽說分了好幾億的資產，長得是真漂亮，人也是真渾，一邊風情萬種地站在甲板上擺pose，一邊放誕地搭訕他哥：「拍照要錢的話，姐姐摸一下要不要錢啊？」

「摸哪啊？」他哥當時正在調光圈，懶洋洋地回了一句。

「你說呢？」她暗示很足了，眼底是興奮。

「不行啊，最近失戀，看什麼都沒感覺，別說妳。」

「失戀？」那製片人從包裡摸出一根菸，吸氣的時候，眼睛微微瞇起，保養得非常好，眼角飽滿細膩，沒有一絲魚尾紋，她覺得連惠這個兒子是真跩，越看越帶勁，本來是開玩笑地調戲兩句，現在是真好奇了，「哪個女孩子這麼爭氣啊，能跟你分手？我不信，是你甩了人家吧。」

「那我大概遇上個天底下最爭氣的，照片傳給妳了，好友刪了。」陳路周把手機揣回口袋裡。

加了這麼多個，她是唯一一個被刪的。連錢都沒收。

「幹嘛刪好友啊，」那姐姐連忙掏出手機檢查，不滿地嘟囔了一句：「我是你媽同事啊。」

「我怕妳騷擾我啊，我媽同事可沒有人說要摸我的。」他哥靠著甲板的欄杆，表情也是不痛不癢地說。

「不過話說回來，你跟你媽長得還挺像。」

「像嗎？」

「挺像的。」

陳星齊當時感覺自己像是不小心誤闖了成人直白的世界，也是在這刻他恍然驚覺，他還一度以為哥哥跟自己一樣，是個小孩，可在他充滿卡丁車泡泡機的日子裡，他哥已經悄無聲息地長大了，甚至能遊刃有餘地應付這些煩人的騷擾。不過，陳路周應該從小就習慣了，以前跟陳計伸參加飯局，就有不少叔叔阿姨拿他長相尋開心。

也許是這種場合經歷多了，他哥雖然沒怎麼正經地談過戀愛，但是深諳泡妞手段，陳星齊以前喜歡他們班的茜茜時，還曾試圖跟他取過經，他哥何其囂張地告訴他：「女孩子得勾啊，你這麼死纏爛打怎麼行。」

怎麼勾？

他哥當時在看比賽，正巧桌上有塊西瓜，剛才只吃了一口，然後陳路周用湯匙挖了一口給他，目不轉睛地看著電視，湯匙還拿在手裡，隨口問了句：「甜嗎？」

陳星齊搖搖頭，說中間那塊最甜，我要吃中間的。

陳路周就沒餵了，把湯匙往西瓜坑裡一丟，插著口袋靠在沙發上繼續看球賽，悠悠地幫他總結：「懂了嗎？一口一口餵，別一下子把整顆西瓜給她。誰不知道西瓜中間最甜。」

陳星齊當時恍然大悟，確實有被點到，所以他一直覺得他哥在談戀愛這件事上應該是手到擒來。這幾天看他狀態也沒什麼特別不好，就是說話刺人很多，陳星齊也不敢惹他，罵罵咧咧正要掏錢，他們的媽就打電話過來了，讓他們回去，那邊取景已經結束，準備回飯店了。

陳路周「嗯」了聲，剛準備掛斷電話，就聽見「砰砰」兩聲巨響，猝不及防地從電話那邊傳過來，陳路周也愣了一下，他立刻反應過來：「媽，是槍聲嗎？」

陳星齊嚇得魂飛魄散，整個人戰戰兢兢地縮在陳路周懷裡，小聲地說，哥我怕。陳路周抱住他，一邊跟他媽確認那邊情況，但連惠手機大概是嚇掉了，陳路周就聽見聽筒裡劈里啪啦幾聲作響，然後幾聲急促的腳步聲可能是從她手機上碾過去，大約過了一分鐘，連惠才重新把手機撿起來，呼吸急促，聲音也是前所未有的發顫，慌裡慌張地一個勁叫他名字：『路周，路周。』

陳路周打了輛車，把嚇得臉色慘白、瑟瑟發抖的陳星齊塞進去，「媽，我在，陳星齊沒事。」

『你呢，你有沒有事？』

「我們都沒事，這邊離你們那邊還挺遠的。」

連惠嗓子眼裡發乾，那人其實就倒在馬路對面，在她眼前毫無預兆地倒下去，因為沒有出血，她一開始懷疑是國外那種街頭整蠱節目，直到那人躺在地上開始抽搐，鮮紅色的血液好像噴泉一股股地往外冒，連惠甚至聞到了血腥味。

古堡大道端莊典雅，行人寥寥，道路平闊，兩旁富麗堂皇的古堡建築此刻因為這件慘不忍睹的槍擊案滲透著一股森冷和陰鬱。

不少工作人員嚇得直接癱在地上，四周行人尖叫著抱頭鼠竄，連惠眼角乾澀，她強作鎮定地對陳路周說：『你先帶弟弟回飯店。』

當天下午，熱門文章上就全是關於這次槍擊案熱火朝天的討論，受害者是一名留學生，不知道是輿論發達，還是這幾年媒體播報及時，近年來此類的惡性事件總是格外猖狂。

連惠節目組接受了警察詢問之後也安全撤離，留了幾個膽大的記者在當地繼續追蹤報導，連惠他們回飯店之後就在商議行程還要不要繼續，最後連惠還是一拍板咬牙決定繼續，回去之後如果要再報預算就下不來了。

開完會，連惠去樓下房間找兄弟倆，陳星齊已經睡了，嚇得額頭上都是汗，睡得也不太安穩，一直踢蹬著被子，連惠一臉疲憊地對剛洗完澡出來的陳路周說：「我幫你們訂了回國的機票，明天下午走，你們先回國待兩天，最近這邊不太安全。」

「嗯。」

「你感冒好點沒？」

陳路周靠著洗手間的門，拿著毛巾囫圇擦著頭髮，腦袋上的毛髮凌亂不堪，渾身濕漉漉，「沒，夏天的感冒大概得有一陣。」

「我等等去幫你買藥，」連惠伸手摸了一下他的額頭，冰冰涼，又用手背摸了一下他的臉頰，不燙，但意外發現，他好像又瘦了點，本來臉就小，手背一貼上去，好像沒摸到什麼肉，「沒發燒就好，感冒就別洗澡了，是不是這邊吃得不太合胃口？」

陳路周沒接話，毛巾掛在脖子上，靠著門板問了句：「我帶陳星齊回去，那妳跟爸呢？」

「晚幾天，我把剩下的幾個景取完。」連惠說：「你爸好像比我晚幾天，他過幾天還要轉機去德國一趟。」

「嗯，那你們注意安全。」髮梢蓄了水，緩緩往下滴，正巧落在他的鼻尖上，陳路周說完又拿起脖子上的毛巾，心不在焉地擦了擦頭髮。

連惠仰頭看著他，目光溫柔，「我第一次見你的時候，你才這麼高，現在已經快比門高了。」

「誇張了，我才一百八十五，這門怎麼也得兩百一十公分。」他仰頭看了眼，脖子上喉結頓顯。

「一百八十五是去年過年量的吧，我們單位那個小劉一百八十七，我看你比他還高啊。」

陳路周敷衍地笑了下，毛巾還在後腦勺上擦著，說：「穿鞋有一百八十七、一百八十八吧。」

連惠看他一陣子，陳路周看她沒打算要走的意思，猜她是有話要說，所以也沒說話，靜靜等她說。

夜已深，臥室燈都關了，陳星齊睡得酣聲大起，翻了個身，撓撓脖子，只有洗手間這邊的燈還亮著，連惠最終還是沒說，想了半天，只是輕聲細語地說了一句：「很多事情跟你解釋了你也沒辦法理解我們，因為你一定會站在自己的角度去剖析我們，每個人都一樣，因為你爸也只是站在自己的角度去剖析你，畢竟我們都不是彼此，這個世界上並沒有所謂的感同身受，沒有一個人能真正理解對方。」

大約是回國後第二天，陳路周回了出租房一趟拿東西，一推門進去，一股酸腐味撲面而來，桌上扔著幾碗吃剩下的老罈酸菜泡麵沒收拾，已經發臭發爛了，他當時走後，把房子借給姜成住了幾天。

這股酸味真的嗆鼻，陳路周不知道是自己鼻子太敏感還是什麼，酸澀味在他鼻尖上縈繞不去，刺激著他的心臟。

他在沙發上坐了一下，低頭看著手上的小髮圈，是那天晚上他親著親著故意從她頭上拿下來的，徐梔沒發現，還繞著他們親過的每個地方都仔細地找了一遍，陳路周當時問她，這東西不見了妳是要變尼姑了還是怎麼了，徐梔說，不是，主要是我每次都弄丟，最後一條了。

他早就知道是這結果，他還一腳就踏進去了，那天從燒烤店回來，朱仰起還在這裡收拾東西，一進門就問他：「真的分手了？」

他當時「嗯」了聲，心裡卻自嘲地想，其實都沒真正開始過。

朱仰起嘆了口氣，把畫筆一股腦都塞進包裡，「路草，其實我最開始以為是你泡她，後來才發現，原來你才是被泡的。」最後害臊地問了句：「你們……做了嗎？」

他當時很沒形象地靠在椅子上，直接從桌上拿了個喝空的啤酒瓶扔過去，「你能不能別問這種隱私問題！」

「靠，你這樣說肯定做了。」

他無語，「說了沒有了。就接過吻，其他什麼都沒做，我哪怕跟人正經談個戀愛，我也不至於一個月就跟人上床吧，你腦子呢。還有我跟徐梔的事情就到這，你敢告訴別人，我就弄死你。」

「敢做不敢當啊。」

「不是，畢竟慶宜這麼小，我怕別人傳來傳去不好聽，我在國外就算了，她以後多半是要回來的。」

「嘖嘖，陳大校草，你就是曖昧對象天花板了。」

「……滾。」

陳路周覺得自己還是不該回來，這屋子裡到處都是她的氣息，尤其是這個沙發，那天晚上在沙發上幫她改稿子的時候，其實兩人差點打起來，陳路周寫稿子習慣性會加一些符合場景的詩句，徐梔覺得這樣很矯情，死活不肯加：「不能好好說人話？」

陳路周當時也氣了，把電腦一闔，手肘懶散地掛上沙發背，難得大剌剌地翹著二郎腿，煞有介事地跟個大爺似的靠在沙發上，在她腦袋上狠狠捋了一把，「怎麼，看不起我們浪漫主義派的小詩人是吧？」

本來兩人還爭得挺氣，最後被他一句話，徐梔笑倒在他懷裡，窩了舒服的姿勢說：「能寫出月亮圓不圓什麼的一定不是小詩人了，陳嬌嬌，還有，最後警告你，不許碰我腦袋。」

「行，我哪都不碰了。」

「那不行。」

徐梔立刻湊過去，陳路周靠著沙發背，面無表情，但又無可奈何地在她唇上敷衍地碰了下，說了句：「滿意了吧？」

心裡罵了句，狗東西。

「陳嬌嬌。」徐梔好像知道他在罵什麼。

傲嬌的嬌。

不過這都是回憶了。

那天，陳路周在沙發上，從日白坐到月黑，窗外燈火通明，道路通亮，可屋內一片漆黑，那清瘦的身影好像梧桐院落裡被人遺漏的秋葉。

樓上窗外都是嘈雜細碎的人聲，炒菜聲、訓斥聲、電動車鎖車聲，以及車輪轆轆滾過馬路壓石子的聲音，是鮮活的煙火人間。

可屋裡一片冷寂，哪裡都沒收拾，任由那氣味撲面，任由鼻尖控制不住地酸澀，任由心頭炎炎似火燒地發熱，也任由眼眶發紅。

季節總要奔赴下一場，青春也終將散場，那場開始於夏天的邂逅，也終於結束在炎炎夏日裡。

朱仰起提前一個月去了北京踩點，他找了一家畫室打工，天天跟小女生們大吹法螺，吹的最多的還是他那個了不起的兄弟，但自然是沒人信的。他偶爾還免費做人體模特，小女生們嫌棄他身材太差，天天嚷著換個模特，但老師表示很滿意，這樣妳們就能專心畫畫了。朱仰起不服氣，下了課就去畫室附近的健身房健身，兩個星期後他成功被開除了。

姜成最終還是沒有重考，成績出來後意外發現自己考得還行，去了四川，學廣告設計，聽說和杭穗就在同一個大學城。馮覲去了吉林，學動畫攝影，他說他去過那麼多地方，也就吉林能給他一種留下來的欲望。大壯和大竣一個去了中國美術學院，一個去了中央美術學院。

蔡瑩瑩決定重考，她不打算考翟霄的學校，也不打算要讓自己變得更優秀的目的是讓翟霄後悔，因為她覺得他不配。老蔡馬上要調到外省，那天蔡瑩瑩去辦公室找他，才知道她爹其實也挺不容易，單位裡同事的孩子們沒考上A大也都至少是個好的國立大學，只有他這個院長的孩子，將將搆到普通大學的線，別人問他，孩子考去哪了，或許人家沒惡意，但多少也有點攀比的意思，老蔡只能囫圇吞棗地回一句，還在考慮呢，於是對方就說，也是，女孩子沒關係的，以後嫁個好老公最重要。老蔡直接黑臉了，女孩子怎麼沒關係了，而且，是我自己從小忙工作沒太管她，她不比別的孩子笨，嫁不嫁好老公是其次，我只要她開心就好，哪怕考個專科，我也願意養她一輩子。

不管怎麼樣，大家好像都在往前走了，有人結伴而行，有人獨行前往，少年人的未來其實是一條看不到盡頭的路，但卻充滿無數種可能性。

其實後來，他們還見過。

那次是出租房到期，連惠在江岸區買了一間房子給陳路周，讓他搬過去，陳路周也不想回別墅，正巧要回那邊拿快遞，就順便把東西收拾了。結果，剛用指紋解鎖，「叮咚」一聲剛剛響起，或許還夾雜著窗外一聲輕微的蟬鳴聲，他便聽見樓上響起一聲很輕的關門聲，緊跟著腳步聲不緊不慢地輾轉下來，當下不知道哪來的直覺，他覺得是徐梔。

他知道談胥決定重讀了，樓上的房子續租了一年，那天去退租的時候，房東說了，整幢高三公寓只有他那間房還沒退。

熔金的落日寂寞地打在走廊裡，二樓的樓梯轉角處人還沒出現，那道影子先落在一樓的臺階上，陳路周就知道是徐梔了，徐梔看見他也是一愣，那時夕陽跟第一次相遇那天一樣熱烈，帶著最後盛夏的餘溫，天邊好像滾著火燒雲，將整個畫面襯托得轟轟烈烈、如火如荼。

兩人之間的氣氛卻冷得像冰，徐梔看他眼神不對勁，於是走下兩階臺階，解釋了一句：

「我過來把高三的書留給他。」

陳路周「嗯」了聲：「我回來收拾東西。」

有陣子沒見，徐梔發現他又瘦了點，頭髮也剪得更乾淨，額前幾乎沒有碎髮，更襯他英挺的五官和飽滿的額頭，其實挺奇怪的，陳路周還算瘦，穿衣服更顯，但身上還有一層紋理清晰的薄肌，真的有腹肌，那天晚上兩個人在臥室裡熱火朝天地親了一陣，徐梔軟磨硬泡到最後，陳路周當時也是被親得消磨了不少意志，有點玩物喪志地靠在床頭，但還是相當吝嗇地只是快速掀了下衣服下擺，小氣地讓她看了腹肌一眼。

徐梔氣說，你打球拿衣服擦汗都比你現在掀得久，別人能看，我就不能看？誰知道陳路周笑得坦然，看她說，所以我打球都穿兩件，T恤和球衣疊穿，看不見的，我們學校打球圍觀的人多，不能不防啊，本來看一下倒也沒什麼，主要是有些人會拍照，要是以後結了婚，我怕別人手機裡都是我的這種照片，我老婆得多吃醋。徐梔當時嘖嘖兩聲，不愧是陳大校草。不過確實也沒人比他更珍惜自己的身體了。

金烏西墜，走廊裡燦爛如畫，徐梔從樓梯上走下來，不動聲色地從他身旁繞過去，「好，那我先走了。」

「徐梔。」他叫住她。

「啊？」她回頭。

陳路周沒回頭，高大的身影在走廊裡堵著，明明也是瘦的，但總覺得他的肩背比一般男生的都寬闊，典型的寬肩窄腰。

陳路周手還扶在門把上，其實這段時間他家裡發生了很多事，但是不知道該怎麼告訴她，說了又怕給她希望，最後自己還是沒去成，還不如等確定去了再告訴她。他不由得攥了又攥，指節都開始泛白，忍耐了片刻，喉嚨裡乾澀得發癢，他難耐地滾了滾乾淨鋒利的喉結，但胸腔裡的咳嗽已經憋不住了，最後只淡淡說了一句：「鞋帶鬆了。」

說完，便開門進去，幾秒之後，裡面傳來幾聲劇烈的咳嗽聲。

之後，陳路周他們家可能被人下降頭了。連惠大約是受了驚嚇，從國外回來之後，夜不能寐，睡醒就吐。而陳星齊回國當天晚上就開始發燒，隔一陣就燒一次，尤其是半夜，陳路周那陣子忙著來來回回去醫院掛號都跑了不知道幾趟，陳計伸這人迷信，老婆孩子生病發燒，第一件事就先求人算命，看看風水是不是有問題。

其實那時候連惠已經同意陳路周留在國內了，國外的槍擊案讓她受了不小驚嚇，回國之後一閉上眼睛，眼前就是那顆鮮血淋漓的腦袋。然而，陳路周從始至終都沒藉著這件事情跟連惠提過，我不去國外了。如果換作是以前的陳路周，一定會藉著這個機會，一定會用他那張巧舌如簧的嘴跟他們涎皮賴臉地耍滑，直至達成目的為止。但陳路周聽話得讓連惠心神不寧，她隱隱覺得，如果自己再不做點什麼，可能就要失去這個兒子了。陳路周以前跟她插科打諢，跟陳星齊說話刺天刺地的，但整個人跟他們還是親近的。他現在很聽話，說話也不犯渾了，但處處都透著疏離敷衍。

連陳星齊都說，媽，我覺得哥跟我不親近了。連惠才恍然明白過來，陳路周要做什麼，他能做什麼啊，一個十八九歲的男孩子，他想做什麼也沒有能力做什麼，更何況他們這個家庭，他但凡做點什麼，背後多少雙眼睛都赤裸裸地盯著，背後多少雙手都等著戳他脊梁骨，陳計伸那些趨炎附勢的親朋好友又怎麼會輕易放過他呢。

陳路周聽話是因為想徹底終結這段收養關係，就像他之前說的，我會替你們養老送終，感謝你們這十幾年的養育之恩。

所以，連惠試圖說服陳計伸讓陳路周留在國內，但陳計伸不同意，他堅持要送陳路周出國，陳計伸這人就是這樣，生性多疑、敏感、固執。一旦認定的事情必須要執行，不然就會成為他心中的疙瘩，只有出了國，陳計伸才會認為陳路周是真正的聽話。但凡往後公司裡或者家裡發生任何一點事情，他都會懷疑到陳路周身上，這也是連惠為什麼堅持要送陳路周出國，是因為她太了解陳計伸，他從來都是表面老好人，內心全是猜忌、算計。惡人從來都是她來做。

那天晚上，他們大吵一架，吵到最後面紅耳赤，陳計伸已經心力交瘁，最後撂下一句狠話：「妳要再提把他留下來，我們就離婚。」

陳路周當時是接到陳星齊電話趕回來的，聽說爸爸媽媽吵架吵得好凶，他剛走到門口，就聽到連惠口氣冷靜地說：「你要離婚就離婚吧。」

陳計伸突然拿起桌上的茶壺狠狠往牆上一擲，滾燙的茶水順著連惠的臉側擦過去，「砰」一聲巨響，青瓷茶壺瞬間四分五裂，撕心裂肺的破碎聲，令人肝膽俱顫，陳路周剛要衝進去攔，就聽見連惠沉默兩秒後，坐在一地碎裂的玻璃渣中間，腳被割破了，流了點血，但她面不改色，眼底如一潭死水地對陳計伸說——

「我已經拋下過他一次，不能拋下他第二次。」

下過兩場雨，S省今年降溫比往年都早一些，九月天氣就轉涼了。徐梔是九月初離開慶宜的，老蔡開車送她，她和蔡瑩瑩坐在後座，老徐在副駕駛座上嘮嘮叨叨個沒完，逢路上看見個要風度不要溫度的女孩子就回頭叮囑她：「妳到了那邊可不能學她，那邊比我們這冷，等入了冬，還是要穿保暖褲的。」

老蔡也順勢點了一下蔡瑩瑩：「妳也注意啊，回去好好上課。別整天研究什麼化妝了。」

蔡瑩瑩立刻不服氣了，抱著徐梔的手臂說：「不是啊，這還不是怪你，你要是把我生得漂亮一點我還要研究化妝嗎？我要是跟徐梔一樣，每天素顏出去，也有大把男孩子在屁股後面追。」

「什麼，大把？」老徐耳朵一凜，「不就那一個嗎？」

蔡瑩瑩扒著後座湊上去悄咪咪地說：「是我知道的那個嗎？」

老徐神祕兮兮地回頭瞥她一眼：「我不告訴妳。」

徐梔一臉無語地看著窗外，弄得蔡賓鴻一邊開車一邊分神，也聽得一頭霧水，「什麼八卦？」

沒人理他。

車子抵達機場，蔡瑩瑩才意識到分別是真的來臨了，她們從小到大就沒分開過，在安檢口，密密麻麻的人流在他們四人中穿梭，蔡瑩瑩淚眼汪汪地牽著徐梔的手說，我明年一定考去你們在的城市，徐梔也不由自主地點點頭，等妳。

蔡賓鴻從口袋裡掏出一個紅包遞給她，徐梔很警惕，問了句：「這次不是借據了吧，我十八歲生日的紅包金額你還沒兌現呢。」

蔡賓鴻哈哈大笑，笑她小財迷，「妳摸摸。」

誰，真厚，徐梔詫異地看了他一眼，又有點不知所措地看著老徐，老徐立刻伸手過來摸，「我說這紅包袋怎麼看起來這麼奇怪，用個布袋子裝，這得有兩萬了吧。不行，這麼大筆錢你怎麼能直接給孩子。」

老徐不容分說要沒收，蔡賓鴻見狀，連忙一把攔住，看了徐梔一眼才對他解釋說：「這是我跟她十歲就約定好的，我這幾年都沒給她壓歲錢，你沒發現，都在我這存著呢，上大學之後一起給她，你們家小丫頭可精明，那時候就跟我說壓歲錢都是騙人的，她說自己的錢要自己長大後支配。」

徐梔沒想到老蔡真的記著，十歲的話她早就忘了，結果，等上了接駁車才想起來，自己剛剛都忘了說謝謝，立刻又回了一則訊息過去給老蔡，誠心誠意地吹了一堆彩虹屁，老蔡就回了一則。

蔡院長：『徐大學生，我們就一個要求，以後賺錢了先買件保暖褲給妳爸爸，男朋友什麼的都靠邊站。』

徐梔回了一則「好」。

她想起昨晚和老徐兩人配著小酒，月光慘澹地打在窗戶旁邊的盆景上，屋子裡靜謐，黑漆漆的，沒開燈，她陪老徐最後看了《雪花女神龍》一遍，每次老徐看到最後，上官燕將回魂丹給了歐陽明日，歐陽明日卻把回魂丹給了自己的父親，最後拚盡全力保住父親的性命，老徐就老淚縱橫，「好兒子，好兒子。」

昨天也不例外，抹著淚跟徐梔老生常談地說：「看見沒，老爹就是最重要的。」

徐梔知道他話裡話外的意思，哭笑不得，抽了張紙巾給他，「爸，你放心，我大學應該不會談戀愛了。」

徐光霽有些錯愕，欸了聲，及時收住眼淚，嘬了口小酒，慢悠悠地晃著二郎腿語重心長地說：「那也還是要談的，等妳以後踏入社會天天被人用世俗的目光考量的時候，妳會發現校園戀愛才是最純粹、輕鬆的，我建議妳體驗一下。」

說罷，老徐轉頭意味深長地看她一眼，神情嚴肅：「怎麼，沒了陳路周，妳不能活了？」

徐梔難得戴了眼鏡，她度數不高，可戴可不戴，銀白色圓潤的鏡框架在她漂亮挺直的鼻梁上，看起來莫名成熟，挺知性，人靠在沙發上，正低頭研究著白酒上的度數，挺誠懇地說：「那倒沒有，就是覺得應該挺難遇到像陳路周這種吧，而且我們系挺忙的。」

徐光霽不信，哪有這麼好，那小子看起來也就是長得帥一點：「放屁，先去看看再說，說不定你們大學裡很多呢，滿大街都是他這種，一磚塊扔過去十個裡面能砸死九個陳路周。」

徐梔終於把酒放下，扶正眼鏡，笑著半開玩笑接了句：「好，借您吉言。」

徐梔本來以為她應該是她們寢室最早到的，結果發現有個床已經鋪得整整齊齊了，等她收拾完東西準備下樓去超市買點生活用品時，正巧又來了個女生，齊肩短髮，戴著一副黑框眼鏡，臉圓圓的，看見徐梔的時候，明顯一愣，下意識問了句：「五〇七的？」

徐梔點頭，「妳好，我叫徐梔。」

對方莫名害羞靦腆地回了句：「妳好妳好，我叫許犖祝。」

徐梔要下樓買生活用品，看她東西多還沒收拾就沒叫她下樓，而是問了句：「我要下去買東西，有什麼需要幫妳帶的嗎？」

許犖祝說不用不用，我都帶齊了，說話的瞬間從行李箱裡掏出一個小電子鍋，徐梔嘆了口氣，剛見第一面，也不好主動提醒大一好像不能使用這些電器，連吹風機似乎都要在規定的時間使用。

等她買完東西回來，寢室的人差不多都到齊了，許犖祝見她回來，立刻熱情地跟她介紹另外兩位室友，手上還忙忙碌碌地甩著剛從行李箱裡拿出來的床單，指著其中一個正跪在床上鋪床單的女生說：「她叫劉意絲，跟我們是同個系的。」

劉意絲笑起來很甜，兩邊有虎牙，依舊靦腆地跟她打招呼：「Hello。」

許犖祝目光找了一圈說：「杜學姐可能去吃飯了，我們寢室還有這個學姐，大二哲學系的，落單了，我們系裡女生少，就分過來了。」

沒過多久，杜戚藍就回來了，抱著一箱優酪乳，也沒客氣，直接一人分了一瓶，大剌剌地直接往櫃子一丟，鎖頭都是壞的，性格挺冷也挺酷，隨口說：「妳們想喝自己拿。」

三人異口同聲：「謝謝學姐。」

那幾天，寢室的氣氛就是靦腆和害羞，左一句謝謝，右一句麻煩一下，總之客氣得不行，徐梔覺得劉意絲多少有點社恐，好幾次在樓梯上碰見她，大概是不知道怎麼打招呼，直接擦著肩就走過去了。

許鞏祝也發現了，劉意絲的性格確實比她們靦腆一點，徐梔感覺是慢熱，她偶爾還挺有趣的，語出驚人。

徐梔那陣子挺忙的，在校外報了個美術快班學畫圖，本來想找個家教或者能打工的地方賺點小錢，但發現大一課程太緊，基本上抽不出時間來打工。第一個月基本上就是快班、宿舍以及圖書館之間來回。

哦，有次在福利社買東西的時候碰見過李科，也是建築學類，不過他是土木工程系，買完水出來兩人正巧遇見，徐梔也沒避開，大大方方跟他打了招呼，李科依舊笑成個端水大師，眼鏡底下那雙精明的眼睛依舊在她和許鞏祝身上均勻的分配時間，「這麼巧，下午有課？」

徐梔點點頭，「王教授的課。」

建築系是被當率最高的一個系，而王教授又是他們系最會當人的老師，李科他們這學期也上他的課，當下就看了眼時間說：「那妳們快點吧，這教授遲到直接當。」

徐梔和許鞏祝驚恐地對視了一眼，轉身就要跑的時候，李科突然叫住她：「徐梔，週末我們班聚餐妳來嗎？」

徐梔頭也不回地擺擺手。

「這大美女是誰啊？你同學啊？」身旁有男生看著徐梔的背影問李科。

「不是，同學的朋友，我那同學很厲害的。」李科說。

「還能比你厲害，你都是省榜首了。」那人笑著說。

「比我厲害，」李科坦誠地表示：「我扣除自選才六百九十六，教育改革最後一年嘛，試卷難度比往年大，今年我們省裸分上七百的只有他一個人。」

知道王教授是個鐵板後，許鞏祝但凡上王教授的課都會提前十分鐘坐在鏡子前好好塗抹一番，徐梔還以為許鞏祝看上他們班哪個男生了，結果只見許鞏祝賣力地對著臉頰一層層拍著粉撲，一蓬蓬粉末在空氣裡飄散，嗆人得很，她辭順理正地說：「我這不是想給老師留下個好印象嗎？」

徐梔等她出門等得心力交瘁，看她又開始上睫毛膏，終於忍不住說：「妳看起來像想跟他談戀愛，公主，快點行嗎，我們又快遲到了。」

「好了好了。」許鞏祝匆匆忙忙抿了兩下嘴，蓋上粉撲盒子，一把拿起桌上的書，「走了走了。」

徐梔：「……妳拿的是英語泛讀。」

許鞏祝連哦了好幾聲，換書的空隙還不忘照一下鏡子，「走了走了。」嘴上說著走了走了，腳倒是一步都沒動，還在對著鏡子撥弄瀏海，大概是怕徐梔催，嘴裡自己一個勁地念著：「走了走了。」

杜學姐剛上完廁所回來，把紙巾往桌上一放，靠在床鋪梯子上，說：「王教授的課妳們還敢在這踩點，我們大一的時候知道是老王的課，午飯都不吃直接去教室門口坐著了。」

「你們哲學系也要上王教授的數學課啊？」

「我們大一沒有哲學系啊，我們大一是人文科學實驗班，大二才選分流方向，所以基本上大一的課程比較雜。」

「王教授這麼狠嗎？」

「沒辦法，老王是性情中人，除非妳足夠厲害，期末不用他給重點，不然有些態度不端正的，他可能會懶得給重點。」

「走了走了。」

「你們快點吧，徐梔要是路上再被人要個聯絡方式什麼的，肯定遲到。」杜學姐一針見血的說。

剛開學總是熱絡一些，更何況這種僧多粥少的理工科院校，用杜學姐的話說，徐梔妳是進了狼窩了。

比如剛軍訓那幾天，徐梔就被不少男生盯上了，還有不少別的系的男生過來打聽徐梔，問她有沒有男朋友，連杜學姐他們系裡的男生都在打聽，那天圖書館回來就順手丟給徐梔一張紙條，「我們系的學長給妳的，長得還挺帥，妳要是有興趣可以加個好友。」

一看那紙條署名，許鞏祝就激動萬分，「江餘，這不是你們哲學系的系草嗎？」

杜學姐噗哧笑了聲說：「什麼系草啊，他自己封的吧，我們系都是大帥哥，要分還真分不出好壞來。不過這個男生是真的挺浪漫的。」

徐梔當時抱著本《國家建築史》在看，人往後仰，優哉游哉地翹著椅子，冷不防就丟出一句：「多浪漫啊，拉屎還鞦韆嗎？」

許鞏祝大為震撼：「沒想到妳是這樣的徐梔。」

結果，過了兩分鐘。

杜學姐不慌不忙地放下手機，顯然是問過了。

「他說他可以盪。」

徐梔：「……」

大一新生剛入學，確實難免會誇張一些，畢竟他們大一某必修課的教授在課堂上真心誠意地勸告過他們：「我小時候看不懂魯迅，後來大學再次拿起魯迅先生的書，我對他充滿敬意和欽佩。再後來，我大學喜歡上一個很優秀的女孩子，我從小靦腆內斂，她是學文學的，我是數學系的，那時候對文學說不上太感興趣，我覺得她就好像我小時候讀不懂的那本《狂人日記》，充滿神祕，為了她，於是我開始研究文學作品，她很喜歡太宰治，於是我把太宰治的作品通讀了個遍之後，發現她已經跟我學長牽著手漫步在校園裡，那時候我還在研究太宰治到底為什麼自殺了五次，正巧我當時在學校的福利社打工，偶遇我學長來買早餐，我就忍不住問他『學長，這個太宰治——』，學長直接鐵面無私地打斷我『我不吃三明治』。」

「所以，建議你們，碰見喜歡的女生就趕緊追，因為等畢了業你們就會發現，二十歲解不開的數學題，頂多難受一陣子，二十歲追不到的女孩子，可能會難受一輩子。當然，這只是本人的個人觀點，跟學校立場無關，不要拍照不要發影片，我紅了對你們沒好處，我會要求漲薪水，羊毛出在羊身上，學校說不定就漲你們學費。」

雖然是開玩笑的，但話是這麼說，肯定會有人錄音的，還有人發在了短片軟體，反正那個老師在網路上也一直挺紅的，大家都知道他什麼德行，還上過好幾次熱門，但他每次帶新生都會把自己的愛情故事又孜孜不倦地說一遍，所以全網幾乎都知道他有個不吃三明治的學長。

大一課程很緊，為了打基礎，徐梔又自己報了個畫圖的快班，課餘時間不算多，她那陣子是真的挺忙的，加上老徐時不時晚上打電話給她，一聊就是一兩個小時。

有一次跟老徐通話的時候，有個男生直接在女生宿舍樓下擺龍門陣法，點了一圈整整齊齊的愛心蠟燭，在火光燭天中，嘴裡慷慨激昂、深情款款地念著網路上那首風靡一時的情詩——

「在我貧瘠的土地上，妳是我最後的玫瑰——」

老徐在電話那邊聽得一愣一愣的，『小夥子中氣很足啊。』

徐梔說：「學校朗誦團在練聲。」

老徐咯咯笑，『我又不是不懂，追求者吧？怎麼樣，長得帥嗎？學什麼的？』

徐梔握著手機站在陽臺上，心不在焉地往樓下看了眼，「看不到長相，你覺得能比陳路周帥嗎？」

老徐嘖了聲，不太滿意地說：『妳老是拿那小子比什麼啊。』

沒比，她心想，原來中文系的人表白也是念別人的詩，浪漫主義派的小詩人還真的不是到處都是，能寫詩的人不多，還能把她每個問題都記在心裡，並且好好思考一番再給她認真答覆的人，天底下也就那一個了吧。

想到這，徐梔打算掛了電話下去跟人說清楚，卻看見杜學姐拍了拍那人的肩膀，把人拉到一邊不知道說了什麼，對方很快就收拾東西走了。

等杜學姐一進門，正在敷面膜的許鞏祝就忍不住替徐梔掰著指頭數了數，「我算了算啊，從開學到現在，正經追妳的大概也有五六個了，徐大美女，妳就一個都沒看上啊？」

徐梔當時正在找充電器，準備幫手機充電，囫圇找半天也沒找到，最後發現是卡在桌子後面，於是貓著腰，撅著屁股在掏的時候，身上的曲線勾勒得緊緻又圓潤，前凸後翹，她手臂在桌板後面摸索著，淡淡地說：「真沒有，我沒打算談戀愛。」

許鞏祝把臉上的面膜撫平，看著鏡子後面那個沒什麼好挑剔的身材曲線，說：「江餘妳看不上嗎？上次在學生餐廳吃飯，妳還記得嗎，坐妳對面，我覺得杜學姐對江餘多少有點個人偏見哈，江餘絕對是他們系的系草，有陣子網路上特別紅，長得很像那個明星啊，剛出道的那個。」

杜戚藍是這麼說的，她抱著手臂靠在床鋪和桌子的上下梯上，一本正經地看著許犖祝說道：「妳知道為什麼妳覺得江餘很帥嗎？」

許犖祝莫名一愣，「啊？」

「就是你們這屆男生普遍都不行，我們這屆除了江餘還有好多帥哥，所以大家其實都有點免疫了，所以學姐們真是好替妳們這屆小妹妹擔心，帥歸帥，有幾個是渣男。不過江餘還好，徐栀，我說妳真的可以接觸一下。」

「是嗎，我怎麼覺得很普通呢。」徐栀把充電器拔出來，把手機插上說。

杜戚藍難免有點好奇，不由慢悠悠地將目光在她身上打量一圈，「江餘普通，徐大美女看來是談過戀愛啊。」

許犖祝興趣一下子就起來，把面膜一摘，隨手丟在垃圾桶裡，抹著一臉濃厚的精華油光發亮地趴在椅子上看著徐栀，興味盎然地問：「真的嗎？是什麼樣的男生啊，天吶，我好好奇。」

徐栀剛換上睡衣，腦袋上戴著毛茸茸的兔子耳朵髮箍，露出素潔的額頭和五官，單邊耳朵上的C字耳釘在閃閃發亮，陳路周是一個很難用一個字總結的人，真要說，只能說他的出現，難得統一了她和蔡瑩瑩的審美，說了個最顯而易見的事，「很帥。」

許犖祝失望地唉了聲，「帥這個東西，其實很主觀的，情人眼裡出西施，可能妳覺得帥，我們就不一定覺得帥了，就好比江餘，我覺得帥，杜學姐覺得也就這樣。」

徐栀靠在自己的桌子上，手機在旁邊充電，她抽了本書下來，打算背一下單字，「行吧，那就沒什麼好八卦了，那可能是我個人審美問題吧。」

徐梔那陣子手機通訊軟體時不時會冒出好友申請，她偶爾會點進去看，有一次看見一個頭貼風格跟陳路周很像的，因為對方的頭貼是個天鵝堡，她記得陳路周的個人頁面背景就是天鵝堡圖片，頭腦一熱就加人了，當時還以為是陳路周把她刪了，又重新回來加好友，但想想又不對，她又沒刪他，就算他重新加好友也不會跳出申請，除非兩邊都刪除了。

她加完好友之後就立刻退出來，去看陳路周的好友，還在，安安靜靜，跟死了一樣，個人頁面早幾百年前就停止更新了，徐梔當時懷疑陳路周出國可能換了手機號碼，也換ＩＤ了。

所以她對那個天鵝堡的好友，心存希冀，對方不說話，她也一直沒刪。直到有一天，學校裡學生會招新，徐梔填了宣傳部的招新表，對方要加她好友的時候，徐梔一掃，跳出來那個天鵝堡的頭貼主人，她下意識抬頭一看，才想起來是那天在學生餐廳坐在杜戚藍學姐身邊吃早餐的江餘。

徐梔當時心裡最後那一點的希冀也滅掉了，於是回到寢室坐了一天，其實剛來的時候也還好，思念沒這麼撓人，就是最近念書生活都步入了按部就班的步驟，所以總是會在閒暇之餘想起暑假那段時光。

想起那個昏暗的高三公寓，蟬鳴聲嘹亮，以及四下無人的夜裡，那些生澀卻令人覺得刺激的密密啄吻聲。

大概八月底的時候，兩人最後還打過一通電話，晚上一點多，徐梔剛洗完澡出來，發現手機上有通未接來電，是陳路周的，於是她頭髮都沒吹乾就坐在床邊，回電給他了。

那邊響了很久才接，接了電話就一直沉默。

兩邊都不說話。

徐梔當時裹著浴巾，頭髮濕漉漉地還在往下淌水，一點點滲透她的背脊，她看著窗戶旁邊那盆光禿禿的梔子花，感覺月光格外柔和，也忍不住叫他名字，「陳路周？」

那邊低低地「嗯」了聲。

徐梔：「想我了？」

那邊愣了很久，似乎是不太想承認，但又覺得說什麼都欲蓋彌彰，於是很短促地「嗯」了聲。

徐梔笑了下，「陳路周，你好菜，你應該說，不小心撥錯了，跟上次一樣，徐梔，妳鞋帶鬆了，多踐啊。」

那邊『嗯』了聲，但很快：『沒妳踐，掛了。』

之後就真的沒再聯絡過了。

國慶日前後學校事情很多，徐梔那陣子也挺忙，校內校外都得上課，正巧節前她被招進宣傳部，杜學姐自己是學生會副會長，一直慫恿寢室幾個女生去學生會試試，徐梔那天是閒著無聊陪許鞏祝去報名的時候，也填了一張表，正巧就是江餘的宣傳部。

徐梔進了宣傳部，許鞏祝去了學習部，劉意絲也進了文藝部，所以那陣子，她們五〇七寢室晚上基本上都沒人，因為都在部門開會，回到寢室基本上已經十點，幾個人互相吐槽幾句，然後倒頭就睡，渾渾噩噩間，還能聽見許犟祝說夢話：「部長，這種髒活累活我來，怎麼能讓您動手呢，別給臉不要臉啊！給我放那！！搶誰活呢！」

那陣子學業工作兩頭都忙，徐梔一天睡不到五個小時，每天夜裡被驚醒之後她總想起某個人，便再也睡不回去了，最後只聽許犟祝咂咂嘴睡得酣香，徐梔縱使再淡定，也第一次被說夢話的室友搞到精神崩潰，精疲力竭地往床上一倒，生無可戀地對杜戚藍說：「學姐，能給我一刀嗎？」

杜戚藍卻從這短短幾句話裡，抿出了一點耐人尋味的東西，「他們學習部是該整頓整頓了。」

徐梔：「……」

新生入學那股新鮮感過去，追徐梔的人就少了很多，也知道她油鹽不進，眼高於頂，連江餘這種系草都沒放在眼裡，其他人也就沒再衝上去自討沒趣，日子倒是清淨了很多。

其實也不是完全像杜戚藍學姐說的那樣，這一屆學弟裡還是有幾個很能打的，尤其在軍訓的時候大出風頭，唱了一首英文歌就俘獲了眾多芳心，其中一個帥哥正巧也在文藝部，最近跟劉意絲來往甚密，但兩人都沒挑破，還在曖昧階段，晚上聽他們打電話，整個寢室都冒著粉紅泡泡，許犟祝對那個帥哥很有意思，但人家喜歡的是劉意絲，所以寢室氣氛多少有點緊張起來了。

杜戚藍和徐梔一到晚上，就拉著許犟祝去操場散步，或者吃宵夜。那邊又要安撫著劉意絲不讓她覺得自己被孤立了，所以那陣子徐梔和杜戚藍夾在中間左右為難，好在杜學姐身經百戰，到底是學生會副會長，處理這種小矛盾簡直小菜一碟，徐梔又是個有話直說的坦率性子，人也聰明，識時務。她們配合還算默契，左右逢迎，居然把寢室氣氛調和得還挺融洽，在這點上，杜戚藍是越來越喜歡徐梔，於是兩人在某個從圖書館回來的晚上，杜戚藍深思熟慮後問徐梔，有沒有想過直接進學生會會長團，妳的性格很適合在會長團。情緒穩定，妳知道有時候各部門打架，我們會長團夾在中間其實是最左右為難的。

徐梔當時想了想，連忙退避三舍地搖搖頭：「欸，我還是賺錢吧，每天晚上開會開到十點我都頭疼，妳知道宣傳部吧，其實也沒什麼重要工作，但每天晚上都要去彙報工作，尤其是週例會，我覺得太形式主義了。」

杜戚藍笑笑，也沒勉強，剛要問江餘還在追妳嗎，就看見江餘從球場那邊過來，正朝她們大步流星地走過來，江餘個子不矮，保守估計也有一百八十三，手上和腳上都戴著護膝，快十月的天氣還是短袖短褲，確實是個陽光帥哥，手上拎著一瓶水，叫住徐梔和杜戚藍：「妳們幹嘛呢？」

兩人在路燈下站定，等江餘走過來，影子在路燈下變幻莫測，徐梔想起錄節目那晚，她追著他的影子踩，大約帥哥的影子都差不多吧，但是她總覺得陳路周的影子比其他人的都要乾淨鋒利點，也更修長，他好像連影子都充滿吸引力。

杜戚藍對江餘說：「背著妳挖人啊。」

江餘邊笑邊走過來，不知道有沒有聽到，兩手撐在膝蓋上，彎下腰，笑得如沐春風地對上徐梔的眼睛說：「國慶日回家嗎？」

「部門裡面有事嗎？」徐梔問。

江餘點點頭，「有點小事，妳要是回家也沒事，就是國慶回來之後學校各種比賽事項都還沒安排好，籃球賽、攝影賽、書畫展之類的，我們櫥窗欄裡的海報還沒換，還有一些宣傳短片都沒剪輯出來，如果不回家的話，國慶想留妳加個班，可以嗎？」

徐梔嘆了口氣，「行，你到時候把部門鑰匙留給我。」

江餘笑笑說：「我跟妳一起。」

徐梔一愣，看了杜戚藍一眼，正要說那還是算了吧，結果江餘有點無奈地率先開口說：「徐梔，我聽杜學姐說妳談過一個男朋友——」

杜戚藍在一旁聽見，連忙「喂」了聲，一記眼刀飛過去，「江餘！」

路燈將三人的影子拉得老長，球場那邊陸陸續續有人「砰砰砰」拍著球過來，一個江餘，一個徐梔，再加一個雷厲風行的學生會副會長，目光忍不住紛紛朝他們這邊不住地打量，江餘看了杜戚藍一眼，也頓住，沒往下說了，他咬著唇，了然地點了點頭，直起身看著徐梔說：「算了，我沒別的意思，國慶妳要留下幫忙的話，我把鑰匙給杜學姐。」

說完，江餘最後看了徐梔一眼轉身就走了。

徐梔和杜戚藍往宿舍方向走，路燈下兩人影子不斷交疊著，散開，杜戚藍欲言又止地看著她，最後還是開口解釋說：「江餘沒追過人，所以他不知道是妳難追還是女生都這麼難追，那天問我，我就隨口說了兩句，他那時候也挺難受的，有好一陣子都跟我說放棄了不追了，我也以為他放棄了——」

徐梔戴著眼鏡，銀色的鏡框在月光下散著光，襯得她整個人柔和而乾淨：「那個天鵝堡的圖案是妳告訴他的嗎？」

杜戚藍：「抱歉，我無意間看見的，江餘說怎麼都加不了妳的好友，我那天開玩笑地跟他說，你要不要換成天鵝堡的頭貼試試，因為我看妳對著那個個人頁面發了一下午的呆。」

那段時間，徐梔和杜戚藍說話也少了，許鞏祝不知道為什麼寢室一下子變成這樣了，徐梔那陣子出去得很早，晚上回來也晚，基本上屬於獨來獨往，杜學姐向來都是獨來獨往，寢室就剩下許鞏祝和劉意絲，劉意絲永遠在跟那個帥哥煲電話粥，許鞏祝看書看不進去，後來索性也在圖書館待到半夜才回。

國慶放假前，整個寢室氣氛都被一種詭異的尷尬籠罩著，最後還是許鞏祝忍不住找杜學姐談話：「妳跟徐梔到底怎麼了？」

杜戚藍當時從圖書館回來，抱著一疊書，兩人就站在門口，她覺得徐梔真的跟別的女孩子完全不一樣，她看起來好像對誰都沒有情緒，但是她一旦覺得不舒服了就會不著痕跡地疏遠，其實平時看起來也沒什麼不一樣，徐梔還是會跟杜戚藍說話，只是很少再說自己的事情。

杜戚藍也沒覺得有什麼，反正都是各自的選擇，她幫江餘只是覺得江餘是個還算不錯的人，徐梔因為她幫江餘疏遠她，說明徐梔也是真的不喜歡江餘，杜戚藍第一次覺得自己可能有點多管閒事，於是對許鞏祝說：「沒事啊，別擔心，過幾天就好了。」

許犟祝如實說：「我就覺得我們寢室最近氣氛怪怪的，我實在不喜歡這樣，我聽說好多女生寢室四個人拉了七八個群組，妳們不會也在我背後拉群組了吧。」

杜戚藍抱著書笑了下，無奈地說：「我要叫妳姐了，就算我是這種兩面三刀的人，妳覺得徐梔和劉意絲是嗎？小劉雖然平時跟我們溝通不多，最近又忙著談戀愛，但每次出去帶回來的宵夜也沒少妳一份啊。妳月底沒錢的時候，徐梔讓妳蹭這麼久的飯卡，她也沒說過一句啊。」

「也是，不過我會還錢給她的，我都記著呢，等下個月拿到生活費我就給她。」許犟祝突然想到說：「對了，學姐我們今天學習部開會，不是統計各班級的出勤情況嘛，人文科學實驗班那邊好像一直都少一個人，說是國慶之後過來報到，我在想，他來的話，像王教授的課，他不是被當定了？」

杜戚藍想了想，「妳問這個幹嘛？」

許犟祝心有餘悸地說：「因為我今天遲到了，我感覺王教授看我的眼神，我保不齊就是要被當的，萬一今年就我一個人被當多尷尬。」

杜戚藍安慰她：「王教授這個人很難講啊，他保不齊也要被當，不過曠了這麼久的課，想不被當也難啊，王教授的課本來就難，馬上就要期中考了，妳還是好好準備準備吧，徐梔數學不是很好嗎，妳問問她。」

得知朱仰起國慶也沒回去，徐梔約他出來吃了一頓飯，就在她學校附近，朱仰起瘦了很多，剛一見面，徐梔都沒認出來，她嘆了口氣，本來想在他身上找找暑假的感覺。

結果朱仰起好死不死減肥了，整個人坐在對面看起來熟悉又陌生，還做作地將袖子捲到肩膀上，露出賁張緊實的肌肉線條，一個勁地炫耀自己的肱二頭肌，渾然不覺對面的徐梔完全不在狀態，「怎麼樣，看起來是不是挺有趣？不是我跟妳吹牛啊，很多健身一年都到不了我這個狀態，哥只花了兩個月，完成了這個全新的蛻變。」

徐梔面不改色地坐在對面看著他：「……你能變回去嗎？」

朱仰起一時無語凝噎，看她神不守舍，便慢慢回過神，終於收起他的肱二頭肌，故作輕鬆地夾了塊壽司放進嘴裡，問：「是不是想他了？」

徐梔沒說話，心不在焉地側頭看著街上人潮擁擠，車來車往。

她身上穿著一件黑色小開衫外套，襯得皮膚細膩而白皙，裡面也是一件純黑色吊帶背心，露出平坦白嫩的胸骨，胸骨以下朱仰起不敢看，胸骨以上是精緻的鎖骨，網路上說可以養魚的鎖骨就是這種吧，徐梔確實漂亮，每見一次，朱仰起都要在心裡感嘆一次。

朱仰起放下筷子，嘬了口酒，跟老大爺似的嘶聲抽著氣，辣得上頭，面目猙獰地說：「昨天我接到妳的電話，就知道妳多少有點想他了，不然不會主動打電話給我。」

徐梔當時心裡卻想，陳路周喝多辣的酒都不會面目猙獰成這樣，有一次他們在高三出租屋那邊喝酒的時候，徐梔從家裡偷了一口老徐喝的土燒酒帶過去騙他喝了一口，一口下去，陳路周眼睛都辣紅了，也就無語地仰頭擰著眉頭，然後就直接把她摟過去，用手臂圈著她的脖子，將她整個腦袋按在懷裡，毫不手軟地用力掐她臉，咬牙切齒地說：「玩我是吧。」

徐梔當時笑得喘不過氣，但他力氣太大，躲不過，只能被他按在懷裡任由他掐，臉都被掐變形了，像個麵團一樣任由他搓扁揉圓，她只能嘟著嘴說：「陳、路、周，臉掐大了你負責嗎！」

他笑得不行，下手更重，有點報復的意思，低聲說：「負什麼責，妳親我那麼多次妳負責嗎？」

他的意氣風發別人確實學不來，哪怕從小跟他一起長大的朱仰起。

朱仰起把杯子放下，整張臉都辣紅了，感慨了一句：「其實來北京這麼久，我也不太敢主動聯絡妳，主要是怕妳看到我就想起他，我也怕看到妳總是會想起他。」

也確實，開學這麼久，他們幾乎沒聯絡過，也就入學第一天晚上，因為當時他剛換了當地的號碼，朱仰起傳了一則新號碼的訊息給她，問了句入學順利不順利，有沒有什麼需要幫忙的，有問題隨時找他之類的，順便讓她把新號碼傳過去。

但徐梔其實到現在都還沒辦當地的新號碼，因為八月底那通電話，讓徐梔一直很不安，她怕陳路周又半夜打電話給她，所以就一直沒換號碼。

兩人坐在A大對面的日料店裡，看著滿大街川流不息的人潮，正值放假尖峰時段，不斷有學生提著行李箱從校門口魚貫而出，夕陽的餘暉將整座校園籠罩在金光之下，那畫面，其實有點恍如隔世，明明才幾個月前的事情，可再回想起來，就變得很久遠。

徐梔試圖在朱仰起身上找暑假的熟悉感，她坐在殘存的夕陽裡，將朱仰起從頭慢悠悠、細細地打量到腳，那種好像要將他細嚼慢嚥的眼神瞧得朱仰起後背直起一片雞皮疙瘩，「妳別這樣看我，哥們遭不住，我會以為妳對我有意思，不過妳有沒有覺得我最近帥很多。」

徐梔悠悠喝了口酒說：「還行。」

朱仰起多少知道自己跟某人難比，「不說我兄弟，就說你們學校那江餘，怎麼樣，我比他帥嗎？」

徐梔當時正看著窗外，漫不經心地欣賞著夕陽晚景，聽見這話，下意識回頭看他，「你怎麼知道江餘？」

朱仰起神祕兮兮地一笑，「我在你們學校有眼線唄。」

「陳路周讓你盯我的？」徐梔盯著他問。

日料店裡的人本來就不多，加上馬上放假，這時候只有他們這一桌客人，服務生將冒著嫋嫋白煙的生魚片端上來，氣氛有片刻沉默，朱仰起只能搓了搓大腿掩飾尷尬，然後將生魚片盤子往中間推了推，等服務生下去之後才開口對她說：「就妳那天來找他商量志願的那個晚上吧，他交代我的，也不是盯妳吧，是怕妳被人欺負了，所以讓我多看著點，這不是正巧，我有個同學在你們A大的美術學院，前陣子就隨口跟他聊了兩句，才知道追妳的人那麼多，那個哲學系的系草叫江餘吧？怎麼樣，長得有我那兄弟帥嗎？」

徐梔靜靜看著朱仰起不說話，夕陽折射在她眼睛裡，更襯鋒利，身上莫名有股一夫當關萬夫莫開的氣勢，「他什麼意思？」

朱仰起以為徐梔介意被人在背後打聽這些事，但是畢竟他跟陳路周也很久沒聯絡了，這些事都還沒來得及告訴他，於是嘆了口氣，立刻替他兄弟解釋說：「妳別誤會，陳路周真沒別的意思，他就是擔心妳被欺負，畢竟妳長這麼漂亮，所以才讓我幫忙看著，而且他當時也說了，男朋友都隨便妳交。」

徐梔：「……」

「徐梔，妳這樣老在別人身上找他的影子不行。」朱仰起居然真心誠意地建議說：「要不然，妳談個戀愛試試。」

徐梔：「……」

之後，國慶七天過得很快，徐梔放假前接到一則簡訊通知，是節前的社團招新，這學期社團活動有附加學分，徐梔當時就隨便報了個攝影社，沒多久就通知她節後開會，她大致算了算，自己週一要開多少會，宣傳部例會，社團例會，加上中午十二點還有個班級幹部會議。對，她還是班代。就很莫名，第一天晚上新生見面，每個人自我介紹，然後一輪結束之後，輔導員就突然開始選班級幹部了，他們班男女生挺平均，唱票的時候，票數很分散，她以十幾票的微弱優勢當選班代。

徐梔屬於那種幹也行，不幹也行，因為從小當班級幹部也當習慣了，因為出眾的外形加上情緒穩定的性格，老師就特別愛使喚她。

國慶最後一天，她在宣傳部把馬上要開展的籃球賽幾個宣傳片剪完，就把鑰匙還給杜戚藍，下午去電信公司把當地號碼辦了，回到寢室的時候，還沒推開門，就聽見裡面一陣沸反盈天的喧鬧聲，堪比五百隻鴨子的現場，她簡直不敢相信，許鞏祝和劉意絲兩個人能發出這種聲音，也不敢相信，寢室一掃之前壓抑沉悶氣氛，此刻如同一鍋沸騰的開水大呼小叫。

「我操他媽我真的看見了，就在第二學生餐廳，跟人吃飯呢。」許鞏祝的聲音前所未有的激動，還在情不自禁地跺腳，跺得門後本來就短一隻腳的飲水機凳子咯噔咯噔直晃蕩，「他對面那個男的我認識，就是上次我和徐栀在福利社買水的時候遇到的那個理組榜首，就徐栀他們省的，那帥哥真的很帥，我剛打完飯，準備找位子坐呢，他跟那榜首一邊說話，一邊往我們這邊看了一眼，我當時直接腳下一軟。」

劉意絲笑起來，「他看上妳了啊，不然幹嘛看妳。」

許鞏祝是不可能被人灌這種迷魂湯的，這點自知之明還是有的，儘管聲音激動得發顫，但是還是保存著一絲理智：「那不可能，當時餐廳好多女生，都在偷偷打量他，外語系的小系花都直接上去要好友了。」

劉意絲還是不太信，本來想問還能比校草帥嗎？不過來了這一兩個月，至今也不知道學校裡的校草是誰，出名點的也就江餘、哲學系幾個帥哥。但是大家都不分伯仲，要說特別帥，也就那樣，沒有特別厲害的領頭羊出現，大家誰也不服誰。因為學校名氣大，每次提起本校校草誰誰誰，論壇底下或者社群底下都會有人真情實感地互相貶低一通，所以校草這個頭銜一直空置著，畢竟是學霸院校，顏值這方面過得去，光芒就比一般人難掩了。

許鞏祝正在翻手機通訊軟體，說：「我不管，反正等等杜學姐回來，我就要跟她說，誰說我們這屆男生拿不出手的，這個真的秒殺。」

「確定是我們學校的嗎，不會是來找人的吧？」劉意絲問。

「不是，是人文科學實驗班那邊的，明天王教授的課我們班不就是跟他們班一起上的嗎？到時候課上妳看著，絕對轟動。」

徐梔剛推門進去，兩人的聲音便戛然而止，齊刷刷地轉頭看她，眼底是意猶未盡的興會淋漓，滿目紅光的已經不計前嫌，徐梔不忍打斷這種氣氛，不管那帥哥到底帥不帥，能讓她們化干戈為玉帛，成功破冰，就這點來說，這人就很厲害。

徐梔一邊翻著抽屜找她的飯卡，一邊模樣誠懇地對她們沒心沒肺地勸了句：「欸，別在意我，我就回來拿個飯卡，妳們繼續聊，聊挺好的。」

許犟祝看她拿著飯卡出去，沒頭沒腦地問了句，「徐梔，妳要去餐廳嗎？」

「嗯，吃完去開會，你們學習部晚上不開會嗎？」

「不開，你們宣傳部最近事情多吧。」許犟祝看著徐梔走出去的身影，突然吼了句：「去第二學生餐廳！有帥哥！」

徐梔本來就打算去第二學生餐廳，倒不是因為第二學生餐廳有帥哥，而是她突然想吃豬腳飯，只有第二學生餐廳的三樓有豬腳飯。

這個城市此時已經入秋，通往餐廳的鵝卵石小路上稀稀拉拉地飄落幾片金黃色的落葉，秋意還不算很濃，球場就在餐廳隔壁，隱隱約約總能聽見男生在旁邊「砰砰砰」的拍著籃球，夾雜著此起彼伏的喝彩聲。

徐梔路上一直在想，她卡裡的錢到底夠不夠吃一份豬腳飯，因為放假這幾天餐廳都沒開，她依稀記得放假前裡面還有二十幾塊錢，一份豬腳飯二十八，但是她不記得卡裡究竟是二十幾，所以她在糾結乾脆先去餐廳底下儲值吧。

等她儲值完，坐在餐廳看著豬腳飯，突然又不想吃了，要不是沒有性生活，她都要懷疑自己最近是不是懷孕了，激素分泌不太正常，情緒這麼反覆。

餐廳寬闊、偌大，儘管人很多，但也還是顯得空蕩蕩，交流聲彷彿隔著千里萬里，隔兩桌就聽不太真切，所以耳邊幾乎都是餐盤碰撞劈里啪啦的聲響。

徐梔埋頭有一口沒一口地吃豬腳飯時，正巧聽見有人叫自己的名字，她茫然地抬頭望過去，是宣傳部的一個副部長學姐，隔著老遠喊她名字，問她吃完沒有，吃完了一起過去開會。

徐梔剛要說話呢，兩人的視線裡突然有道高大的身影從她們之間穿過去，將人擋住了，徐梔當時還側了一下臉，想把人撇過去，去找學姐的身影，說，我馬上，妳等下。可大腦反應到下一秒，她整個人就愣住了。

她說不出當時是什麼感覺，她覺得太久遠了，就好像見過海市蜃樓裡的宏景，彷彿下一秒就會消失，她總覺得是自己最近想他太多次，所以出現了那麼一個幻影，她幾乎都不敢抬頭去看，她知道多半只是有點像而已，說實話，她偶爾在路上也會看見幾個像他的，但都沒有這個真實感這麼強。

這種真實感實實在在地撞擊著她的心臟，她當時雞皮疙瘩甚至都起來了，血液在脈絡裡橫衝直撞，整個人是實實在在地呆住了。

看到陳路周那張臉的瞬間，她其實還是覺得不太真實，她總以為只是一個長得跟他很像的帥哥而已，難怪許鞏祝和劉意絲直接變成了五百隻鴨子嘰嘰喳喳個不停，但凡跟他有點沾邊的都醜不到哪去，然而，當徐梔注意到他旁邊的李科之後，才恍然回神，這是真的陳路周。

是她的陳大詩人。

除去上次在走廊裡的匆匆一面，其實正經算起來，兩人也有三個月沒見。

這樣的時間其實不足以去改變一個人，但兩人瞧彼此的眼神裡或多或少透著一絲生疏和試探。要說陳路周變化很大，也沒有，但要說一點都沒變，也不是。

他眼風依舊正，那眼皮和親過好幾次的嘴角也依舊很單薄，徐梔那時候就奇怪，陳路周嘴唇明明那麼薄，為什麼親起來卻很軟。不過眉眼輪廓照樣英俊清晰，只是身上的疏冷感比從前更重，看起來卻比從前更沉穩堅定一些，好像一艘沒有舵手的孤舟在海面漂泊數日後終於悄無聲息地靠岸了。

但不笑的時候，那股不好糊弄的冷淡勁就立刻又出來了。

餐廳人很多，來來往往。但因為占地面積太大，所以夾雜的各種聲響在空曠的餐廳裡顯得很細碎，耳邊充斥的都是乒乒乓乓扔餐盤的聲音，徐梔凝視他很久，陳路周也靜靜看著她，那眼神依舊銳利，只是比從前更具侵略性。

他想了很多開場白，每句話都在嘴邊生澀地滾過好幾圈，他當時嘴裡還嚼著一顆糖，糊糊地含著，就那樣坐在人聲嘈雜、四周目光交錯的餐廳裡，看著對面那個人，最後還是忍下胸腔裡那股令人頭皮發麻的酸澀勁，都已經走到這裡了，怎麼來的，來的過程到底經歷了多少，都沒必要讓她知道了。

陳路周下巴點了點她面前的豬腳飯，笑著問：「豬腳飯好吃嗎？」一如幫她填志願那晚，陳路周不肯給她看，小氣地拿了條毯子蓋在腿上，徐梔故意挑釁地說，豬腳飯好吃嗎？意思是，我眼睛這麼尖，真要看的話，那天下午我就看了。

重逢拿這句話甩她，多少有點勾她回憶的意思。

但徐梔一直沒說話，就那樣坐在那，一個勁地死死盯著他，李科當時就覺得，也就陳路周能那麼坦然自若地接受著對面的嚴刑拷打，徐梔眼神裡那股尖銳直白的狠勁，他都看得心肝發顫，忍不住開始回想自己以前到底幹了什麼缺德事……

六歲砸人家玻璃窗，十歲跟人去偷瓜，被大爺追著打，十六歲好像狠狠傷了一個女孩子的心……

但好在陳路周坦蕩，六歲沒砸過人家玻璃窗，十歲沒偷過瓜，十六歲也沒有傷過女孩子的心，女孩子也就正經招惹了那一個，現在坐在他面前，好像也快哭了。

「不認識我了？」他低聲。

徐梔平靜地回了句：「你跟陳路周什麼關係？」

陳路周想了想，看著她說：「他弟弟吧，陳三周？」

餐廳偌大空蕩，徐梔卻覺得空氣不暢，飯沒吃兩口，直接撂下筷子，準備走了，對陳路周淡聲說：「行，那我們以後保持距離，畢竟你哥現在應該在利物浦。」

也是那個晚上，徐梔說我也不一定去北京啊，萬一Ａ大沒錄取我，我可能會去上海，反正到時候也不告訴你在哪，你也別告訴我你出國去哪。

之後兩人都刻意不提這事，所以從她嘴裡說出利物浦的感覺很微妙，陳路周以為她真的不會問他去哪裡留學，所以還是沒忍住問了朱仰起是嗎？

「徐梔，我——」

話音未落，旁邊突然插入一道清亮的男聲，帶著熟悉地催促：「徐梔，吃完了嗎？馬上開會了。」

徐梔沒有再看陳路周，端著盤子直接站起來了，那男生個子很高，看不太清臉，站在餐盤回收處等她。

李科看了陳路周一眼，把手上的咖啡喝完了才跟他說：「你是不知道，開學第一週學校有多熱鬧，有個學長有陣子風雨無阻每天八點在宿舍樓下送早餐給她，你猜徐梔跟人說什麼？」

「說什麼？」陳路周看著兩人下樓的背影，慢悠悠地把嘴裡的糖咬碎了。

「她說，學長，你這個時間送，我已經吃過了，學長就好奇地問了句，妳幾點吃早餐？她說，四點。學長回來就跟室友說了，這女生不厚道，但凡說個六點都不會覺得被人拒絕得這麼徹底，誰大學還四點起床啊。」

難怪追不到，這就放棄了。

陳路周笑了下，轉頭看著李科說：「她真的四點起床。」

他們打耳洞那天，在雨棚下有一搭沒一搭的聊天，兩人還討論過高三的作息。徐梔說自己十一點睡四點起床堅持了一年多。她說得雲淡風輕，只有經歷過升學考的人才知道這有多難。

李科一愣，「真的啊？你怎麼知道？」

第二學生餐廳三樓人越來越多，餐盤乒乒乓乓的聲音沒停過，陳路周心裡一陣陣發緊，他以為自己是堵得慌，後來才知道是心疼，低著頭將剛掰下來的學生證膜撕掉，露出嶄新的那面，看著上面那張青澀的照片，因為沒趕上開學，照片用的還是他高一時的入學照，那時候眉眼都還有點沒長開，像被剝了皮的蔥根，又白又稚嫩。

陳路周嘆了口氣，懶洋洋說：「你以為黑馬那麼好當啊，當黑馬很累的，睿軍是普通高中啊，這麼多年上過幾個名牌大學？國立大學都沒幾個吧？那學校這麼多年也就出過她一個，沒點定力真不一定能考到這裡，李科，你大概不知道，我有多佩服她，我們的成績是市一中競爭出來的，是在一個天時地利人和的環境裡，所有人都能預料到的結果，可她不一樣，她的出現給了很多人一個希望。你不覺得很酷嗎？比我們酷多了。」

李科聞言一怔，確實，在星空下唱歌的人只是錦上添花，在爛泥裡摸爬滾打的人才是真正意義上的星星，徐梔很難得，他也不由得反思起來：「這麼說，我最近是有些懈怠了，昨晚兩點就睡了，八點才起來去上課。」

陳路周再次嘆氣，「那我更慘，我還曠了一個月的課。」說完，他把手機和學生證放回口袋裡，然後，狀似無意地，隨口問了句：「追她的人很多嗎？」

「反正不少，剛入學那陣新鮮感作祟比較多吧，我好幾次路上碰見她都被人堵著要好友，現在消停多了，可能大家都知道她不好追，連江餘都沒追到，基本上也沒什麼人上去自討苦吃了。」

陳路周挑了下眉，嘴裡的糖已經化了，很膩，問：「就剛那男的？」

李科點點頭。

兩人站起來打算回宿舍，陳路周連臉都沒看清，冷不防說：「還行，挺帥的。」

李科：「你得了吧，酸不溜丟的。」

陳路周笑笑，兩人下樓，有一搭沒一搭地聊著，他把雙手懶散地揣進口袋裡，一階階臺階慢吞吞地往樓下走，他人高就已經鶴立雞群，加上那副隨意自在的勁，落在他身上的眼神幾乎就沒斷過。

他向來視若無睹，對這些或好奇或害羞的眼神忽視得一貫遊刃有餘，自顧自跟李科大大方方聊著徐梔，一點也不擔心別人知道他有喜歡的女孩。

陳路周說：「真的沒有，要是能遇上個正經的，她要是想挑一挑，我也沒意見，不是因為別的什麼，說了你大概不太信，我第一次自卑，就是幫她查分那天，我說佩服她是真的，把我丟到睿軍，我都不一定能考出她這個成績。」

又佩服，又心疼。

李科也笑了下，「那也是，如果沒有你這麼競爭，我也考不出這個成績。不過，那個江餘吧，各方面條件都挺好的，好像是在地人，其他的我就不知道了，你一來我就幫你打聽了一下，徐梔現在在他部門裡，聽說他們系裡還有個學姐正好跟徐梔是室友，徐梔去宣傳部的事情就是那學姐慫恿的，總歸是比你近水樓臺。」

下週就是各系籃球賽，是宣傳部最近重點的工作，徐梔正坐在部門臨時租借的會議室裡，抱著電腦一籌莫展地看她明天要交的建築結構作業，這幾天想陳路周想的，要不是剛剛許犖祝跟她借PPT，她完全忘了還有這個作業。

過了一下，江餘進來把球賽的招商表遞給她，拖了張椅子坐她對面，下巴放在椅背上，說：「我聯絡了兩家企業，都有意向，我想明天中午過去聊下具體細節，妳帶電腦記錄一下對方要求？」

徐梔把電腦闔上，接過他手上的招商表，看了眼跟他確認時間：「明天中午？」

江餘「嗯」了聲，他不知道為什麼，徐梔這個人，屬於第一眼很寡淡，清心寡欲，但看久了，越看越覺得她帶勁，尤其她嗆人的時候，之前中秋晚會跟一個企業對接的時候，因為學校的原因，大部分企業負責人跟他們對接的時候都挺客氣的，那次遇到一個奇葩企業，臨時要求更換方案不說，方案怎麼改都不滿意，說白了就是他們企業自身沒什麼實力，沒有宣傳重點，但是又眼高手低，這瞧不上那瞧不上。還張口閉口就是你們貴校的學生就是金貴，我們跟別校的學生都是這樣合作的，怎麼到了你們就得給特權啊。

徐梔當時就悠悠丟出來一句：「不是我們要特權，是你們企業沒特點，不然這事也沒這麼難辦。」對方臉都氣綠了，但偏就她一針見血。

江餘趴在椅背上，又不依不饒地回了句：「沒時間？」

「明天中午班代開會。」

江餘想了想，「晚上呢？部門例會結束之後？」

「社團還有個會議，明天開完會大概得十點了，寢室都熄燈了。」

「一天都滿了？妳大忙人啊。」江餘遺憾地說：「那要是想約妳吃個飯都沒時間了？」

徐梔冷淡地「嗯」了聲，眼皮都沒抬，把招商表還給他，睫毛輕輕、柔軟地垂著，右眼底有顆清淡的淚痣，襯得整個人冷清禁欲。寢室的人還建議江餘拿錢砸砸看，江餘把人爆揍了一頓，徐梔那種一看就是對錢不感興趣啊。

江餘拿回招商表，失落地用手撣了下，吹了口氣，「那我帶朝朝去了。」

朝朝在一旁正跟人聊餐廳的帥哥聊得痛快淋漓，聞言回頭白了江餘一眼，「你可別帶我，我去了你就把我當助理使喚，買包菸都讓我去。」

江餘：「我就帶妳。」

朝朝哭天搶地誓死不從，嗚嗚泱泱地求著徐梔救她，徐梔摸摸她的腦袋，真的愛莫能助，說：「我明天中午真得開會，班代例會，而且，明天我們系滿課。」

週一基本上所有系都滿課，所以週一的早晨算是學校裡最忙碌、生機勃勃的一天。尤其是國慶假期回來之後，天氣逐漸轉冷，亢奮的學霸們也特別多，紛紛爭做寒風裡第一枝傲梅。

那陣子剛入秋，天亮還算早，四點三十分左右，天邊就已經泛起魚肚白了，窗外灰濛濛的，女生宿舍大樓對面就是一片小樹林，鋪著鵝卵石的林蔭小道散落著一地碎黃色落葉，偶爾有人踩過，發出細碎的聲響。

等徐梔洗漱完，把剩下的結構作業趕完，下樓準備去吃早餐時，就在宿舍大樓外看見那寒風裡的第一枝傲梅。

陳路周穿著灰色休閒衣，下身是一件印著側條紋的運動褲，衣服褲子上的logo都還是他喜歡的那個小眾牌子，他的衣服幾乎都是這個牌子，徐梔後來去網路上搜尋過這個牌子的模特圖，她搜完之後連點開大圖的欲望都沒有，因為模特都是外國人，搭配也很一言難盡，什麼毛衣配短褲，襯衫配皮褲之類的，價格還不便宜。徐梔很莫名問他怎麼會喜歡這個牌子，陳路周當時還挺不好意思說是他媽電視臺裡一個模特朋友推薦的，因為他個子高，比例太好，就很難買到特別合身的，褲管不是太短就是太長，這個牌子聽說都是男模特常買的。

那時候已經六點，學生餐廳通常這個時間才開門，其實她通常也是這個時間才下樓。

陳路周走到她面前的時候，徐梔感覺他背後的天都亮了點，晨曦溫柔在他髮間隱隱散著光，他兩手揣在褲子口袋裡，低頭居高臨下地看她，就那麼無欲無求地看了老半晌，才說了一句：「一起吃個早餐？」

陳路周設想了很多說話的場景，沒想到又回到這個嘈雜鬧哄的學生餐廳，不過這個時間餐廳沒什麼人，比昨晚冷清一點，但耳邊時不時還是會傳來乒乒乓乓的扔餐盤聲音。

徐梔打完早餐過來，轉身要去拿湯匙，陳路周就把湯匙放她碗裡，徐梔愣了一下，轉身又要去拿筷子，陳路周徑直把筷子放在她旁邊，下一秒，一碟醋放在她面前，下巴點了下她餐盤裡的灌湯包。

徐梔只能坐下。

「幾點過來的？」

陳路周自己只拿了一瓶牛奶和一顆雞蛋，敲了兩下，漫不經心剝著說：「四點。」

徐梔：「……你不會先傳訊息？」

陳路周瞥她一眼說：「我傳給妳，妳回了嗎？」

昨晚是傳了一則，今天其實算是意外，因為昨晚徐梔熬夜在趕結構圖的作業，只睡了三四個小時，那則沒營養的訊息她就沒回，因為他只問了句：在？

「我知道妳今天很忙，我就說兩句話，不會耽誤妳的。」陳路周低著頭剝著雞蛋說。

「你怎麼知道我今天很忙。」

陳路周眼皮懶懶地垂著，將雞蛋放她碗裡，「就挺巧，妳們寢室那個劉意絲的男朋友，是我室友，我跟他拿了你們系的課表，班代會議，部門例會社團例會，是吧？頭銜還挺多，當官當上癮了？」

第十三章　追前女友

餐廳熙熙攘攘，畢竟是國內頂尖大學，這個時間吃早餐的人也不少，陸陸續續有人掀開門口的簾子走進來，一進來就注意到角落裡坐著一對氣質清冷的帥哥美女，不由感慨，A大不愧是A大，要念書的起得早也就算了吧，連談戀愛的也這麼競爭，起得這麼早。

徐梔沒理他，低著頭喝了口粥，「行，兩句話說完了，現在開始，你可以閉嘴了。」

陳路周就真的沒張口，懶懶散散地坐在那，下巴使勁點點放在她醋碟子裡的雞蛋，讓她把雞蛋吃了。

「你就喝杯牛奶？」徐梔鐵面無私地看著他，「允許你再說一句話。」

陳路周喝著牛奶笑了下，「我吃過了，四點起來等人，妳以為能餓著肚子等？別的都還好，我真的餓不了，我一餓說話就難聽。」

陳路周確實是四點起來的，準確說是三點半，怕影響室友，動作比平常慢了一百倍，幾乎是前所未有的躡手躡腳，因為昨天才下飛機，到了學校就被輔導員叫去辦公室了，忙著辦學生證、領教材。他們班的輔導員是研究生班裡的一個學姐帶班的，年紀其實跟他們差不多，陳路周過去的時候，正巧碰見輔導員和班裡幾個幹部開會，討論籃球賽的事情，一進去，見他人高馬大又長得帥，陳路周就被幾個班級幹部盯上了，死活讓他去參加籃球賽，陳路周為了不耽誤時間就填了報名表，結果沒多久手機通訊軟體上就跳出幾個好友申請，全是剛剛幾個女生幹部。

等找到宿舍他準備放下東西去找徐梔時，正巧又聽見隔壁床鋪一個男生在打電話：「徐梔終於去辦飯卡了啊，行吧，那等等我們一起吃。」然後陳路周就隨口問了兩句，才知道電話那邊就是徐梔的室友，兩人是曖昧對象，其實還算不上男友，沒確定關係，就順手要了她們系的課表，室友還挺疑惑，你要這幹嘛，陳路周當時就隨口胡謅說，隨便研究一下，大二可能想轉系。那室友當即一盆冷水澆下來，死了這條心吧，這學校可太多學霸了，想轉系的第一個月都卯著勁開始學了，你這曠了一個多月一來就想轉系？陳路周當時嘆了口氣，好吧，冒昧了。但對方臨出門還是把建築系課表給他了。

因為一路過來風塵僕僕，陳路周是想吃完飯，回去洗個澡再過去找人，結果，正巧在餐廳碰見李科，李科當時震驚得五官都放大了，筷子直接掉在桌上，陳路周當下突然有點後知後覺地反應過來，連李科都是這種反應，那徐梔可能會有點接受不了，他本以為自己的出現對她來說是驚喜，但現在很有可能變成驚嚇。結果還沒等他想好怎麼去找她，就在餐廳遇到了，那瞬間是真的想過，怎麼樣都行，哪怕徐梔說想不負責任的睡他也行。

靜了好一陣子，陳路周看她吃飯，自己一邊喝著牛奶，一邊百無聊賴地在手心裡轉著手機，徐梔大約覺得自己眼神出問題了，不知道為什麼，看他老是有一股得意忘形勁，好像什麼都在他掌控之中似的，心裡無端生出一股無名火，「要我很有意思嗎？」

他才咳了一聲，正色道：「沒有，出了點意外。」

「志願什麼時候填的？」

「第二批志願分發上的，當時去國外我們碰見槍擊案，我媽改了主意，答應讓我留在國內，但我爸那時候不同意，兩個人就一直拖著，本來是打算等我爸同意了我明年再重考，然後打開A大官網的時候，發現今年志願分發有學生落榜，兩個系沒招滿人，一個電氣工程實驗班，一個就是人文科學實驗班，我當時也沒管，覺得是天意吧，就抱著試試看的心態申請了志願。」

其實在A大這種理工類的院校，人文科學實驗班確實算不上什麼熱門好科系，屬於文組類的大系，大二才會進行分流，分流方向是文學、哲學、自然之類的。陳路周當時填志願的時候，想的就是實在不行大二再轉其他系。

徐梔看著他，粥喝了一半也沒喝了，湯匙在碗裡有一下沒一下地攪著，「那為什麼這麼晚才來。」

陳路周喝了口牛奶說：「家裡出了點事，以後再告訴妳行嗎，這事解釋起來比較麻煩，總之就是來了，這段時間沒聯絡妳是怕我自己會忍不住告訴妳，但是最後也不知道自己到底能不能來。」

徐梔看他表情誠懇，才「哦」了聲：「你們人文科學實驗班是大二才分流嗎，那你打算學什麼？」

「沒想好，如果是妳，妳希望我選什麼？」

徐梔低下頭去，打算把剩下的粥喝完，聞言驀然抬頭撞進他清澈乾淨的眼睛裡，茫然地：「嗯？」

「我大二可能轉系，或者修個雙學位，看了一下你們系的課表，課排得很滿。」陳路周嘆了口氣，誘惑性十足地說：「要不然我大二轉經營管理，或者雙學位修個經營管理？」

其實陳路周當時填志願的時候就想好了，要麼轉經營管理，要麼修雙學位。

但巧了，徐梔也想輔修個經管系，不過輔修和雙學位還是有差別的，輔修只是單單拿個學分，雙學位是全日制。那幾年經管和電腦屬於A大最熱門的科系，每年想轉這兩個系的人最多，但名額偏偏又最少，可以說是全校科系裡最難轉的，系排名至少得在前百分之一才有資格申請。

「大言不慚，」徐梔說：「你先把曠了這一個月的課補回來吧，王教授的課我都擔心你得被當，你今天上課就去聽天書吧。」

餐廳的椅子都是沒有靠背的圓凳，陳路周當時側坐著喝手裡的牛奶，因為馬上喝完了，他準備站起來去旁邊扔空盒，所以半個身子是朝著門口垃圾桶那邊，聞言轉頭看她，手裡還懶洋洋地轉著手機，笑得意味深長地看著她，「看來也拿了我的課表啊。」

徐梔懶得理他，眼皮一抬，「你喝完了嗎？」

「嗯，」陳路周站起來，單手順勢拿起她的餐盤，「直接去上課還是先回寢室？」

徐梔坐著沒動，仰頭饒有興趣地看他，突如其來地問了句：「等等王教授的課，你要跟你的室友坐嗎？」

陳路周一手端著她吃剩的餐盤，一手漫不經心地揣在口袋裡，外套袖子半垂在手肘處，露出那令人熟悉、微微凸著的青筋，反倒是挺受寵若驚地低頭瞧著她，吊兒郎當地反問：「怎麼，妳要跟我一起坐？」

「嗯。」徐梔認真地點點頭，一本正經，但眼底難得有了笑意，「我主要是想看看，我們市一中的學神在王教授課上聽天書的樣子。」

陳路周是真的感覺到她的幸災樂禍了，或許也不是幸災樂禍，總之看起來挺高興，他將餐盤放到回收處，無奈地瞥了她一眼，「……行。」

王教授的課是高等數學，相比其他的系，人文科學實驗班和建築系的高等數學還算是簡單，但是再簡單的課程也都是新的，哪怕陳路周曾經獲得過數學競賽一等獎，但邁入大學，昨日種種就真的譬如昨日死了。更何況落下一個月的課程，今日種種，他現場生也生不出來。

上午就兩節課，王教授的課在第二節，徐梔大概從沒這麼期盼過上王教授的課，連許鞏祝都察覺到她的興奮了，「這是怎麼了，妳吃興奮劑了？」

徐梔笑笑，說了聲沒有，就繼續埋頭記著筆記，想著陳路周等等一臉茫然的樣子，想想就很好笑，嘴角一直揚著，就沒下來過，然而，口袋裡的手機一震。

Cr：『認真想了想，剛才太衝動了，等等還是分開坐吧，我丟不起這人。』

徐梔：『陳路周，你真的很無趣。』

Cr：『第一次去上課，王教授多少得點我名，他要是再狠狠心，問我幾個問題，妳絕對冷眼旁觀，見死不救。』

徐梔：『那你對我們的革命友誼太沒信心了，我要是會，我肯定會告訴你答案的。』

Cr：『行。』

徐梔剛放下手機，許鞏祝就在一旁一邊記筆記，一邊心潮澎湃地跟劉意絲說：「等等就是王教授的課了，我跟妳說我在餐廳看到的那男生真的很帥，妳信不信，等等肯定有女生會去要好友。」

「知道了。」劉意絲說：「趙天齊也說他們寢室來了個帥哥，不過沒妳說的這麼誇張。」

「趙天齊是嫉妒。」許鞏祝突然感嘆了一句：「帥哥好慘，晚了一個月來，長得又這麼帥，說不定會被他們寢室的男生孤立。」

「別胡說，趙天齊不是這樣的人。」

「是嗎，那你們怎麼還沒確定關係？」許鞏祝一針見血地說。

劉意絲一邊記筆記，一邊急吼吼地說，筆都劃破紙了，「他提過，是我沒答應。」

許鞏祝早就跟她說過好幾遍，但是劉意絲都不信，趙天齊根本就是個海王，軍訓上唱了一首歌俘獲了眾多芳心，本來許鞏祝對他還挺有好感的，但是後來聽了一些傳言，明裡暗裡都在提醒劉意絲，也急了，直接把話挑破：「劉意絲，我那天是真的看見趙天齊和一個女生在餐廳吃飯。」

劉意絲一言不發。

徐梔只得打了個不冷不淡的圓場，「行了，許犖祝，上課呢。」許犖祝癟嘴，好不容易熬到下課，劉意絲也沒等她們，直接收拾東西就走了，徐梔無奈地看了許犖祝一眼，許犖祝再次癟癟嘴，「我就是怕她被人騙。」

徐梔吃完早餐回寢室洗了個頭，這時候頭髮也沒綁，就這樣散著，她有點自然捲，胎毛也很多，梳著大光明頂的時候，也不顯得髮際線高，此時頭髮散著襯得一張臉圓潤緊緻，身上穿著開衫外套和吊帶背心，以及一件闊腿褲，身材纖瘦高挑，也勻稱。然後一邊收拾東西一邊頭也不抬說：「我知道，但有時候換個說話方式可能會更讓人容易接受一些，我說個不太恰當的比喻，妳明知道對方家境困難，看見她身上有個破洞，妳直接拿著針線當著她的面要把洞縫上，還不如等她脫下來偷偷幫她補上。」

徐梔其實不太喜歡跟室友說這些，但是這一兩個月下來，這幾個人的脾氣她大多也都摸清了，其實大都沒什麼壞心思，只是許犖祝性格很大大咧咧，也比較任性，說話不太顧及別人的感受，劉意絲性格比較軟和悶，有什麼話喜歡憋著，也不會說出來，所以劉意絲總是被許犖祝氣哭，杜學姐就是和事佬，跟誰都打哈哈，她好像跟誰關係都挺好，但是就都不太走心的那種。

中間鬧了這個小插曲，劉意絲在外面哭了片刻，王教授來的時候，還不肯進教室，徐梔沒辦法，跟王教授請了半節課的假，說她生理期不舒服，去趟醫務室，勸了半節課才把人勸回來上課。

王教授的課是大課，兩個班的人一起上課，近百來人，所以徐梔中途走進去，發現就算是個頂級大帥哥，這麼看也還是挺難找的，因為整個階梯教室一眼望過去全是烏壓壓的人頭，剛要說，陳路周，陳路周，你也不過如此啊，眼睛就非常不爭氣地掃到了那張英俊冷淡的臉。騷啊，陳路周，聽天書還坐在第一排。

陳路周也正巧在看她，抱著手臂靠在椅子上，眼神指了下旁邊的空位。

徐梔當時是貓著腰走過去，身上穿的是開衫外套和吊帶背心，她下意識用手捂了下胸口的位置，一坐下，陳路周抱著手臂瞥她一眼，看著王教授漫不經心地問了句：「幹什麼去了。」

徐梔把書打開，假裝聽得很認真，用眼神跟王教授進行誠摯地問候，一邊用嘴咬著牙，一邊用你講得很好我都聽懂了的表情，笑咪咪地看著王教授，然後跟陳路周說：「聽說你們寢室那趙天齊是海王？」

大概是因為跟王教授眼神互動地太過熱情，王教授瞬間就接受到了信號，一臉孺子可教也地敲著多功能黑板對徐梔和藹可親地說：「看來有人會做了，那邊第一排最角落那個女生，妳要不要上來把這道微積分解一下，就用我剛才說的那種解法。」

徐梔笑容瞬間僵在臉上：「……」

不是，你沒看到我剛進來？

「妳進來的時候，他剛背過去寫板書，」陳路周拿起筆，一邊說著，一邊低頭笑得不行，那眼裡的得意忘形簡直讓人恨不得敲他一頓，偏偏看起來又很意氣風發、隨性自在。然後在本子上寫了個答案給她，用筆劃了個勾，笑著說：「憑著我們的革命友誼，我寫個答案給妳，過程自己上去算。」

徐栀：「……」

狗東西。

但要說他狗，他又沒那麼狗，徐栀準備硬著頭皮上去的時候，聽他在耳邊輕輕咳了一聲，看著黑板，輕描淡寫地又提醒了一句：「拉格朗日定理能做。」

但他們學的是定積分，拉格朗日定理已經是上上週的事情了，看多功能黑板上的板書，今天王教授講的應該是積分均值定理，但是徐栀前半節課沒聽，積分均值定理沒吃透，她也沒辦法上去就寫出過程，於是就照著陳路周的提示，想了想怎麼用拉格朗日定理解。

教室一片安靜，只剩下徐栀刷刷刷寫板書的聲音，王教授格外有耐心，等她寫完才難得開玩笑說：「得，又是一個忘不了拉格朗日的女生，但人家跟柯西是一對。」

拉格朗日均值定理是柯西均值定理的特殊情形，有些教授就戲稱他們是一對。事實上，拉格朗日好像也當過柯西的老師。

聽到這，教室裡瞬間哄堂大笑，連陳路周都忍不住扯了下嘴角，王教授讓徐栀先回去，敲了敲多功能黑板不苟言笑道：「這道題目，我每年都有學生上來什麼都不管，就先拉，拉不出來才一臉便祕地看著我，老師我拉不出來啊，但很好啊，今年有人拉出來了，確實，這道題能用拉格朗日定理做。」

人很嚴肅，話很好笑，越是不苟言笑的老師，一本正經說這種話，就越好笑。教室裡再次爆發出潮水一般的哄笑聲，學生們笑得前合後仰，第一次發現王教授還挺幽默。王教授是

A大高等數學有名的教授，數學系的高等代數也是他在教，但他們這兩個班的高等數學比較簡單，王教授對他們要求也比較低，保過就行。所以大多時候上課互動也不多，只要求他們出勤率必須全滿。

但厲害的老師，可能也得遇上厲害的學生才會顯現出他的魅力，同樣遇到一個能靈活運用定理的學生，王教授也難免比往常興奮一些，也不知道是反光還是什麼，反正眼鏡底下那雙眼睛亮了很多。他慢悠悠地喝著保溫杯裡的茶水，唾了口茶葉沫回去，說：「行了，言歸正傳，這道題用今天講的方法我再推一遍給你們看。」

教室瞬間恢復鴉雀無聲，所有人抬頭目不斜視地看著黑板，手上瘋狂記著筆記。徐梔看旁邊這哥還是剛才的姿勢靠在椅子上，面前桌板上倒是攤著一本筆記本，一個字沒往上記，除了剛剛寫了個答案給她。

說實話認識這麼久，徐梔還沒正經地見過他的字，上面也就幾個阿拉伯數字和字母公式，只能說這幾個數字寫得挺揮灑自如，但實在看不出字，陳路周看她盯著自己的本子看，笑了下，抽手過來把本子蓋上，不知道哪來的直覺：「想看大帥哥的字？」

「……臉皮呢？」徐梔斜他一眼，故意說：「你聽天書都不用記筆記嗎？」

陳路周神態自若也瞥她一眼，理直氣壯：「聽天書記什麼筆記。」

徐梔覺得他裝過頭了，面無表情地看著黑板說：「你在家是不是偷偷學了，拉格朗日都讓你知道了。」

陳路周也看著黑板，兩人一個裝得比一個認真，才低聲解釋說：「沒，高中學過拉格朗日定理，早上第一節課的時候就稍微翻了一下微積分前面幾章，發現比我想的要稍微簡單一點，不過也沒想到王教授講這麼快，開學才一個月，就已經到定積分了，瞎貓碰上死耗子吧，換別的題，我們就大眼瞪小眼了。」

確實是，陳路周也就第一節課把前面幾章掃了一下，導數函數，一直到拉格朗日柯西這些都還算簡單，最基礎的微積分他以前學過一點，看到後面才有點吃力了，所以才傳了那則訊息給徐梔，確實如果今天直接來聽王教授的課，雖然不至於到聽天書的程度，但絕對不輕鬆。

徐梔卻好奇地問：「你們高中數學就學拉格朗日了？市一中這麼競爭嗎？」

王教授進度很快，講完定理已經開始講書上的例題，陳路周靠著，一隻手揣在口袋裡，一隻手拿著筆在書上把王教授講的幾道例題都勾了，聽她這麼問，他噗哧笑了一下，然後放下筆，才悠悠忽忽地朝她遞過去一眼說：「不是，高中上競賽班的時候，老師講過，不過是物理競賽，其實，拉格朗日在物理競賽裡更好用，我們數學老師，妳記得吧？蔣常偉，我們好幾次問他有些題目能不能用微積分的時候，他回了一句給我們，讓我們不要這麼早學微積分，這就好像——」

他頓了一下，發現這話不太合適，但是蔣常偉當時確實是這麼告訴他們的。

徐梔困惑地看過去，只聽陳路周咳了聲，表情挺不自在，壓低聲，快速試圖把那兩個字含糊不清地夾過去：「他說，沒必要二十歲就壯陽——」

徐梔發現陳路周真的是又踐又純，笑了下，「蔣老師還挺會形容。」

陳路周難得侷促地「嗯」了聲，冷淡地垂著眼說：「反正就這意思，他跟別的老師不太一樣，他說高中的數學高中知識就能解決，你非要去學微積分來解決高中的數學，就相當於殺雞用牛刀，只有水準不夠的人才會幹這事，水準夠的人，用湯匙也能炒出大鍋菜，就這個意思吧，他一向希望我們用小方法解決大問題，而不是拿大炮打蚊子。所以我們也就物理競賽的時候聽老師講解過幾次。」說完，他嘆了口氣，笑著說：「我們下次還是分開坐吧，這麼聊下去，我們今年都得被當。」

主要是他發現自己真的聽不進去，剛剛她沒來之前，他多少還能聽懂幾道例題，這時候是一道題都聽不懂了，好在王教授不太喜歡叫人起來回答問題。

正巧，王教授在臺上問了句：「好，剛才講了那麼多，那這道題選什麼。」

同學：「B。」

徐梔：「A。」

王教授擲地有聲地說：「對，這位女同學反應很快，選A啊，就我們剛剛講的牛頓萊布尼茲公式——」

陳路周：「……」

一心二用的本事還是這麼厲害是嗎？

後半節課，徐梔專心致志記著筆記，陳路周看著黑板，喉結微微滾了滾，突然問了句：「週末有時間嗎？」

王教授此刻正背對著他們寫板書，身後烏壓壓的腦袋都埋著正在奮筆疾書抄，徐梔也低著頭在寫，偶爾掀眼皮看看黑板，眼風都沒往他那邊掃，說：「幹嘛？」

「想幫妳補補數學。」他不要臉地說。

徐梔半個腦袋是趴在桌上的，噗哧一聲也笑了，抬頭瞥他一眼，「陳路周，你有沒有看過一部電視劇，你現在說話就那個味道。」

「哪部？說來聽聽。」他懶洋洋的。

「『明樓，你跪下，大姐求你個事』，《偽裝者》吧，建議你去看看，你剛剛就有點那個味道。」

他笑了，「行吧，妳就是想看我天天聽不懂課出醜。」

徐梔面不改色：「你說我如果現在打通電話給朱仰起，他知道你這情況後，會不會連夜搭計程車從豐臺過來圍觀？」

陳路周靠在椅子上不說話，徐梔瞧他半天沒說話，瞥過去一眼，才聽他若有所思地說：「……妳倒是提醒我了，週末要不要約他一起吃個飯，先別告訴他我來了。」

「週末我部門聚餐。」徐梔猝不及防丟出來一句。

陳路周「哦」了聲，低頭把書翻到前面導函數，準備從頭開始看，直接不聽了，嘴上冷淡地隨口應了句：「行。」

課間中途休息了十分鐘，王教授出去抽了根菸，也有幾個男生出去抽了根菸，徐梔和陳路周坐在第一排，趙天齊出去的時候，還從後排繞過來喊了陳路周一聲，問他要不要出去抽根菸。

徐梔下意識看了陳路周一眼，後者嘴裡不知道什麼時候塞了一顆糖，慢悠悠地嚼著，還裝模作樣地來了一句：「抽不了，肺不太行。」

接吻的時候沒覺得你肺不太行啊。陳路周這人還挺會處理關係，但凡說一句我不抽，有些人可能會覺得你這人怎麼這麼裝呢，他這個人厲害就厲害在，人鬼他都能相處，跟人有人的相處方式，跟鬼也有鬼的那一套。

趙天齊點點頭，卻沒急著走，欲言又止地看了徐梔一眼，然後主動跟她搭腔說：「剛剛劉意絲怎麼了？」

其實他跟劉意絲曖昧這麼久，徐梔都沒跟他正式見過面，也沒說過話，只聽過他的名字，如果不是他主動開口跟徐梔說話，徐梔走在路上也不知道這人就是室友的曖昧對象。

所以趙天齊開口的時候，徐梔都沒反應過來他是在跟她說話，還以為在跟陳路周說話，好一陣子才反應過來是在跟自己說話，但她對他不太有好感，冷淡地回了句：「沒事。」

趙天齊眼神在他們身上掃，似乎要問什麼，但是兩人都跟他不熟，顯然不會告訴他，還是很識趣地走了，人一走，徐梔就跟陳路周說：「你猜他剛剛想問什麼。」

陳路周說：「不用猜，等等回寢室就會問我了，妳那兩個室友大概也不會閒著。」

陳路周還是低估了別人的好奇心，根本都不用等到回寢室，徐梔還在餐廳吃飯，就已經被許鞏祝和劉意絲嚴刑拷打了一遍。

徐梔囫圇咬了口獅子頭，不以為意地說：「不是來晚了嗎，他那位子正好靠門口，我就坐過去了啊。」

「妳是沒看到，剛剛後排幾個女生一直在盯著妳。」許犟祝戳開一瓶牛奶，「不過陳路周也是你們S省的人，你們以前認識吧？」

徐梔詫異：「妳們這麼快就打聽清楚名字了，嗯，認識，以前就是我們那市一中校草。」

「現在應該也是校草了，聽說有幾個女生已經直接叫他路草了，不知道誰幫忙取的名號，」許犟祝，「不過難怪，看你們聊了小半節課，聊得還挺高興的。」

劉意絲：「徐梔，妳說陳路周會不會喜歡妳啊？」

徐梔嘆了口氣，「多少有點吧。」

許犟祝也跟著默默嘆了口氣：「徐梔，我要是有妳一半的自信，我也不會找不到男朋友。」

倒也不是真的覺得徐梔自信還是怎麼樣，只是她那口氣聽起來太像開玩笑，大家也就沒有當真，只以為兩人以前是同鄉，現在他鄉遇故知，難免有話題聊嘛。畢竟眾所周知，生活又不是拍電視劇，哪有這麼多帥哥配美女。

其實他們登對是登對，但是氣質都是那種乾淨清冷，很難想像，他們要是在一起，接吻得是什麼樣子，所以沒再盤問下去。

之後，陳路周好像也沒再找過徐梔，室友們那顆八卦的心也就放回肚子裡了。

之前一個月，因為軍訓、加上各種班級幹部、部門幹事緊鑼密鼓地選拔人才，大家都忙著在學長學姐面前刷存在感，整個校園熱鬧是熱鬧，但總透著一股浮躁。國慶之後，所有人才慢慢進入井然有序的校園念書生活。

那幾天，徐梔身邊總少不了討論陳路周的聲音，有次在餐廳吃飯，還聽見兩個男生在那說，人文科學實驗班來了個帥哥你知道吧，我們班女生非說他很帥，我看了看也就這樣，不知道帥在哪，直到昨晚我們寢室和李科他們一起玩狼人殺，李科也把他叫過來了。

另一個男生被勾起了興趣，「怎麼？邏輯很厲害？」

那男生說：「還行，但是我覺得他多少有保留，李科說陳路周是他們省的裸分榜首，你知道吧，S省要考自選模組的，他沒考，總分七百三十三，只比李科少了二十幾分。加上六十分的自選模組，他總分不得上七百九十？這個分數太嚇人了吧。但這不是重點，重點是昨晚我對他有點改觀了，我本來以為帥哥都挺裝的，但他挺好玩的。」

「怎麼說？」

「玩遊戲之前吧，氣氛還挺好，李科就開玩笑說要收開桌費，因為每次都在他們寢室玩，最後弄一地狼藉老是被舍監阿姨點名，讓我們交點精神損失費，大家也就開玩笑說好。然後，玩著玩著，李科兩個室友就吵起來了唄，那兩個兄弟脾氣一直挺火爆，玩遊戲老是吵架，不過以前頂多拌嘴，現在大概是熟了，昨晚一氣之下就開始摔杯子。陳路周當時大概也震驚，跟李科對視了一眼後開玩笑說，今天這開桌費是不是得算上這個杯子的錢，你是不是故意訛我錢？李科就說你這人沒點格局，訛你點錢怎麼了，陳路周說，要不然我訛你點錢，你叫我聲爹，讓我看看你的格局。」

「氣氛一下就緩解了很多，其實我以前每次跟李科寢室那幾個兄弟玩狼人殺都覺得沒意思，玩到最後多少都有點掛相，昨晚要不是他，我猜又是不歡而散，感覺同學情分都快玩沒了。」

徐梔覺得確實是陳路周能說出的話，反正那陣子徐梔都不用問他在哪，偶爾動態也能滑到，幾乎每天都有人拍他在球場打球的照片，徐梔當時還特地點開放大了那張圖，雖然挺模糊，畫質也不是那麼清晰，但依稀也能看出來，他打球確實穿兩件，裡面一件白色T恤，外面疊穿一件或紅色或藍色或黑色的球衣。

他打球大多時候都在晚上，加上室外球場路燈昏暗，人很多，男生女生都有。陳路周跟江餘他們不太一樣的一點是，江餘那些系草們偶爾還會眼神飄忽，心不在焉地往球場外瞥圍觀的女生一眼，看有沒有長得漂亮的。陳路周打球就只打球，哪怕中場休息，也只是抱著手臂靠在籃球架下，雖然很多人都在看他，但陳路周心無旁騖，眼神只盯著那顆球跟著上上下下，那副心貫白日的樣子，確實讓不少心猿意馬的女生直接止步了。

人文院裡的動態配文都是——我院之光。

學姐們的動態配文都是——這撥終於來了個禁欲系的大帥哥。

大家也就花痴一下，但正經去追的，好像還沒有？只有幾個，若有似無地撩了一下。

十月之後，學校裡很多活動都按部就班地展開，各系之間的籃球賽和校園十佳歌手幾乎同時如火如荼地進行著。徐梔她們女生宿舍正好在十佳歌手的海選對面，每天下午都能準時聽見那些一個比一個慘烈的鬼哭狼嚎聲。

許鞏祝和杜戚藍吐槽，就剛才那一聲，至少唱跑了四個女朋友，都是連夜扛著火車頭跑的。

杜戚藍表示，這都還算可以了，反正我們學校文藝和體育兩方面向來不太繁榮，我們都習慣了，真正會唱的人都不肯來唱，不會唱的上去吼兩句，我們就鼓鼓掌吧。

徐梔那幾天被結構圖的作業弄得心煩意亂，老師說她各方面都很好，但就是結構神散，不吸睛，這種評語就很莫名其妙，因為妳根本不知道問題在哪，連改都不知道從何下手，老師就差把妳沒有天賦、不適合學建築這幾個字打在作業上面了，就是看起來很委婉，但這種溫柔一刀才會讓人覺得無力和挫敗。

他們這個結構老師批改作業就是這種風格，反正誰在她那都一堆毛病，但所有的毛病最大大不過神散這兩字，因為上第一節課的時候，那位老師就特地提過一句，構圖神散是建築師在職業生涯上最大的挑戰，這就好比妳這東西拿給甲方，甲方永遠說不出問題，但就是覺得差點意思，讓妳改，妳其實也無從下手，這麼折騰幾次吧，多半是轉行，這是我很多學長學姐們的前車之鑒。當然不是歧視這類同學，只是這類同學可能需要付出更多的努力去找靈感。

徐梔當時趴在宿舍的欄杆上心如死灰地找了一下靈感。

突然，一陣熟悉的旋律響起。

「每個人都缺乏什麼，我們才會瞬間就不快樂……」

「或許只有妳懂得我，所以妳沒逃脫，一邊在淚流，一邊緊抱我，小聲地說，多麼愛我……」

徐梔聽了一下，不太確定，所以傳了一則訊息過去。

徐梔：『你去參加十佳歌手了？』

那邊回得很快：『？』

那陣子，陳路周除了每天早上陪她吃早餐之外，其他時間基本上都找不到人。

徐梔：『剛剛好像聽見你的聲音了，唱的是〈想自由〉。』

那邊又回：『哥在圖書館看書。』

徐梔大致知道他最近想把之前的課都補回去，馬上要期中考了，聽說第一學期的期中考試有百分三十的成績會計入期末考試，他要是不努力點，別說轉系了，雙學位都修不上。

徐梔：『昨晚幾點睡的？』

那邊回：『兩點？』

徐梔：『要不然以後早餐分開吃吧。』

那邊回：『妳要跟誰吃，江餘嗎？』

徐梔：『你得了吧，你不是跟朱仰起說隨便我交男朋友嗎？』

下一秒，電話直接打過來，徐梔當時站在寢室陽臺上，校園裡晚景迤邐，晚霞拖著長長的紅色氤氳籠罩著整個校園。北京真不是個愛下雨的城市，徐梔來這麼久，就沒下過幾場雨，空氣比慶宜乾爽很多，儘管是金秋十月，鼓在臉上的風還是有點刺冷，但景色宜人，樓下還有一對小情侶坐在小樹林裡的石板凳上深情擁吻，將整個晚風烘托著令人躁動。

徐梔嘴唇乾燥，想喝水，又懶得進去拿，索性靠在欄杆上，任由晚風吹著自己，她舔了下嘴唇，然後把電話接起來，還沒張口說話，那邊似乎已經走出圖書館了，不然聲音沒這麼清晰，只聽他笑著問：『朱仰起還跟妳說了什麼？』

對面小樹林裡的那對小情侶還是沒分開，黏黏乎乎好一陣子，女生才依依不捨地從男生腿上不情不願地站起來。

杜戚藍和許鞏祝聽了一半就進去了，徐梔還站著，結果發現嘴巴越舔越乾，北京的風真是鋒利，也澀，嘆了口氣說：「沒什麼，你看書吧，考完試再說。」

『江餘是不是挺煩人的？』陳路周不動聲色地問了句。

江餘其實有陣子沒找她了，應該是部門事情忙，徐梔也沒太在意，她本來是打算如果江餘再找她，就跟他說清楚，讓他不要浪費時間在自己身上了，但偏巧後來江餘也沒主動找過她了。

「沒你煩人。」

他站在圖書館門口的樹下，一手舉著手機放在耳邊，穿著白色圓領休閒衣，袖子鬆鬆垮垮地捲在手肘處，露出清白修長的手臂，手上還夾著一支按壓式的黑筆，筆蓋被他反反覆覆一個勁地在那彈著，神情匆忙，看起來也是百忙之中回了這通電話，『妳珍惜現在的日子吧，等我考完試，妳多少是要被我打的。』

徐梔看著校園裡霞光萬丈，心情突然就爽了，笑起來，「陳路周，你好菜啊。我還以為市一中的學神什麼都會呢。」

『市一中的學神不一定什麼都會，但陳路周稍微努力一下就會了。』

徐梔突然好奇起來，「那我倒想知道你期中能考幾分了。」

那邊笑了下，『行，也期待慶宜小黑馬的表現。』

去了外省，人好像會自動放大地域概念，比如在國外看見個華人就覺得老鄉見老鄉兩眼淚汪汪，如果在國內，來自同個省的同學就會自動自發地結成一脈。更何況是同一個市的同學。

校內有不少S省的人，慶宜又是S省裡占比最多的，大家也都知道S省市一中出學神，市一中的人莫名就有股優越感，好像只有他們能代表S省的教育和學生力量，每次有人問起一些外校的慶宜人，他們就會立刻否認，不是，他們不是一中的。

徐梔好幾次和幾個外校生都碰見過這種情況，別人問一句他也是你們慶宜的欸，對方就立刻搖頭，不是我們一中的。這就讓人覺得很莫名奇妙，不是你們一中的就不是慶宜人了？好像外校的人就沒辦法代表慶宜，輕而易舉地就把別人的努力抹殺了。不論在哪，市一中的人就是有這種優越感，不說全部的人，至少有大半的人是這樣。

陳路周這句慶宜黑馬，讓徐梔心頭一熱，他好像總能在某個莫名其妙的點上讓她覺得很窩心，徐梔那時候就想，如果她人生中只有一張底牌不能被人抽走，那好像就是他了。

哦，老徐也不行。

那還是先老徐吧。

徐梔掛了電話，突然感覺幹勁十足，不得不說，陳路周真是一個讓人充滿希望的人。這麼一下子功夫又幫她充上電了。

圖書館人很多，很安靜，到處都充斥著筆尖在紙上擦過的窸窸窣窣聲和嘩啦嘩啦地翻書頁聲，陳路周拿著筆回來，剛拉開椅子坐下，李科當時就在他旁邊坐著，正要跟他說話，旁邊走過來一個漂亮女生，綁著高高的馬尾，梳著大光明頂，化著精緻的妝容，粉底當成批土抹在臉上，但皮膚確實細膩，身材纖細高挑，李科粗略估計這女生得有一百七十五。

那女生低頭看著陳路周，膚光似雪，笑吟吟地禮貌問：「陳路周，這裡有人嗎？」

李科下意識瞥了陳路周，突然想起來這女生是誰，好像是外語系的，不過怎麼突然就叫上名字了，兩人看起來好像已經認識了，李科不知道為什麼，瞬間替他的慶宜小黑馬捏了一把汗，就說嘛，陳路周怎麼可能沒人追。

徐梔剛準備打開電腦繼續幹結構圖，許鞏祝就不合時宜地吼了一句，「不行，我畫不出來，有人要跟我去圖書館嗎？我感覺我需要接受一下學霸們的薰陶。」

劉意絲不在寢室，杜戚藍正在寫學生會這週的工作總結，揮揮手，「我不去。」

許鞏祝可憐兮兮地將目光轉向徐梔，徐梔想了想，嘆口氣，闔上電腦，「走吧。」

圖書館。

陳路周他們那桌大概八個位子，就剩下他旁邊兩個位子是空的，外語系那女生目標很明確，從門口進來沒有一秒猶豫，徑直就朝著他過來，好像早就知道他在這，大概又是誰拍了照片發動態。

李科剛要說，那邊桌子不是還有空，妳就非要坐他旁邊？

但陳路周當時八風不動地靠在椅子上，眼皮也沒抬，拿著支筆在計算本上行雲流水地推導微積分的幾個公式，冷淡地「嗯」了聲：「沒人。」

李科還挺意外，大受震撼，說好的潔身自好呢，突然想打通電話給徐梔，快來看看吧，這狗東西又勾搭人了。

李科悄悄跟他耳語，旁人幾乎聽不到，兩人交流屬於半靠唇語了，「草，你不會是想看看徐大妹妹吃醋的樣子？」

陳路周沒理他，把計算本扔過去，「你有這閒工夫，趕緊把你們老師微積分的PPT傳給我，我還有兩章就補完了，這不等式答案是這個嗎？幫我對一下。」

他繼續耳語，聲音很輕，「欸，草，不得不說，你好像真的菜了很多，這答案還用我對？你算出來自己不知道對不對嗎？你以前可不是這樣，從來都不用對答案的。」

「也就高三一年吧，高中知識就那麼點，我們高一就學完了，高二就一直在複習，題都寫了幾百遍，能不滾瓜爛熟嗎？我都說了我是努力型選手，你還死活不信。」

李科簡直想捶他，剛要說話，旁邊外語系的女生突然輕輕地叫了他一聲：「陳路周。」

陳路周漫不經心地轉過頭去，「有事？」

「我們社團的學姐問你有沒有興趣加入攝影社？你室友說你帶了無人機，想問問，能不能把機器借給她們用一下，這幾天不是籃球賽嗎，他們還差一個無人機。」

陳路周沒回答，從李科那裡把計算本抽回來，反而又不動聲色地問了一句：「還有別的事嗎？有話直說吧。」

外語系女生叫林旌薇，一雙眼睛直愣愣地盯著他，表情猶疑，摸不準他是什麼意思，但內心多少有點躍躍欲試，陳路周倒也不是那種高冷到很難接近的人，每次去他們班，他跟他們學院裡的女生還是會聊天的。

他們學院裡的女生是這麼說的，陳路周不太好糊弄，妳如果想藉著朋友的名義接近他那不太行，他基本上能一眼看出來哪些女生對他有意思，所以對他有意思的女生他不太會主動聊天，正經搞學業的，他還能跟妳多聊兩句，他最近在補之前落下的課，建議妳先不要打擾他。

但她沒聽，剛看見室友回來說看見陳路周在圖書館，還是沒忍住過來了，「那我們出去說？」

陳路周冷淡的「嗯」了聲，就率先站起來，本來沒那麼顯眼，但是兩個人一站起來，就顯眼了，許鞏祝和徐梔也是剛從門口進來，聽見椅子拖動的聲響，下意識轉頭往聲源看了眼，許鞏祝眼前瞬間一亮，立刻戳了戳身旁的徐梔，「欸，妳校草同鄉欸。」但旁邊還站著一個美女。

徐栀其實當下沒想太多，畢竟這麼大間學校，陳路周不可能不跟女生說話。她始終覺得，從之前接吻那麼多次來看，陳路周就不是一個滿足於肉欲的人，如果他僅僅滿足肉體上的享受，其實他們早就睡了。

但他追求的東西更多，當然也不是認為那個女生精神世界就不夠飽滿，只是這種精神上的分享不是一天兩天就能給到對方的，這麼短短幾天，除非陳路周迫不及待地用腦電波儀器把他們的腦袋串在一起進行神經元交換才差不多。

這種都稱不上是危機感，吃醋都算不上。就好像，他也從沒把江餘當回事，安安心心先把課補上，因為他們都知道彼此不是傻子。

許鞏祝眼睛還直勾勾盯著那邊看，兩人已經朝著圖書館門口過來了，「欸，好像是外語系系花欸，果然美女跟帥哥認識的就是快啊。」

徐栀瞥她一眼，抱著電腦懶洋洋說：「要不然我把他好友給妳？」

話音剛落，兩人就從對面過來了，徐栀這才看見那個外語系系花的臉，身高確實很高，站在陳路周旁邊也沒顯得矮多少，不過臉蛋還沒有谷妍漂亮，但氣質很好，笑起來嘴角有個梨渦。

徐栀跟林旌薇都是攝影社的，所以兩人其實算認識，這麼迎面遇上，林旌薇率先跟她點頭，算是打了個招呼。但陳路周沒看到她點頭，只聽見徐栀回了一句：「挺巧。」

陳路周：「……」

妳酸不酸吶。

兩人走到剛剛陳路周講電話的那棵樹下，不等林旌薇開口，陳路周就直接開門見山地問了句：「妳喜歡我是嗎？」

陳路周知道她的名字，也知道她是外語系的。昨天還來過球場，幫他們班幾個打球的男生每人送了一瓶水，但沒幫他送，而且一句話也沒跟他說，來了就只找他們班其他人說話，就這路子，你明知道她的心思，但是她就是不給你開口拒絕的機會。

林旌薇心跳如雷鼓，砰砰砰小鹿一般撞著，終於還是忍不住問：「你有女朋友嗎？」

陳路周兩手揣在口袋裡，低頭居高臨下地看著她，那雙黑得令人心動的眼睛，太過銳利直白，令人有些難以招架，「沒有，但我在追我前女友。」

林旌薇回寢室把包和書都一股腦地甩在桌上，室友正巧洗完衣服出來，問她怎麼了，妳不是去找陳路周了嗎？

「他高中就談戀愛了。」林旌薇坐在椅子上，抓著包洋芋片啃。

室友震驚了下，「看不出來啊，還以為他是那種誰都不理的高嶺之花，學姐們都說他禁欲系天花板了，笑死，結果高中就談戀愛了？那很有可能都不是那什麼了。」

林旌薇咯吱咯吱嚼著洋芋片，說：「不是就不是唄，我們學校也沒幾個帥哥是處男了。」

「他沒說是誰嗎？」

「沒說，我猜也不是我們學校的。」林旌薇痛苦地把洋芋片蓋在臉上，「朝朝，我還就吃他這一套，我真的覺得好帥啊。難怪慶宜一中那幫人都叫他狗東西，能想像他以前高中是什麼樣子了。」

陳路周回到座位上，四下掃了眼，徐梔就坐在旁邊的桌前，攤著電腦在專心致志的畫圖。

李科戳他手臂，跟他耳語：「撞見了？」

陳路周嘆了口氣，「嗯，正巧門口出去碰見了。」

李科：「說什麼了？」

陳路周一隻手轉著筆，一隻手揣在口袋裡，看著李科眼神有些得意忘形，「挺巧。你說她多少是不是有點酸？」

李科：「那你還不去哄？」

「再酸一下吧，等等哄。」他笑著收回視線，低下頭把剩下兩道微積分題解了。

他馬上就笑不出來了。因為徐梔全程在專心致志畫圖，中途大約是感覺到陳路周和李科的視線，轉過來看他們一眼，表情很茫然，你盯著我幹嘛？

李科瞧不出來哪裡酸，嘆了口氣，拍拍他的肩，「你寫作業吧，沒吃你醋。」

陳路周：「……她裝呢。」

大約寫到五六點，圖書館人漸少，金烏緩緩西墜，日落在校園裡鋪長一道緋紅的霞影，徐梔收了電腦主動過來問陳路周：「要不要一起吃飯？」

陳路周看了李科一眼，李科憋著笑，跟徐梔說：「他以為妳不會主動叫他吃飯呢。」

徐梔依舊很茫然，「為什麼？」

陳路周咳了聲，把筆彈回去，把書闔上，筆夾上去，不慌不忙地站起來，「走唄。」

於是，一行四人，一前一後走在鋪滿霞光的校園裡，小道上落了不少金葉子，風鼓動著少年們的衣角，幾人心思各異。

徐梔和許鞏祝走在前面，斜側方倒映著身後兩個男生高大修長的身影，許鞏祝看了那尤其拉風的倒影一眼，忍不住對徐梔說：「找他幫忙真的行嗎？」

「我也不知道，但我實在畫不出來了。」

許鞏祝也嘆口氣，「我也快被結構圖逼瘋了。」

身後兩人也在有一搭沒一搭地聊著，陳路周一手勾著書垂在身側，一手揣在口袋裡，還挺大言不慚地跟李科說：「暴風雨前的寧靜。」

李科笑得不行，「得了吧，得了便宜還賣乖？人家根本就沒吃醋，你是不是沒見過女生吃醋的樣子？我告訴你，我雖然也沒正經談過戀愛，但是也是有點微薄的經驗，直覺告訴我，吃醋不是這樣。」

陳路周還是不信，等到了學生餐廳，熟悉的乒乒乓乓餐盤碰撞聲再次傳來，李科和許鞏祝直奔打飯區，徐梔和陳路周找位子，陳路周剛放下書，徐梔就笑咪咪地掏出飯卡，對陳路周說：「想吃什麼，今天我請。」

陳路周淡淡地瞥她一眼，把人推過去打菜，「少在那裝，要是不爽直接告訴我，妳有意思嗎？」

徐梔「啊」了聲，剛要問你在說什麼。

許鞏祝已經端著餐盤過來了，「有紅燒排骨，徐梔妳快點。」

徐梔「哦」了聲，端起旁邊的餐盤看了陳路周一眼說：「你要紅燒排骨嗎？」

陳路周沒什麼胃口，他最近看書看得三餐不太規律，除了早餐準時五點下樓跟她在學校的便利商店吃了幾口關東煮，其他時間都是想到就吃，想不到就先把題做了，餓了再吃，下午三點從寢室出來的時候，他剛吃了一碗麵，這時候其實不太餓。

也就打了一碗粥，坐在他們對面，李科知道他最近看書看得魔怔了，許鞏祝還以為帥哥就吃這麼點，徐梔夾了個雞腿放進他碗裡，「多少吃點肉吧，你最近瘦了很多。」

陳路周和李科對視一眼，這時候正常反應不應該是把他面前的白粥也端走嗎，吃什麼吃，跟別人吃去。

李科笑笑。

許鞏祝也是這時候才察覺到他們之間的關係好像真的不是普通朋友那麼簡單，眼神在他們身上來來回回好幾遍，腦溝都已經被填滿了，手上的筷子微微一抖，心潮澎湃地看著李科，我是不是發現了一個驚天大祕密，我會被滅口嗎？

李科一臉淡定地看著她，眼神裡彷彿寫著，妹妹，冷靜，這事只會比妳想得更刺激。

餐廳裡的簾子時不時被人掀起，過堂風吹進來，也吹不散這詭異的氣氛，四人心思各異地吃著飯，許鞏祝哪有心思吃飯，筷子塞在嘴裡很久也忘記拿出來了，眼神光顧著在陳路周和徐梔身上掃，徐梔專心致志啃著排骨，根本沒發現，陳路周笑著提醒她：「妳室友已經開始啃筷子了。」

徐梔轉頭看她，許鞏祝乍然一愣，慌慌張張地把筷子從嘴裡抽出來，「沒事沒事，我這個人眼神比較好，就是容易看出一點點隱情。」

徐梔笑了：「那我跟他有什麼隱情。」

「我覺得妳那天沒騙我們，路草多少有點喜歡妳。」許鞏祝直接說出來了。

陳路周也笑了，「什麼叫多少有點。」

許鞏祝把那天在餐廳的對話重新說了一遍，說到徐梔的時候，嘴裡習慣性蹦出班代這個稱呼，平時都叫習慣了。陳路周耳朵側著，聽她繪聲繪色地說著，但眼神是意味深長地看著徐梔，聽到最後，他一邊把碗裡的蔥慢條斯理地挑出來放在碗沿上輕輕磕掉，冷淡地垂著眼皮，一邊不慌不忙地丟出一句耐人尋味的話：「那你們班代不老實。」

許鞏祝當下就覺得這帥哥說話水準有點高，這一句飽含深意的話愣是讓她琢磨了好久，完全忘了最開始的目的，最後還是徐梔把話題拉回來，對陳路周說：「欸，找你有事，幫我個忙。」

陳路周放下筷子，把剩下的粥不緊不慢地喝完，「說。」

「週末無人機借我們用一下？」徐梔說：「我們有個結構作業很麻煩。」

許鞏祝補充說：「我們這個結構老師真的好變態，我們班的同學已經快瘋魔了，聽說大二還是她教我們設計結構，已經有同學打算轉系了。」

陳路周：「用無人機幹嘛？」

徐梔說：「她說我形很散，沒有基礎的結構精神，讓我去外面拍個建築物看看找找感覺。」

「妳週末不是部門聚餐？」

徐梔看著他說：「江餘家裡有事，取消了。」

「行。」

徐梔看他神色疲憊，眉宇依舊鋒利，但看起來還是不太精神，忍不住說了句：「別太拚了，考幾分都不是問題，就算轉不了系，其實我覺得你學文學也挺好的，沒必要給自己這麼大壓力吧。」

李科終於插了句嘴，「不是，其實是馬上要考試了，大家有點恢復升學考的狀態了，怎麼說呢，就是有點暗自較勁的意思，因為各地試卷難易程度不太一樣，大家都覺得自己省的試卷難，各地區都有點較勁的意思，考不好的話總會覺得丟學校的臉吧，而且我們學校全國有名，大家都盯著呢，別看我們寢室動不動狼人殺，其實私底下看書都看到兩三點。」

許鞏祝和徐梔默默對視一眼，表示，你們榜首們的世界我們不懂。

於是，第一個週末，兩人各忙各的，陳路周把無人機給她，徐梔那時候剛剛加入攝影社，幫幾個學長扛過機器的時候學了點，多少能操作，陳路周最近確實忙，她不想打擾他。

那時候是十月中下旬，期中考試就在下週，大約是離第一次考試越近，校園氣氛也緊張起來，五六點校園裡陸陸續續也有幾個人在走動。

兩人照舊上課的上課，圖書館的圖書館，早上五點準時在樓下便利商店見面吃早餐，陳路周那陣子有點找回高中的狀態了，也不怎麼打扮，穿來穿去都是那幾件衣服，懷疑他最近大概都沒洗衣服，頂著個雞窩頭就下樓了。

他屬於怎麼樣都還能看，所以還能看的時候就直接下樓，不太能看的時候就戴著口罩下樓，拉開冰櫃門拿優酪乳的時候，看見徐梔正巧進來，穿著件休閒衣，帽子扣在腦袋上，跟自己身上剛好同個色系，都是灰色，心領神會地笑了下，順手拿了平日裡她常喝的鮮奶，又從旁邊的冷藏櫃裡拿了個三角飯團去結帳了。

徐梔今天難得還在犯睏，打著哈欠進門，直接朝著兩人平常坐的那張桌子走去，然後就閉著眼睛靠在椅子上醒神。

陳路周付完錢過去，把牛奶直接插上吸管遞到她嘴邊，「作業還沒畫完？」

徐梔手還揣在口袋裡，閉著眼睛張口就去咬吸管，吸了兩口，囫圇「嗯」了聲，說：「明天交，這次要是再說我形散，那我沒轍了。」

陳路周把牛奶放桌上，自己也沒顧上吃，又幫她拆飯團，人靠在椅子上，慢悠悠地扯著飯團的塑膠拉封條，半開玩笑地說：「那是她眼神散，妳建議她去佩副眼鏡，說不定散光三百度了。」

徐梔睜眼，若有所思，「我覺得很有可能啊，」突然看見他身上鬆鬆垮垮的灰色休閒衣，「你怎麼還穿這件？穿一週了吧？」

陳路周笑起來，把飯團塞她嘴裡，「吃妳的吧，我就早上下樓穿，起床方便啊，等等回去換衣服。」

徐梔「哦」了聲，咬著飯團，「你補完課了嗎？下週考試了欸。」

陳路周把拆下來的飯團包裝紙捏作一團，沒地方扔，他就拿在手裡，把人餵飽了，才去拆自己的早餐，「嗯，差不多了，我把微積分學完了。」

徐梔嚼著飯團的嘴一愣，「……已經學完了？」

陳路周「嗯」了聲，「差不多吧，後面應該能輕鬆點。」

但也輕鬆不到哪裡去，畢竟這個學校的氣氛就這樣了，大家都在競爭，尤其是各個省的榜首們。

週五是許鞏祝的生日，本來約了寢室幾個女生還有系裡幾個女生吃飯，杜戚藍學生會有事，突然走了，許鞏祝在學校附近的包廂訂了位子，突然空出來一個位子，許鞏祝讓徐梔叫上陳路周。

陳路周最近稍微空閒了，這時在球場跟人打球，接到徐梔的電話答應了，「我回宿舍換一下衣服，地址傳給我。」

包廂裡大概六七個人，除了劉意絲和徐梔，都是建築系裡跟她們關係還不錯的女生，沒有外人，一聽說陳路周要過來，都有些興奮起來，兩眼冒著紅光，時不時朝門口瞟兩眼。

「大帥哥真的要來啊？」

「路草嗎？我剛還看他在球場跟人打球呢。」

徐梔覺得疑惑的是：「妳們所有人都認識他嗎？」

「妳要是問雪梅班長，雪梅班長肯定不認識，她每天的計畫表裡沒有男人，但我猜大部分都知道吧，肯定會關注一下校草的。」

但這幫女生人還不錯，都是開得起玩笑的人，一聽是徐梔叫過來的，看她的眼神裡都是心知肚明。

徐梔說是同鄉她們肯定不信，只有許鞏祝這個傻憨憨信了，這幫女生們都是人精，笑咪咪地說：「別解釋，我們都懂，在追妳吧？」

所以，當陳路周進門的時候，收穫了一眾娘家人的眼神外加姨母笑。

當時吃的是火鍋，整個包廂裡煙霧繚繞的，在沸騰的紅油滾燙中，桌上都是生菜、青菜，在一桌子眼神熱切的問候下，徐梔感覺他們像乾滾肉片，馬上要被人就菜下酒吃了。

酒過三巡，就有人提議要玩遊戲，就玩抓鬼，誰抓到鬼，誰就可以指定兩個人做一件事，比如，我現在是鬼，我指定老K和小J交換外套。許鞏祝嚷嚷著說。

徐梔和陳路周本來一直置身之外地看著，不參與也不發表意見，大家也都自動把他們排除在外了，畢竟抽到陳路周也不好要求他做什麼，玩起來真的放不開。自然也沒把徐梔算進去，一開始大家還挺嫌棄這個遊戲幼稚，玩到後面根本停不下來，因為花樣太多了，直到兩個女生抱在一起親了一口。陳路周表示你們系的女生還真的挺厲害的。

鬧哄哄地吃完飯，一夥人稀稀拉拉地走回學校，徐梔和陳路周走在最後，許鞏祝喝得有點醉，腳步趔趄，還在幫自己唱著生日快樂歌，劉意絲怕她摔倒，只能在身後小心翼翼地護著她，「妳小心點啊。」

系裡另外幾個女生也喝了不少，腳步也飄，仰頭望著烏壓壓的天空，想著剛交上去的結構作業，滿肚子苦水，仰天長嘯一聲：「上輩子殺豬了啊，這輩子要學建築，我後悔了！我要轉系！」

天邊轟隆隆響過一聲震耳欲聾的巨雷，突然，豆大的雨水一顆顆落下來。

「靠，下雨了。」

「靠，我被子還沒收哇！快快快。」

一夥人逐漸加快腳步，匆匆小跑著衝回寢室，誰也沒注意，身後少了兩個人。

經過烏漆墨黑的教學大樓，他們對視一眼，正巧天空忽地就落了幾滴雨水下來，徐梔還以為是空調水，伸手一接，等抬起頭，頭頂空曠一片，是下雨了，不等他們反應過來，頃刻間，那圓潤的雨珠便密密匝匝地從頂上落下來，瞬間澆濕了兩人的腦袋。

教學大樓裡黑漆漆一片，如果不仔細看，都沒發現牆上壓著兩個人。

陳路周默不作聲地將人抵在教學大樓的樓梯間牆上親她，氣息熱滾滾地在兩人鼻息間糾纏，兩人頭髮都是濕的，但心跳瘋狂而灼熱，驅散了彼此身上的寒意，陳路周一隻手扣著她的後腦勺，一隻手隨意、清心寡欲地撐在牆上，徐梔被他圈在樓梯間的牆上，抱著他的腰，閉著眼睛，仰著頭，密密而又熱烈地和他接吻。

陳路周一隻手吊兒郎當地撐在牆上，另一隻手改而去捏她的下巴，輕抬，然後低頭含住她的唇，一點點不得要領地咬，好似挑逗，又好似還在找感覺。跟小時候玩蠟燭同個心態，看那燭火搖曳捨不得吹滅，可又敵不住那逆反心理，想滅了這火，於是，便挑逗似的輕吹一口，看那火光在黑夜裡跳動著，飄蕩著，在心裡琢磨著力度，再緊跟著，趁其不備，「噗」一聲，重重一下。

徐梔覺得自己就好像那蠟燭，心裡那團火要滅不滅，在蠢蠢欲動著，心癢難耐。陳路周含了一下她的唇，轉而又去親她眉眼，親她鼻尖，親她唇角，那重重一下遲遲沒有壓下來。

徐梔卻被他撩撥得心跳緊促而熱烈，砰砰撞擊著胸腔，抱著他腰的手也在不斷地慢慢收緊，耳邊全是他低沉紊亂的呼吸聲，連同那雷聲轟在耳邊，心臟彷彿馬上要撲出嗓子眼。

「想我沒？」陳路周卻突然停下來，一手撐牆，一手掐著她下巴兩邊，報復性地狠狠捏了兩下說。

徐梔嘴被掐成了鳥喙，看著他的眼神，也許是帶著雨天的濕氣，莫名覺得又冷又燙人，瞬間明白他問的是前幾個月，「嗯。」

教學大樓黑得很嚇人，有教室的窗戶大概沒關好，風雨湧進來，不知道吹倒了什麼，發出「嘭」一聲響，陳路周下意識往那邊看了一眼，確定沒人才轉回頭，手還捏著她臉頰兩側，只不過微微鬆了力道，拇指若有似無地輕輕摩挲了一下，冷淡地睨著她：「那為什麼一通電話都不打給我？」

「以後再跟你說，你不也有事情沒告訴我，我們一個祕密換一個祕密——」

話音未落，唇便被人狠狠咬住，對方甚至是毫不客氣地將舌頭伸進來，直接撬開她的，這種力度，是從未有過的凶狠。

頃刻間，暴雨如注，雨勢逐漸變大，淅淅瀝瀝的雨腳聲偶爾混雜著幾個令人心驚肉跳的悶雷聲，將這暗無燈火的樓梯間裡密密灼灼的接吻聲烘托得格外激烈和旖旎。

雨勢終於減小，密密匝匝的珠簾變得斷斷續續。然而，每次這種親熱過後，兩人眼神裡多少帶著點火燒火燎的火花，等漸漸冷靜下來，看彼此的眼神裡就多了一絲生澀和不自在，氣氛無聲地靜默了好一陣子。

兩人坐在樓梯最後兩階的臺階上，樓梯間那邊是監視器死角，剛進來時，陳路周看了牆角的監視器一眼，大搖大擺地帶她彎彎繞繞走了好大一圈才找到剛剛那個窄得勉強只能塞下兩個人的牆角，但這時兩人是正對著那個監視器。

徐梔對陳路周伸手，「把手機給我，我看看我前幾天買的咖啡到了沒。」

剛接吻的時候，徐梔拿在手上的手機，直接被他奪過去揣在口袋裡了。

陳路周穿著棒球外套，中間的扣子敞著，依言隨手去衣服口袋裡摸，遞給她，「你們結構老師有這麼恐怖嗎？有必要天天熬夜？」

徐梔瞥他一眼，「陳大校草，我們誰也別說誰了，你熬得比我還狠，怎麼，你們各省榜首們的競爭結束了？」

「還沒，」他笑了下，「李科剛打了兩通電話給我，應該想找我去玩狼人殺，反正玩遊戲必定要捎上我，他這幾天跟著我去圖書館，下課就問我在哪，就怕我一個人偷偷努力。」

「你們高中競爭，到了大學還得競爭啊？」

「也不是，主要是外省那幾個競爭得比較厲害，不是非要比出個高下，升學考卷不統一，所以確實大家都想看看，有了統一標準之後，自己在這群人裡是什麼水準。」

徐梔若有所思地說：「聽出來了，只要不競爭出個高下，你是不打算談戀愛了。」

陳路周這才瞥她一眼，丟出一句話，似笑非笑，「不是妳說談戀愛無趣，接吻無趣，談戀愛接吻無趣，不談戀愛接吻就有趣了？」

徐梔「哦」了聲，把腦袋靠在他的肩上，頭髮貼在他的脖頸上，面無表情地提出最新玩法：「不談戀愛接吻也無趣了，不談戀愛上床可能有趣點。」

陳路周坐著，低頭看她腦袋靠在自己的肩上，大概是被氣的，聳了一下肩故意墊她，視線看著前方黑漆漆的走廊，語氣冷淡地警告了一下：「妳別得寸進尺啊。」

「陳路周你真他媽無趣。」徐梔結結實實罵了句，腦袋還靠在他身上，一邊看著手機在查包裹。

這雨下得快，走得也快，此時外面的雨水聲已經快停了，有人撐傘而過，兩人就在樓梯上坐了將近半小時，約莫是真的太黑了，也沒人往裡面看一眼，校園裡偶爾還是能聽見秋蟬聲的叫喚，那聲音單薄的蟬數量大概還不到慶宜的一個零頭。

陳路周當時低頭看她一眼，見她正在回訊息，瞄了眼，是江餘，多少有點明火執仗了，心裡不太爽，又聳了下自己的肩，想聳開她，眼皮垂著，語氣不冷不淡：「靠在我肩上回別的男人的訊息，妳膽子夠大啊。」

徐梔一邊回一邊說：「你得了吧，你之前不是沒拿他當回事嗎？陳路周，你好像個酸菜精。」

陳路周人往後仰，兩手撐在後面的臺階上，徐梔腦袋便蹭到他的胸膛，貼在他的胸口，陳路周低頭瞧她，自嘲地笑了下，然後撇開眼，看著別處，眼神懶洋洋地一掃，嘆了口氣，夾槍帶棒地說——

「他是挺菜的，他還挺無趣，他就想跟人正經地談個戀愛，但他知道那個人喜歡刺激，又怕真的談了戀愛覺得他無趣沒幾天就分手了，跟她說句話都要想半天，說多了怕她覺得膩，說少了又怕她覺得冷，他一天到晚那點心思就在她身上了，她還覺得這人無趣，妳說陳路周慘不慘啊？」

徐梔笑得不行，把腦袋從他身上抬起來，「你真的這麼想？」

他低頭冷冷瞥她，「嗯。」

徐梔挑眉，笑咪咪：「那要不然我們就一輩子這樣，好像也挺不錯。」

「妳想得美。」

「我發現你這人想的還挺多，就算真的有一天，像你說的那樣在一起後分手了，但你要想想，你作為徐梔的初戀前男友，這個頭銜，厲不厲害？」

陳路周站起來，單手插口袋，把她扯起來，笑了下，「聽起來是比什麼班長校草厲害點，畢竟是美貌有目共睹的徐梔。」

徐梔站在臺階上看著他，「陳路周，你什麼時候說話能不噎死人，你就有女朋友了。」

「那我現在改。」

「來不及了，你等候召喚吧。」

陳路周回到寢室，把外套脫了掛在椅背上，就穿著件白色休閒衣和灰色運動褲，然後閒散靠著椅子，兩腿敞著，翹著前排兩隻椅腳，有一搭沒一搭地晃著，手機在手心裡漫不經心地打著轉，想了半天，還是低著頭劃開手機鎖打了通電話給連惠。

那邊接得其實也很快，但兩人都沉默，約莫靜了有三十秒，連惠才開口，聲音也一如往常的溫婉：『你那邊很忙嗎？』

陳路周「嗯」了聲，人靠在椅子上，低著頭，看不清臉上的表情，一旁帶著耳機正在打遊戲的室友聽見聲音也不由好奇地回頭看他一眼，因為開學這一個多月來，也是第一次見他打電話到家裡。

「您不用轉錢給我了，我會拿獎學金的。」陳路周說。

連惠聲音也平靜，『你拿不拿獎學金跟我沒關係，再說你們學校的獎學金最高也就一萬五，繳完學費你還剩多少？只要你還在讀書上學，我就有義務撫養你，錢我會轉，你用不用是你的事情。』

但其實她給的金融卡，陳路周都沒帶出來，就放在房間的抽屜裡，「您以後不要打電話給李科了，我有事會打電話給妳的，就這樣吧。」

『好。』連惠補了句：『我知道那張卡你沒帶去，我以後每半年轉你通訊軟體裡，你收了，用不用是你的事情。』

等掛了電話，陳路周才看到通訊軟體裡有一筆未收的轉帳，連惠很大方，一學期給他的生活費加起來也有小十萬，比他以前在慶宜那張能透支的附卡額度都高了。

他連金融卡都沒辦，好在學校不用現金，這幾天還是湊合著用手機上的支付軟體，但他知道，如果他不收，連惠會一直轉到他收為止。

「你要衝獎學金啊？」室友打著遊戲，聽了一嘴，隨口問了句。

陳路周「嗯」了聲，人靠在椅子上，寬闊的後背抵著，拿著手機在敞著的兩腿之間，低著頭在通訊軟體上點了收款。

室友看著遊戲畫面，頭也不回地跟他說：「難怪最近看你這麼拚，我們學校獎學金還是蠻難拿的，GPA至少得四點零以上，科科都不能落下，而且也不是每個系都能有名額的，我們這個系相對來說，可能更難一點，畢竟人文院嘛，不是這個學校的重點科系，像你那個好朋友，李科他們系，系排前三名就可能有，我們大概得系排第一名。」

正聊著，手機上突然跳出一則訊息。

朱仰起：『狗東西，你他媽來北京了？？？？？？？』

朱仰起：『你給我等著，我現在已經在攔車了，給老子等著，我過去打死你！！！』

然而，徐梔的手機上也正好跳出一則訊息。

談胥：『我來北京了，能出來見一面嗎？』

週五晚上，哪怕十一點，校門口人還是多，路邊零星停著幾輛車。剛下過一場雨，路面泥濘落滿秋葉，和著雨水的蕭條，有人抱著課本匆匆而過，有人剛聚完餐回來，拖著稀稀拉拉的隊伍，酒足飯飽後從馬路對面穿過來，正巧是人文院的幾個人，看見花壇旁邊站著個人，主動跟人招呼：「路草，在這幹嘛呢？」

陳路周雙手揣在口袋裡，身上還是剛剛跟徐梔在樓梯間接吻的那件黑色棒球外套，袖子白色，下身是灰色運動褲，腳上一雙黑色聯名鞋，這時嘴裡還嚼著顆糖，低頭拿腳尖磨著地上被人亂丟的菸頭，想幫人踢去垃圾桶旁邊，渾然間聽見有人叫自己，下意識抬頭望過去，才瞧見是隔壁班的幾個哥們，不太熟，但多少能認出是自己學院的人，有一兩個能叫上名字，最近老在一起打球，腳尖還在地上磨著菸頭說：「等個朋友，你們班又聚餐？」

其中幾個男生順便停了下來在路邊抽了根菸跟他閒聊，其中一個染著黃髮的男生一邊從口袋裡掏打火機遞給其他人，一邊跟陳路周說話：「正巧剛聊到你。」

「聊我？」陳路周低著頭還在踢那根菸頭。

「就你跟徐梔唄，建築系那個系花，你們好像挺熟的？」

陳路周當時其實是下意識輕輕皺了下眉，他不太喜歡跟別人聊徐梔，更何況還是一群這麼半生不熟的人，於是隨口回了句：「嗯，以前認識，怎麼，傳我們八卦了？」

那人哈哈一笑，眼神耐人尋味地點了根菸，吐著氣說：「沒有，大家隨便聊聊，怕我們系裡的大帥哥被人拐跑了唄。」

陳路周再次斜他一眼，口氣輕飄飄：「得了吧，你們是怕她被我拐跑吧。」

對方乾笑兩聲，「說實話，我們還賭你不一定能追到她，就她高中有個男朋友，聽說她好像一直都沒忘記，之前有個人追她，她說自己高中談過，暫時不想談戀愛了。」

陳路周臉上看不出多餘的表情，只是淡淡地看著他，「高中啊？她說的？」

對方吐著煙圈笑說：「我騙你幹嘛？」

陳路周「哦」了聲，正巧這時馬路對面一輛計程車緩緩停下，他以為是朱仰起，浮皮潦草地往那邊瞥了眼。

結果計程車上下來一個他怎麼也想不到會出現在這裡的人。

那人背著雙肩包，下了車，眼神茫然地左右看了兩眼，然後低頭在手機上傳訊息，如果說這個學校到處都是戴著眼鏡穿白襯衫的學霸，陳路周一開始還覺得可能只是長得像，但看那副初來乍到等人來接的樣子，多少確定是他了。

而且，談胥身上有股特殊的氣質，身高應該也有一百八，乾瘦，但是很白，嘴唇永遠慘白無力，看起來憔悴不堪好像誰都對不起他的樣子，弄得那計程車司機都覺得自己是不是多收他錢了，一直看計價表。

見陳路周一直沒說話，隔壁班那幾個男生也沒再搭腔，跟陳路周說了句先走了，就進去了。

陳路周當時也沒走，雙手抄在口袋裡，站在旁邊花壇的牙子上，腳尖時不時點著地，手指在口袋裡不斷地按著鎖螢幕按鈕，弄得褲子口袋裡的手機一亮一暗，眼睛略有些失神地低頭盯著地面，想看看他來找誰，他心裡多半有答案，談胥在這沒別的同學了。

所以看見徐梔戴著眼鏡素面朝天出來的時候，他不太驚訝，也不意外，只是在心裡忍不住哧地冷笑了一聲，結構圖作業畫完了嗎，就大半夜出來跟人吃宵夜。

兩人走了之後，陳路周又等了十分鐘，朱仰起才風風火火地姍姍來遲，他急匆匆地從計程車上下來，陳路周當時也沒留神，心不在焉地低頭看著手機，聽見一陣急促的腳步聲，他猜多半是朱仰起的時候，把手機一鎖，從花壇的牙子旁邊跳下來，正抬頭呢，只見一個碩大的黑影斜風帶雨地朝自己撲過來，他都沒來得及躲，一記結實的悶拳扎扎實實地襲在他下巴頦上。

他疼得猛抽了兩口氣，整個人險些沒站穩，還好反應快，一手捂著下巴，一手抓著來人的肩膀，才堪堪站住腳，抬頭去看，真是朱仰起。

「靠，你他媽下手不會看著點！」陳路周咬著牙，難得罵了句髒話。

朱仰起也愣了，他本來想擊他胸膛的，沒想到他正好從花壇牙子上跳下來，拳風一下沒握住，帶到下巴了。

「靠，你他媽今天反應怎麼這麼慢啊。」朱仰起也莫名其妙，以前他反應比這快多了，「剛想什麼呢？」

陳路周捂著下巴仰頭，疼得直抽氣，嘶著聲，手正好握在他肩膀上，硬得跟石頭塊似的，就這麼仰著頭不冷不淡地瞥了他一眼，「健身了？」

朱仰起比國慶那時又大了一圈，整個人身上現在都是肌肉塊，看起來特別像路邊給人髮夾的健身教練，但也沒顧上跟他炫耀自己的肱二頭肌，「你臉沒事吧，要是破相了，徐梔不得打死我。」

陳路周把手拿下來，下顎開合兩下，還好沒脫臼，劇烈的疼感散去之後，還有一絲絲隱隱的抽疼，但他也沒顧上，把手揣回口袋裡，冷笑了兩聲，「得了吧，她現在還顧得上我？」

朱仰起看著那張熟悉的俊臉，懸著的心終於放回肚子裡，長舒了一口氣，「還好，沒破相。」仔細一看，嘴角底下好像有點破皮，「要不要去藥店買點ＯＫ繃？」

「算了吧。」陳路周悶悶地揮開他的手，「你怎麼知道我來北京？徐梔告訴你的？」

朱仰起說：「我以前班裡有個同學在你們學校美術學院啊，他也是最近才知道你來了，他還以為我知道，不然也不會剛剛才跟我說，你們也太過分了，來了這麼久都不聯絡我？什麼意思？」

陳路周跟他往紅綠燈路口走，準備去對面隨便吃點東西，這才說：「事情太多，本來想週末約你吃飯，最近要期中考試了，我忙著補之前的課，她最近被他們必修課老師逼得天天熬夜，我們都沒什麼時間見面，約你更沒時間了，想說等忙過這一陣再找你。」

朱仰起又捶了他一下，「你不能先傳訊息告訴我？」

「想給你個驚喜啊，」陳路周看他一眼，這才不痛不癢地笑了下，路口一輛共享單車倒著，他彎腰順手扶了下，說：「我來之前也沒告訴她，她都還氣著呢，剛把她哄高興，我還顧得上你？」

朱仰起：「……狗東西。」

這個時間學校附近也就幾間宵夜店還開著，陳路周剛剛看見徐梔和談胥進了旁邊那家，他轉頭往另一家燒烤攤去了，剛坐下，朱仰起就迫不及待地問了句，「剛聽你口氣，你跟徐梔吵架了啊？」

陳路周一坐下，就熟門熟路地撈過桌上的菜單丟給他，然後就懶洋洋靠在椅子上，看著門外的街景風輕雲淡地說：「談胥來了，徐梔在陪他吃飯。」

朱仰起掃了桌旁的 Qr code，一邊對照著食物菜單一邊嘖嘖兩聲：「我剛想說把徐梔叫出來，在哪吃啊，我們要不要過去併個桌？」

「別沒事找事了。」陳路周眼神冷淡地看著門外。

朱仰起瞄他一眼，見他冷不防又丟出一句，「老同學來北京，陪他吃個飯，挺正常。」

朱仰起：「不正常的是，談胥不是應該在重讀嗎？他為什麼突然來北京？來北京為什麼要去你們 A 大？總不會是來旅遊的吧？這答案還不明顯嗎？他就是來找徐梔的。」

「所以呢，他一個高四生，前途未卜，就他那點心理素質，明年能不能考上我們學校都是個問題，來找徐梔幹嘛？畫大餅？那我得捐點香菜給他，徐梔喜歡吃。」陳路周把手機甩桌上不鹹不淡地說。

正巧，這時候，服務生上了一道涼菜，白灼秋葵，忘了拿醋給他們，「稍等一下，我去拿給你們。」

「不用，我沾他吃就行了。」朱仰起說。

陳路周：「……」

服務生震驚地看著朱仰起。

朱仰起哈哈一笑，舉起筷子：「開玩笑的，您去拿吧。」說完，看了對面的人一眼，他環顧了一圈，這一圈掃過去，發現一個能打的都沒有，他兄弟仍舊是帥得獨占鰲頭，即使穿得像個傻子，穿什麼棒球外套啊，老喜歡把自己打扮得跟個運動員似的，但那些女孩子就跟瞎了眼似的眼神一直往他身上瞟，於是，他沒頭沒腦地丟出來一句，「我怎麼瞧著你又帥了，感覺比暑假那時候還帥，但說實話，你的衣品我真的不敢恭維，你能不能穿穿白襯衫啊大哥，你身材這麼好，你不穿襯衫，天天穿這麼休閒幹嘛？」

同樣，朱仰起的衣品陳路周也不敢苟同，天天穿得花裡胡哨跟棵聖誕樹似的，掛一身雞零狗碎，走起路來跟隻狗似的，都不用抬頭看，聽那零七八碎的鋃鐺聲就知道是他來了，陳路周冷笑：「你讓我模仿談胥啊？也就他天天穿白襯衫。」

「又不是只有他能穿白襯衫，西裝襯衫，猛男標配好不好。不知道是不是從小審美被你養刁了還是怎麼了，反正看我們學校校草也就那樣。你知道我那美術學院同學怎麼說？他說，我從來沒想過高中的校草是陳路周，他媽到了大學校草還是陳路周，我媽都換了兩個，校草還他媽是陳路周。」

陳路周：「……」

店裡人還挺多，人頭攢動，三三兩兩圍了幾桌，熱氣騰騰的香味縈繞著整個店面，一張張青春洋溢的面孔，忍不住讓朱仰起回想起暑假那時候，只不過耳邊充斥的不是慶宜方言，而是道地的北京話夾雜著各地方言。

兩人有一搭沒一搭地繼續聊了一下。

「你們學校北京人是不是特別多？」

「還行。」

朱仰起嘆了口氣，又問：「你們寢室關係怎麼樣？我們寢室有兩個傻子，天天吵架，我實在受不了了，兩個傻子其中之一真的是極品，長得其實還行，一有女生對他示好，他就把人家的照片傳到寢室群組裡，一個勁的評頭論足，然後，一關燈就開始聊學校裡的美女。」

大學跟高中不太一樣，高中聊女孩子聊得比較純，單純聊感情，但大學男生之間聊女孩子聊到最後多少都沾點葷，問來問去無非就是想問那幾句，有些男生還把這種事當作炫耀的本錢，給室友看自己和女朋友的床照，說不上露骨，但總歸讓人不舒服，陳路周和李科在寢室玩狼人殺的時候碰見過幾次，所以陳路周不太喜歡跟別人聊徐梔。

最後，朱仰起還是沒忍住好奇，問了句，「我剛傳訊息問你，你說家裡出了點意外，你家裡到底出什麼意外了？」

「他們離婚了，打了兩個多月的離婚官司，陳星齊被他帶走了，我單獨定居了，誰也沒跟。」

朱仰起瞠目結舌，張著一張能塞鴨蛋的嘴，久久不能回神，又怕問多了讓他更煩心，更何況他今晚本來就心情不好。於是，愣了好半晌，才砸咂舌，只無關痛癢的說了一句：「那他明年評不上模範企業家了。」

陳路周無動於衷地扯著嘴角笑了下，「……你還沒你那同學幽默。」

朱仰起看著窗外三兩成群的學生好友，興起說：「要不然我今晚去你寢室擠擠？」

陳路周喝了口酒，「別了，我那寢室的床現在睡我一個都挺困難，我幫你開個房間，你住飯店吧。」

朱仰起瞧了瞧兩人的身形，確實，他是寬闊、瘦高，自己現在則是無比的碩大，得寸進尺地說：「那幫我開個總統套房。」

「套你媽，」陳路周笑著罵了句，懶懶散散地站起來準備去結帳說：「說實話，就我目前這個情況，你要真是兄弟，就自己捲個鋪蓋去公園長椅上躺一晚。」

「呸。」

最後開了個標準套房，陳路周也沒走，就在飯店睡了一下，那時已經快四點了，天邊都隱隱有些泛白了，陳路周半睡半醒間，聽他還在那說自己悲慘的大學生活，有些生無可戀地轉頭看了朱仰起一眼，朱仰起看他眼睛都熬紅了，立刻閉嘴，「行了，睡覺。」

結果也不知道幾點，朱仰起當時還以為應該快七八點了，但是窗外天色還是很暗，然後聽見窸窸窣窣的起床聲，就迷迷瞪瞪問了句：「幾點了？」

陳路周正惺忪地閉著眼睛靠在床頭醒神，就這種感覺最難受，好不容易睡著了，結果被生理時鐘活生生憋醒，他靠了半晌，撈過一旁的外套套上，嗓子都熬啞了，沙啞得不行：「五點。」

朱仰起也渾渾噩噩，手搭在腦袋上：「你們學校的課都這麼早嗎？不過今天週六啊。」

他翻身下床，彎腰弓背垂坐在床邊穿鞋，臉都快貼上膝蓋，聲音清晰了些，有條不紊地說：「我回去陪她吃個早餐，等等回寢室補個覺，醒了你要是還在，你自己先玩一下，我下午有球賽你要是想看，我讓徐梔出來接你，學校沒學生證進出有點麻煩。」

朱仰起也是聽了個叮零噹啷碎，迷迷糊糊又睡回去了。

但徐梔睡過頭了，昨晚跟談胥吃完宵夜，回到寢室又熬了一個大夜趕新一輪的結構圖作業，因為今天下午有陳路周他們系的球賽，徐梔想今天是沒時間趕作業了，週日又要去郊區航拍，所以也是將近三四點才睡，醒來已經七八點了，立刻從床頭底下摸出手機傳了一則訊息給陳路周。

徐梔：『吃早餐了沒？』

徐梔：『下午球賽幾點？』

陳路周一直都沒回，徐梔早上起來喝了杯咖啡繼續趕圖，臨近中午的時候，又傳了一則訊息給他：『？？？哥？』

許鞏祝也被她勤奮得不得不渾渾噩噩地從床上爬起來，一邊扶著樓梯一邊下床心有餘悸地跟徐梔吐槽說：「我現在滿腦子都是結構圖老師那句話：妳的橫線得給人一種平靜感，分隔號要挺拔莊重，曲線要優雅。妳說說這幾個詞怎麼展現？我昨晚居然做夢都夢見她給我的結構圖上的作業評語是：妳畫得很好，下次不要再畫了。不行，我明年得轉系，我實在受不了天天熬大夜了。」

手機進來一則訊息，但不是陳路周。

徐梔看著手機，嘆了口氣。

許鞏祝剛下床，穿上拖鞋，「怎麼了？跟陳大校草吵架了？」

「不是。」徐梔穿著睡衣，腦袋上戴著兔子耳朵的髮箍，一張臉素面朝天，乾淨細膩，那雙圓圓的眼睛回頭看了許鞏祝一眼，手肘掛在椅背上，畫筆夾在手裡優哉游哉地轉著，思忖了片刻，說：「鞏祝，幫我個忙行嗎，我有個朋友過來——」

許鞏祝：「是不是陳路周下午的球賽妳去不了了？讓我去幫妳喊加油？」

徐梔：「不是，我那個朋友是重考生，今年升學考失利，明年想考我們學校，他說最近複習不進去，想來我們學校看看找點動力，白天想逛逛我們的學校，我下午要去陪陳路周，妳下午幫我帶他逛逛校園？」

許鞏祝失落地說：「可我想去看大帥哥打球。」

徐梔說：「我也想看我男朋友打球呢。」

許鞏祝瞳孔地震了：「……靠，你們在一起了？他不是還在追妳嗎？」

徐梔「嗯」了聲：「我打算等他比完賽跟他說，不過他今天一直都不回訊息，妳知道他們比賽是下午幾點嗎？」

話音剛落，劉意絲正巧從圖書館回來，把包掛在椅子上，「球賽嗎？下午三點吧，不過剛回來的時候，我看到陳路周正好跟趙天齊他們從宿舍裡出來，應該打算去球場了。」

大概一直到一點半，陳路周都沒有回訊息，徐梔換了身衣服準備下樓，這時球場人還不算多，三三兩兩圍著一圈人，還有不少穿著短裙的女生，應該是人文院的，弄得煞有介事，籃球寶貝都召喚上了。

北京的天確實乾爽，昨天下過雨，此時場地已經全乾了，只是今天是陰天，沒有太陽，所以整個場地看起來不太乾淨。這時裁判道具都還沒上，球場上就幾個男生在熱身，三四顆籃球「砰砰砰」接二連三地砸在籃框上，偶爾還有女生上去，場面很隨意了，果然是系籃球賽。

陳路周靠在籃球架下跟人聊天，徐梔進去的時候，跟他聊天那人大約是認出了自己跟他是同省，眼神跟他示意，陳路周轉頭看過來，兩人暗潮洶湧的視線就在熱鬧的人群裡，平靜地對視了大約五秒，陳路周不動聲色地轉回頭，視線無動於衷地看著球場上幾秒，又低頭不知道在想什麼，大約又幾秒過去，他才懶洋洋地從籃球架上直起身，順勢彎腰從籃球架旁的整箱水裡隨手拿了一瓶水，一邊擰開一邊朝她走過去。

陳路周把水擰開遞給她，蓋子捏在自己手裡，「起挺早啊？」

「你手機呢？」

「在寢室充電，沒電了。」

「你打球不帶手機？」徐梔喝了口水說。

陳路周笑了下，張開手臂，「妳要搜嗎？真的沒帶，昨晚跟朱仰起睡在外面，沒帶充電器，回來就睡了一上午，醒來的時候才插上。」

「朱仰起來了？」徐梔一愣。

說完把水遞還給他，陳路周把水擰回去，拎在自己手裡，「嗯」了聲：「我等等回去拿手機，他睡醒可能會找我，或者妳傳訊息給他，說我們在一起，讓他直接找妳。」

「朱仰起找你你記得拿手機，我找你，你手機就在充電，陳路周，你是不是膩了？」

「妳也有臉說這話，」他低頭瞥她一眼，淡淡地說：「我們要膩也是妳先膩。」

徐梔驀然盯著他的臉，也沒顧上四周多少雙眼睛盯著呢，伸手要去摸他的嘴角，「別動，你嘴角怎麼了？朱仰起是不是太激動打你了？」

「妳反應還挺快啊，」陳路周撇了下臉，沒讓她碰，「沒事，他不小心的，會打球嗎？」

徐梔：「不太會。」

陳路周笑了下，「會投籃嗎？」

「嗯。」

兩人邊說著，邊慢吞吞走到籃球架旁邊，旁邊只有兩三個人在熱身。

陳路周把水隨手扔在籃球架下的墊子上，脫掉身上的黑色運動服外套在她耳邊低聲說：

「那我們投十個，妳要是贏了，妳說的那個更有趣的要求我可以考慮一下。」

——《陷入我們的熱戀》未完待續——

高寶書版集團
gobooks.com.tw

YH 197
陷入我們的熱戀（中）

作　　者　耳東兔子
封面繪圖　虫羊氏
封面設計　虫羊氏
責任編輯　楊宜臻
內頁排版　賴姵均
企　　劃　何嘉雯

發 行 人　朱凱蕾
出　　版　英屬維京群島商高寶國際有限公司台灣分公司
Global Group Holdings, Ltd.
地　　址　台北市內湖區洲子街88號3樓
網　　址　gobooks.com.tw
電　　話　(02) 27992788
電　　郵　readers@gobooks.com.tw（讀者服務部）
傳　　真　出版部(02) 27990909　行銷部 (02) 27993088
郵政劃撥　19394552
戶　　名　英屬維京群島商高寶國際有限公司台灣分公司
發　　行　英屬維京群島商高寶國際有限公司台灣分公司
法律顧問　永然聯合法律事務所
初版日期　2025年04月

原著書名：《陷入我們的熱戀》由北京晉江原創網絡科技有限公司授權出版。

國家圖書館出版品預行編目(CIP)資料

陷入我們的熱戀 / 耳東兔子著. -- 初版. -- 臺北市
: 英屬維京群島商高寶國際有限公司臺灣分公司,
2025.04
冊； 公分. --

ISBN 978-626-402-242-2(上冊 : 平裝). --
ISBN 978-626-402-243-9(中冊 : 平裝). --
ISBN 978-626-402-244-6(下冊 : 平裝). --
ISBN 978-626-402-245-3(全套 : 平裝)

857.7　　114004502